DODELIJKE AFSTAND

D1135921

Patricia Duncker

Dodelijke afstand

Vertaald door Auke Leistra

Uitgeverij Atlas – Amsterdam/Antwerpen

De vertaler ontving voor deze vertaling een werkbeurs
van de Stichting Fonds voor de Letteren

Omslagontwerp: Marjo Starink
Omslagillustratie: Guus Dubbelman

ISBN 90 450 1133 6
D/2003/0108/526
NUR 302

www.boekenwereld.com

Inhoud

Voor S.J.D.

Welke morele les valt er te trekken uit het verhaal van Oedipus, het favoriete onderwerp van zo'n groot aantal tragedies? – De goden drijven hem voort, en onontkoombaar geleid door het blinde noodlot, hoewel volkomen onschuldig, wordt hij afschuwelijk gestraft, samen met zijn hele ongelukkige geslacht, voor een misdaad waar zijn wil part noch deel aan heeft.

Mary Wollstonecraft

De dood van de Vader zou de pret van de literatuur voor een belangrijk deel bederven. Waarom verhalen vertellen als er geen Vader meer is? Grijpt elk verhaal niet terug op Oedipus?

Roland Barthes

Om van een normale natuur tot hem te geraken moet men 'de dodelijke afstand ertussen' overbruggen. En dat wordt het best gedaan langs een omweg.

Herman Melville

I

Herinnering

Als ze thuiskwam rook ze naar sigaretten. Ze rookte niet. Dus ofwel ze had ergens gezeten waar iedereen rookte, of ze had iets met iemand die rookte. Iemand die bittere, buitenlandse sigaretten rookte. Iemand die ik niet kende. Iemand die ik nooit gezien had. Waar hing ze uit? Ik begon mezelf vragen te stellen. Eindeloze vergaderingen van de personeelsraad? Daar was ze geen voorzitter meer van. Het Kunstgroep Collectief? Dat leidde sinds de laatste expositie een sluimerend bestaan. De pub? Welke pub? Ze ging nooit naar de pub. Ze ontmoette haar vrienden nooit in de pub. Ze ontmoette hen in restaurants. En als ze een afspraak had vertelde ze mij van tevoren waar ze zou zijn, of ze belde vanuit het restaurant om me in te seinen dat ze niet thuis zou eten. Toch kwam ze laat uit haar werk, ruikend naar sigaretten. Ze moest iets hebben met iemand die rookte.

Het begon in oktober, drie weken na mijn achttiende verjaardag, het jaar waarin ik mij aan het voorbereiden was op mijn eindexamen. Het begon harder te waaien, vochtige bladeren hoopten zich op langs de paden. Ze kwam na het donker thuis, één keer in de week eerst, nu eens op deze, dan weer op die dag, maar daarna iets vaker, laat, vaak een beetje zorgelijk, zenuwachtig, opgewonden. Ze kuste me snel en infor-

9

meerde naar mijn huiswerk. Daarna smeet ze haar tassen in de hoek van haar atelier, die langwerpige ruimte vol schaduwen en naargeestige hoekjes die zich langs de hele achterkant van het huis uitstrekte, en dook de keuken in. Ik hoorde de radio, het geluid van water dat uit de kranen spoot, en de deur van de koelkast die telkens open werd gedaan, en weer dicht. De geur van sigaretten, vluchtig, verdacht, scherp, de geur die ik, eventjes maar, kon proeven als ze mij in haar armen hield.

Ik kan me geen ander huis herinneren. Ik heb hier altijd gewoond, in deze tochtige, gerieflijke, mid-Victoriaanse massa rode baksteen en witte puntgevels. In dit huis speelde ik op zolder, en kwam ik binnen vanuit de diepe tuin als het begon te schemeren, met groene vlekken op mijn knieën van het mos. Als kind kraste ik met mijn mes in de bast van de bomen, en met het verstrijken der jaren zag ik de schors om de inkervingen heen groeien. Ik zag de witte schuur rotten, groen en zwart worden bij de hoeken, en uiteindelijk op Guy Fawkes Day op het vreugdevuur belanden. Ik doodde pissebedden op de tegels van de veranda achter het huis, en zag hoe de overgebleven beestjes, gedrongen als kleine tanks, een veilig heenkomen zochten onder de plinten. En ik was degene die haar waarschuwde toen de steeds grijzere, vlekkerige vloer boven de kelder zo rot was dat het gevaarlijk begon te worden.

Mijn jeugd is één lange vredige herinnering aan regen. Een Engelse jeugd van fatsoenlijke voorsteden, onbeduidende gebeurtenissen en een aanhoudende motregen, onderbroken door een handjevol zomerdagen met groene gazons, flets zonlicht, het geluid van grasmaaiers die door het vochtige gras snorden, croquet en margrieten.

Dit is mijn eerste kennismaking met seks. Ik werd verliefd op het buurmeisje toen ik vijf was en zij zeven. Ik volgde haar langs de stekelige paadjes in de tuin van de buren, die wilder was dan de onze en vol onkruid stond, onstuimig, onbeteugeld, onverzorgd. Het meisje aanvaardde mijn aanbidding als een soort eerbetoon dat legitiem en verdiend was. Mijn moeder gedroeg zich om duistere redenen afwijzend. Toen, op een dag, toen ik in het lange gras met mijn tractor aan het spelen was, verklaarde het buurmeisje: 'Laten we allebei onze onderbroek uittrekken!' en ze trok haar ongebloemde witte slipje naar beneden. Ze ging plat op het gras zitten met haar benen uit elkaar en presenteerde mij een verrassend, smal roze spleetje. Ik staarde er verwonderd naar. Ze verzekerde mij dat ik eraan kon likken als ik dat wilde, maar dat ik beloven moest het aan niemand te vertellen en dat het ons geheim zou zijn. Ik wist niet goed of ik het wel wilde, maar zei dat ik het zondagmiddag misschien nog eens zou bekijken. Dat was mijn eerste seksuele uitvlucht, een poging om tijd te winnen. Ze trok haar onderbroekje weer op en stormde nijdig weg naar haar kamer. Ze deed haar voorstel geen tweede keer. Ik was het incident helemaal vergeten tot mijn moeder mij, jaren later, toen de buren al verhuisd waren en ik een jaar of tien was, vertelde dat de vader van het buurmeisje, die kinderarts was, veroordeeld was wegens misbruik van zijn patiëntjes. Hij werd ook beschuldigd door zijn dochters, de een na de ander, toen die groter werden. Ik vroeg wat misbruik betekende, uit angst dat ze misschien ook wel met een zweep waren geslagen. Ze zei dat misbruik gefriemel aan kinderen was op een manier die niet hoorde. Ik vroeg haar of andere mensen van onderen likken er ook bij hoorde. Ze staarde me aan en zei dat dat best eens zou kunnen. Ik zei verder niets, maar ik was zeer tevreden dat ik niet op het vriendelijke aanbod van het buurmeisje was ingegaan. Het was klaarblijkelijk een spelletje dat regelrecht tot gevangenisstraf leidde.

Andere kinderen hadden opa's en oma's. Ik niet. Toen ik in het stadium van de plastic dieren en speelgoedwapens kwam vroeg ik mijn moeder hoe dat kon. De opa's en oma's van andere kinderen waren een belangrijke bron van oorlogsschepen van lego en dinosaurussen met bloeddoorlopen ogen. Ze aarzelde even, en vertelde me toen een deel van de waarheid. Het waren ernstige, godsdienstige mensen. Zij was heel wild geweest toen ze nog jong was. Ze was niet met mijn vader getrouwd geweest. Haar ouders hadden haar besluit om het kind te houden niet kunnen accepteren. Ze praatte tegen mij. Maar ze zei toch 'het kind' alsof ik van koninklijken bloede was en zij in de derde persoon moest spreken. Of alsof ik iemand anders was. De christelijke naastenliefde van de godsdienst van haar ouders strekte zich niet uit tot kinderen die wel bemind werden, maar niet erkend. Ik begreep het niet. Nee, ze schreef haar ouders nooit en haar ouders schreven haar nooit. Nee, ze stuurden nooit een kaart met de kerst of met verjaardagen. Toen, heel raar, alsof ze mij in een kolossale onthulling liet delen, hield ze mij voor dat sommige dingen, soms, nooit vergeven konden worden. Op de een of andere manier wist ik dat ze het niet meer over mijn grootouders had. Ze dacht aan iemand anders.

'Vergeet dat niet,' zei ze vinnig, alsof we ruzie hadden gehad.

Ik beloofde dat ik geen woord zou vergeten en liet mijn eis dat ik grootouders wilde hebben vallen. Eigenlijk was ik gewoon teleurgesteld dat het nieuwe model lasergeweer, met allerlei gekleurde accessoires en optionele geluidseffecten, nu voorgoed buiten mijn bereik zou blijven als er geen grootouderlijke bijdrage te verwachten viel. Kinderverlangens zijn heel materieel. Eten, knuffels, geweren.

Gelukkig was ik gezegend met tantes. Tante Luce was als een schip met volle zeilen, lagen kleren in geweldige kleurexplosies die om haar heen deinden. Tante Luce vond nieuwe kleurencombinaties uit. Ze was gespecialiseerd in weefsels voor vrouwen die over catwalks huppelden en woningtextiel voor rijke mensen. Ze verdiende haar geld, veel geld, met katoen, zijde, velours, crêpe, kaasdoek, vilt, linnen en rollen 100% acryl. Alles wat ze deed was grootschalig, overvloedig, gigantisch. Zij kocht een hobbelpaard voor mij. Ze was een geweldige bron van plastic en metalen speelgoed, dat soms enorme knallen kon voortbrengen. Anders dan mijn moeder stond ze niet afwijzend tegenover speelgoed waar je voor nep hele bloedbaden mee kon aanrichten. Maar dat lasergeweer waar je zoveel mee kon was net iets te veel gevraagd.

Vanaf mijn jongste jaren herinner ik mij de geuren van lippenstift en onafhankelijkheid, haar veelvuldige bezoeken in een Volvo-stationcar waarvan de achterbumper bijna over straat sleepte onder het gewicht van ettelijke rollen textiel, enorme cilinders van kleur, een Arabische spelonk van kleuren die lagen opgetast in haar kofferbak. Ik herinner me haar huis. Ze had zonneschermen, geen gordijnen, in Bauhauspatronen en een compleet witte keuken.

Tante Luce woonde samen met een andere vrouw die nog jonger was dan mijn moeder en die derhalve minstens vijfentwintig jaar jonger moet zijn geweest dan tante Luce. Ze was een gedrongen, blozende verschijning, en ze nam altijd een nog rodere tint aan als ze een gesprek begon. Daar moest iedereen om glimlachen. De metgezellin van tante Luce heette Liberty. Ik vroeg haar een keer naar die rare naam. We waren een nieuwe ketting op mijn fiets aan het zetten, en zaten op ons achterwerk in het vochtige grind van de oprijlaan. Onze vingers zaten onder de olie. Ik krabde het vuil weg dat zich had opgehoopt onder het achterspatbord en dat op steeds grotere hoopjes op de grond neerdwarrelde. Ze legde het uit.

'Mijn ouders waren hippies. Ze hadden op een gegeven moment een klein lapje grond gekocht in de buurt van Hebden Bridge maar zijn er nooit in geslaagd met enig succes iets te verbouwen. Ik ben daar geboren. Ik ben thuis geboren. Het ziekenhuis wilden ze niet riskeren. Mij lesgeven deden ze ook zelf thuis, wat toen niet eens zo ongebruikelijk was. Ze hebben mij Liberty genoemd als symbool van het feit dat ik buiten de kapitalistische staat leefde. Theoretisch althans.'

Ik schudde twijfelachtig het hoofd en vroeg me af of die boosaardige staat in South Yorkshire gevestigd was.

'Maar wilde je dan buiten de kapitalistische staat leven?'

'Ik weet niet. Dat wilden zij.'

Er viel een stilte. Toen zei ze:

'Ik vind mijn naam nog niet zo gek. Vrienden van mijn ouders hadden een dochter die Ince heette. Daar speelde ik vaak mee. Pas toen ik een jaar of twaalf was kwam ik erachter dat Ince een afkorting was van Incense. En haar tweede naam was Rainbow. Dat was dus helemaal hopeloos.'

Ik zat met de toeclips op mijn pedalen te draaien.

'Ze heeft mij Tobias genoemd. Ik vraag me af waarom.'

'Misschien heette je grootvader wel Tobias. O nee, wacht even, als ik bedenk wat Luce over je grootouders zegt lijkt het me niet waarschijnlijk dat ze jou naar hem genoemd heeft. Misschien heet je vader Tobias.'

'Ik weet niet hoe mijn vader heet.'

'Vraag het haar. Het zal niet de engel Gabriël zijn geweest.'

'Zou best kunnen. Ik heb hem nog nooit gezien.'

Liberty besefte dat ze zich in troebele familiewateren had begeven en stapte op een ander onderwerp over.

Maar ik vroeg me soms wel degelijk af of ik mijn vader echt nooit gezien had. Als ik het slib op de bodem van mijn geheugen afdregde was ik mij bewust van een gebeurtenis waarbij mijn moeder doodsangsten had uitgestaan. Ik moet een jaar of vier, vijf zijn geweest. Ze had een telefoontje gekregen en toen ze hoorde met wie ze sprak het toestel tegen de muur gesmeten. Ik stond met open mond in de deuropening terwijl zij het snoer uit de plint rukte. Toen draaide ze zich om op zoek naar mij, tilde me op, zette me op de stoel in de hal en rukte mijn armen naar achteren om ze in de mouwen van mijn winterjas te wurmen zodat ik begon te krijsen.

Ze negeerde mijn geschreeuw, gespte me vast in mijn smoezelige kinderzitje in de Renault 4 en scheurde weg. Ik brulde de hele weg van angst en van pijn. Ik kan me nog herinneren dat ik brulde, maar ik kan me niet herinneren waar we heen gingen.

En dit is het moment dat ik me duidelijk herinner. We hebben ons verstopt bij tante Luce. Er staat iemand voor de deur. Tante Luce sluit ons op in de kast in de gang, die ze 'Deep Cloaks' noemt. Er zit een spleet onder de deur, en onder in de deur zelf zit een zigzaggend rijtje ventilatiegaten. We zitten op onze hurken in een wirwar van schoenen en plastic hoezen van de stomerij. Het stinkt vreselijk naar mottenballen. Ik zit met mijn neus in de mouw van een echte bontjas. Mijn moeder smoort me zodat ik nauwelijks kan ademhalen. Ze houdt haar hand stijf voor mijn mond. Haar adem is warm, en het lijkt er meer op of ze snikt dan ademhaalt. Ik ben doodsbang omdat zij bang is. De voordeur is rechts van de kast. Steeds weer wordt er aangebeld. Nu doet tante Luce de deur open. Ze vertelt leugens.

'Ze is hier niet. Ik zou toch gedacht hebben dat je wel beter zou weten dan nu naar haar op zoek te gaan. En ik wil je niet in huis hebben. Als je niet weggaat bel ik de politie. Ga weg.' Ze verheft haar stem. 'Ik zei ga weg, meteen.'

Ik hoor een lage stem. De stem is te laag en te zacht voor mij om te verstaan wat hij zegt. De stem is kalm, geduldig, resoluut. Ik zie een paar zwarte schoenen met in het leer een wervelend stippeltjespatroon van gaatjes. Mijn moeder heeft inmiddels één hand op mijn hoofd en drukt me naar beneden, terwijl ze me met haar andere arm om mijn middel tegen haar borst aan gedrukt houdt. Ik weet zeker dat ik ga niezen. Ik wil niezen. Tante Luce staat te gillen.

'Ga weg. Ga weg. Ga weg.'

En dan verdwijnen de stemmen langzaam naar de achtergrond. Om redenen die ik nooit zal kunnen verklaren ben ik ervan overtuigd dat die man mijn vader is. Maar ik vraag er nooit naar. Ik zeg niets.

Jaren later is er een ander incident, dat ik nooit zal vergeten. Het is zomer. Ik ben tien jaar. We zitten achter in de tuin op het gras thee te drinken. Mijn tantes zijn op bezoek. Liberty maakt een krans van madeliefjes voor me. Met de nagel van haar duim splijt ze de stengel open en rijgt daar de bloemetjes doorheen. Tante Luce heeft al twee trillende kettinkjes van madeliefjes om haar linkerenkel. Mijn moeder draagt een halsketting van bloemen. Voor mij heeft Liberty een wit-met-gouden kroon gemaakt. Ze zet hem op mijn blonde stekelkop. Ik zie eruit als een Arische Cleopatra.

'Jullie zijn er helemaal klaar voor om Dionysus te aanbidden,' roept Liberty uit.

'Jezus,' zei mijn moeder, 'zoiets zou zijn vader nou ook gezegd hebben.'

'O, dus dat soort dingen zei hij?' beet tante Luce haar toe. Haar stem klonk opeens gevaarlijk. Mijn moeder kijkt haar woedend aan. Iedereen is stil, gegeneerd.

Tante Luce weet iets. Maar niet genoeg. En ze vindt dat het haar verteld had moeten worden. Liberty weet het niet. Haar is niets verteld. Mij zal nooit iets verteld worden. Mijn moeder heeft niet geweigerd het mij te vertellen. Ze heeft gewoon nooit de voorwaarden geschapen waaronder het mogelijk zou zijn geweest ernaar te informeren. Maar ik zocht Dionysus op in haar *Woordenboek van de Griekse en Romeinse Mythologie*. Hij is de god van de wijn en de vervoering. Aanbid hem en je wordt gek, een kannibaal, een moordenaar.

Tante Luce gaf ons, om redenen die ik als kind nooit helemaal kon begrijpen, duidelijk te verstaan dat Liberty een sine qua non was voor onze familieband, en ten dele ook de oorzaak van onze voortdurende solidariteit. Ze stelde met graagte vast dat we allemaal de eer hadden de schande van onze familie te zijn. Ze beschreef ons bestaan, zonder enig berouw, als een aaneenschakeling van verrukkelijke, opzettelijke schandalen. En ze drong er bij mij op aan die familietraditie van kleurrijke infamie vooral hoog te houden.

'Zet het allemaal in de krant als je kunt,' zei ze, 'of beter nog, zorg dat je op de televisie komt. Twee minuten televisie staat gelijk aan zes kolommen in de krant.'

Tante Luce sprong bij met donaties voor vakanties, speciale projecten, grote reparaties en kolossale financiële ondernemingen – zoals het opwaarderen van de fiets en de computer, het plaatsen van een nieuw dak op het atelier of de aanschaf van een auto, tweedehands, maar met heel weinig kilometers op de teller. Ze gaf ons geld, schenkingen zonder rente en kennelijk zonder verplichtingen, voor elk avontuur waar grote sommen voor nodig waren. Ze gaf nooit haar mening tenzij daarnaar gevraagd werd, maar liet het altijd duidelijk doorschemeren als ze stond te popelen ons in haar zienswijze te laten delen, als een orakel, gezegend met een overvloed aan profetie. Ze had een spits, fascinerend gezicht, als een whippet. Als mijn moeder aan het woord was zat zij, bedachtzaam en opmerkzaam, op het puntje van haar stoel, gewaden rondom tot rust gekomen, en wachtte op het juiste moment om ook een duit in het zakje te doen. Als Liberty iets wilde zeggen hield tante Luce haar hand op als een verkeersagent tot de blos van de jonge vrouw was geluwd. Altijd als tante Luce en Liberty op bezoek kwamen liet ik ze alles zien wat ik had geknutseld of getekend en bleef er verwachtingsvol bij staan, hunkerend naar hun goedkeuring.

Deze driehoek van vrouwen, tante Luce, Liberty en mijn moeder, was als een aangenaam Grieks koor. Zij waren de enige familie die ik had. Maar er was nog een ander, afwijzend koor, achter de schermen, dat het waagde commentaar te leveren op ons privéleven. Ik volgde de schandalen en geschillen uit de tweede hand, en registreerde het feit dat we niet onafhankelijk waren, niet autonoom, geen vrijstaat van Amazones met een zoon om later de troon te bestijgen. We werden in de gaten gehouden bij alles wat we deden. Familietwisten komen uiteindelijk altijd neer op ruzies om geld. Ik stelde me voor dat we waren onterfd zonder een cent te makken. Het oogde Victoriaans en definitief, maar er werden altijd weer nieuwe wandaden gepleegd, elders, met geregelde tussenpozen. Het draaide allemaal om een reeks aandelen op naam van mijn moeder, die niettemin de handtekening van mijn grootmoeder behoefden om van fiscale verplichtingen te worden ontheven. Die permissie werd haar nijdig onthouden. Tante Luce was de boodschapper. Ik zag de lange, merkwaardige gestalte van tante Luce, laaiend op de drempel, een brief in haar hand.

'Een schande is het! Hoe durft ze?'

Het was mijn onzichtbare grootmoeder die durfde. Daar stond tante Luce, elegant, intolerant en razend, middelpunt van een tactloze waterval van smaad en belediging, waarin mijn naam werd genoemd, verscheidene keren, terwijl mijn moeder thee zette, af en toe iets mompelend in antwoord op de dreigementen van mijn tante.

'Waarom tekenen ze niet? Is het omdat ze mij niet mogen?' onderbrak ik hun keukengesprek over de onbillijkheid van mijn grootmoeder. Ze draaiden zich om op hun stoelen en staarden mij aan.

'Het is niet omdat ze jou niet mogen. Ze hebben je maar één keer in hun leven gezien. Ze kennen je niet eens.' Mijn moeder probeerde me gerust te stellen.

'Ik wil weten waarom ze ons nooit willen zien en waarom ze boze brieven schrijven.'

Tante Luce barstte in lachen uit.

'Jouw grootmoeder is mijn zuster,' riep ze, 'ze verfoeit andere mensen en ze vindt het heerlijk om boze brieven te schrijven en scènes te trappen. Luister, schat, jij hebt misschien geen oma, maar jou zijn wel een heleboel gênante scènes aan de theetafel bespaard gebleven. Mijn zuster zit op een wolk van deugdzaamheid boven haar goedkope Darjeeling en tuttige cakejes andere mensen te bekritiseren, dat wil zeggen: andere deugdzame mensen. De lagere klassen zijn de facto niet deugdzaam, en derhalve haar minachting niet eens waardig. Wij zouden dankbaar moeten zijn voor haar vervolging. Ze neemt in elk geval nog notitie van ons. Ze heeft nooit de pech gehad het eens bij het verkeerde eind te hebben en daarom is ze altijd en eeuwig in de aanval. Zij heeft het recht, niet alleen om andere mensen te beoordelen, maar ook om vanaf haar positie van goddelijke rechtschapenheid ongezouten kritiek te leveren op hun moraal en gedrag. In haar ogen is grof zijn, wat hetzelfde is als gelijk hebben, een van de kardinale deugden. Haar goede voornemen voor het nieuwe jaar is meer vijanden maken.'

Mijn moeder zat te grinniken om tante Luce, die nu goed en wel op dreef was, sigaret aangestoken en in de hoogte, en alle terughoudendheid liet varen.

'Eén stap van het smalle pad van kleinburgerlijke moraliteit, die uit louter gerecyclede papieren zakdoekjes en boosaardigheid bestaat, en schat, je bent verdoemd. Je kunt nooit meer worden opgezocht. Je kunt alleen nog maar belasterd worden.'

Ze staarde me opmerkzaam aan.

'Goddank lijk je niet op haar – en ook niet op hem,' voegde tante Luce er met een zucht aan toe. Ik vroeg me af wat er dan gebeurd zou zijn. En trok de conclusie dat er dan niet van mij gehouden zou zijn.

Iedereen merkte altijd op hoezeer mijn moeder en ik op elkaar leken. Het lijdt geen twijfel van wie jij een zoon bent, riep tante Luce altijd met nadruk uit, als ze me verscheidene weken niet gezien had. De gelijkenis was ook wel treffend: we waren allebei klein, recht, blond, als een paar noordse helden, bleke sproetige huid die snel verbrandde, en dezelfde grijsblauwe ogen. Ik keek in haar gezicht en zag mijn eigen geruststellende spiegelbeeld. Alle beharing op mijn en haar lichaam was asblond, bijna wit. Onze handen waren enigszins vierkant. Maar tegen de tijd dat ik zestien was kon ik haar hand al met de mijne omvatten. Ik was al even lang als zij. Onze handen hadden dezelfde vorm, dezelfde brede nagels, dezelfde bleke huid, dezelfde vrijmoedige greep. Ze had schildershanden, sterke handen die onder de vlekken zaten, werkhanden. Ik vond het heerlijk om toe te kijken als ze haar kwasten reinigde. Die waren duur en ze zorgde er goed voor. Maar dat waren meteen de enige dingen die ze ooit zorgvuldig schoonmaakte. Van tijd tot tijd zag ik haar de dikke glasplaat afkrabben die ze als palet gebruikte. Dan liet ze grote, aangekoekte plakken kleur rondslingeren. Mijn handen waren glad en onaangetast. Ik had de handen van een rijke, verwende vrouw. Zij had mannenhanden. Geen van beiden droegen we ooit sieraden, of ringen.

Ik had nooit huisdieren. Ik vroeg nooit om konijnen of hamsters. Huisdieren leren kinderen de lessen van liefde en verlies. Die had ik niet nodig. Zij was genoeg. De geur van haar lichaam, een scherp, overdreven, ordinair parfum en een eeuwige vleug van lijnzaadolie domineerden het huis. Tot ik veertien, vijftien was, soms nog lang daarna, kwam ze 's avonds naar mijn kamer om me welterusten te kussen. Ik zag de schaduw van haar haar, en de welvende lijn van haar glimlach die nog in haar wang getekend stond, en voelde het koude prikken van haar neus als ze zich over me heen boog om mij te kussen. Ze kuste me op het voorhoofd, de wang, de mond, en streek zachtjes met haar lippen langs de welving van mijn hals. Ik voelde onze gelijkenis in het donker. Ze smaakte naar verf. Haar borsten hingen zwaar op mijn borst. Soms kwam ze naast me liggen en hield me in haar armen tot ik sliep. Eén keer toen ik 's morgens wakker werd lag ze daar nog, huiverend, helemaal in de kleren, ogen dichtgeplakt van vermoeidheid, vechtend met mij om het donzen dekbed. We kibbelden met elkaar als kinderen.

We werden geregeld voor broer en zus gehouden. Een man op een parkeerplaats vroeg ons een keer of onze ouders betaald hadden. Samenzweerderig giechelend ontkenden we ook maar enig idee te hebben waar onze ouders uithingen. Toen ging ze boodschappen doen. Ik bleef in de auto zitten en we bespaarden 80 p voor twee uur. Ik vond onze gelijkenis geruststellend, een belofte dat ze mij de erkenning en liefde zou geven waarvan ik vreesde er niet altijd aanspraak op te kunnen maken.

Ik had haar concentratie en discipline; we konden allebei uren rustig bezig zijn zonder te praten. Maar ik had niet haar gave om te lachen en ik stoorde me aan de rommel die ze maakte. Ik ruimde alles achter haar op. Ik deed alle afwas die zij liet liggen. Ik schrobde de gootsteen met Vim. Ik boende de keukenvloer. Zonder mij zou de keuken waarschijnlijk een gevaar voor onze gezondheid zijn geworden, vol rottend eten en krioelende beestjes. Soms, ondanks al mijn inspanningen, gebeurde dat toch. Als ik had schoongemaakt gaf ze me altijd een kus en bedankte me, maar aan haar gewoontes veranderde ze nooit iets. Haar kamer was een spelonk vol oude kleren, vuile kleren die eigenlijk in de was moesten, schildersmaterialen, lapjes die ze van tante Luce gepikt had voor een collage-experiment waar niks uitkwam, en verschillende grote emmers met gekleurd zand. Haar bed maakte ze nooit op. Ze vertelde een keer aan tante Luce, die het eerder vermakelijk vond dan afkeurenswaardig, dat ze de lakens pas verschoonde als ze gingen plakken. Ik verschoonde de mijne elke week. Ik deed alle was. Ik had er een afkeer van om haar kleren op te hangen. Ik deed dat zelfs als het vroor, gewoon om ze te luchten. Ik was bang voor haar ondergoed, dat ik in de machine propte, één lading per maand, zonder het al te nauwlettend te bekijken. Ik vond het zelfs vervelend haar natte broeken en shirts aan te raken, mooie voor naar haar werk, sjofele om in te schilderen. In die tijd was ik preuts en oversekst, en bang voor haar hang naar smerigheid. Ze scheen gek te zijn op materie, textuur, geuren, vloeistoffen, slijm, op een heel fysieke, heel lichamelijke wijze. Ik was een beetje bang voor al die dingen.

Het kind van een begaafd kunstenaar moet in ieder opzicht tegen een verschrikkelijke achterstand opboksen. Je leeft in de schaduw van een hoogwaterlijn op de muur, een onhaalbaar niveau van uitnemendheid, en die lijn blijft daar altijd staan, als een beschuldigende vinger, net buiten je bereik. Alles wat je produceert is derivaat, uitgevoerd in andermans kleuren. Ik kon nooit onder het gevoel uit dat zij het origineel was en ik de kopie: tweedehands, tweederangs. Ik hing altijd in haar atelier rond om maar dicht bij haar te zijn. De ruimte rook naar terpentijn, lijnzaadolie, lijm, vernis en fixatief. Ze had verschillende enorme kasten, onverplaatsbare gevaartes die onder de verfvlekken zaten en speciaal gemaakt waren om bouwtekeningen in te bewaren. Die kasten besloegen de hele muur die aan de woonkamer grensde. Ze staken ver naar voren in het atelier. De handvatten van de laden waren vaak kleverig van de gomhars of natte verf vermengd met zand. Ik was niet bij machte de laden open te trekken, die te zwaar voor me waren toen ik klein was. En toen ik sterk genoeg was om erin te gluren kwam ik tot de ontdekking dat er één was die ze op slot hield.

Ze had een gigantische ezel, maar die gebruikte ze niet altijd; soms hing ze gewoon een vel papier aan de muur met afplakband en schilderde daarop. Soms zette ze enorme doeken tegen het ding aan en bracht de verf op kniehoogte op. Haar methodes hadden niets mysterieus. Ze was een hele tijd bezig met het prepareren van haar doek. Dat deed ze op traditionele wijze. Eerst kwam de lijmgrond, in verschillende lagen: doorschijnende substanties met de textuur van eiwit. Vervolgens grondde ze het doek met een vulstof, nauwelijks waarneembaar, licht en bleek. Daarna kwamen de eerste lagen pigment. Hier varieerde ze haar kleuren. Ze tekende nooit rechtstreeks op het doek. Ze voerde haar ontwerpen veeleer uit in gordijnen van verf, die elk helemaal over het doek vielen, laag na laag, steeds dieper, steeds anders. Haar kwasten weekte ze in plastic Vittel-flessen waar de bovenkant afgesneden was. Maar ze gebruikte niet alleen kwasten. De keuken was naast haar atelier. Ze gebruikte de keukenmessen, de roerspaan, de invetkwastjes, de deegrol, stukken aluminiumfolie, haar blote handen en onderarmen, haar vingertoppen en haar gebalde vuisten. Eén keer knipte ze de pijpen van haar spijkerbroek en gebruikte ze de gerafelde onderkant om een zich herhalend, waaiervormig patroon te maken. Ze werkte met een ontstellende, onverzettelijke intensiteit, altijd aan meer dan één doek tegelijk, terwijl de radio in de vensterbank stond te schallen. Ze werkte nooit in stilte. Ze werkte elke dag. Zelfs als ze thuiskwam, afgemat van het lesgeven. Ik had bewondering voor haar bereidheid zichzelf smerig te maken, maar was verontrust over het feit dat wat ze ook kookte naar acrylverf, lijm of terpentijn smaakte. De schilderijen smaakten waarschijnlijk naar eten dat te lang heeft gestaan. Ik voelde me nooit helemaal op mijn gemak bij haar achteloosheid. Ik kon mezelf er niet van weerhouden de sporen die zij achterliet op te ruimen.

Haar stijl werd door seksistische critici als mannelijk omschreven. Althans, zij zei dat ze seksistisch waren. Ze werkte op een grote schaal; enorme abstracten, dichte, verknoopte oppervlakken, telkens opnieuw bewerkt, met pasteuze verflagen die je er zo af zou kunnen lepelen. Toen ik nog klein was liet ze mij soms in een benedenhoek van het doek met de verf spelen. Soms integreerde ze mijn ideeën. Ik hunkerde ernaar bij haar in de leer te gaan en keek met grote ogen naar die

23

enorme geometrische massa's, hun verglijdende volumes en compromisloze, monolithische intensiteit. Als ze een schilderij verkocht nam ze mij altijd mee uit eten. Niet naar een eetcafé, een Indiaas restaurant of een McDonald's, maar naar een duur restaurant in de stad, met echte witte tafelkleden en servetten, waar de obers Frans spraken en zij slakken bestelde, sissend in hun eigen kraters, als rookbommetjes, het soort restaurant waar nooit muziek klonk op de achtergrond en waar iedereen een hele tijd in enorme leren boekwerken op handgeschreven wijnkaarten zat te turen. Geen cheque was ooit voldoende om de rekening te voldoen en ze betaalde met haar American Express. Eén keer was er een messengevecht vlak voor de deur. Ik herinner mij het gejank van politiesirenes en de manager die steeds bozer werd.

'Zullen we gaan kijken?' vroeg ik.

'Onzin. Als er iemand dood is kunnen we dat morgen uitgebreid in de krant lezen. Kijk naar je zalm. Goed eten is veel belangrijker dan naar vechtpartijen kijken.'

Met tegenzin viel ik op de vis aan.

'Luister,' zei ze, mijn sensatiezucht rechtstreeks aanpakkend, 'ik zou altijd doorgaan met eten – wat er ook gebeurt. Al paradeerde de Geschiedenis hier door de straat.'

Ik zag de Geschiedenis meteen voor me als een reusachtige triomfwagen, bedekt met guirlandes, gevolgd door een lawaaierige meute.

Ze gaf parttime les aan de plaatselijke kunstacademie. Dat was geen bijzonder gerenommeerd instituut, haar collega's hadden nogal de neiging zich vol overgave op de ene bevlieging na de andere te storten. Het ene jaar moest iedereen met bakstenen en kartonnen dozen werken, een jaar later waren sculpturen van beton het summum van moderniteit. Een groep evenbeelden van de Paaseilandkoppen, op dezelfde enorme schaal, won aan het eind van dat jaar de eerste prijs.

Ze bleken onmogelijk te vervoeren en bleven permanent voor het beeldhouwatelier staan. Vervolgens raakten ze uit de mode en werden, als zoveel openbaar kunstbezit, een ontzagwekkende en onverwoestbare waarschuwing tegen artistieke grillen. In het feestseizoen trokken ze graffiti aan, rode rubberen neuzen en gigantische penissen.

Mijn moeder had de leiding over het schilderatelier. Ze was een overtuigd aanhanger van de ideologie die kunst in de gemeenschap voorstaat en organiseerde zelfs een paint-in die iedereen kon bijwonen. De heel dapperen, de happy few onder het publiek, deden daadwerkelijk mee. Tegen beter weten van haar directe baas in zette ze samen met haar studenten een paar enorme muurschilderingsprojecten op, langs de snelweg en in het winkelcentrum. Eén daarvan veroorzaakte een schandaal. Dat was een reusachtige fries van dansende, copulerende paren, die allemaal griezelig op elkaar leken. Het ontwerp viel aan de censuur ten prooi wegens het openlijk erotische karakter van de voorstelling, en niet zozeer vanwege die androgynie, maar het werd in ieder geval ongeschikt bevonden voor een muur langs een parkeerplaats recht tegenover de ingang van een supermarkt en moest worden ingetrokken. Ze bewerkte het plan, sneed de ronddartelende naakten eruit en voegde portretten toe van de plaatselijke drugsdealers in hun zilverkleurige Mitsubishi's. Die parkeerplaats was een van hun nachtelijke trefpunten. Er stond een telefooncel, die ze in het begin nog wel gebruikten toen ze voor het eerst in die voorstad opdoken. Later, toen ze allemaal hun eigen mobieltjes hadden, bleven ze bij die telefooncel parkeren, al maakten ze er geen gebruik meer van. Zo werd het fresco een surreële openbare icoon, een eerbetoon aan de mannen die de dood verhandelden onder hun eigen waarschuwende evenbeeld. Noch de culturele raad van de overwegend conservatieve gemeente noch die dealers viel het ooit op. Maar haar studenten wisten het. Zij waren bekeerd tot haar ideologie. Haar studenten dweepten met haar. Ze had de gave van de subversiviteit.

Tante Luce hield haar, waar ik bij was, voor dat als ze het meende met haar heteroseksualiteit, ze ook een man moest zien te vinden. Ze had twee verhoudingen gehad die ik mij kon herinneren, of waar ik zeker van was. Eén man was een jongere collega aan school die Jo heette, en die een jaar kwam assisteren als docent. Hij was lang, met kort stekeltjeshaar en twee rijen vervaarlijk ogende oorringen langs zijn rood kleurende oorlellen. Hij was aangesteld als haar medewerker. Zij werd geacht hem de kneepjes van het vak te leren. Toen ze hem, vlak na zijn aankomst, tot de officiële positie van minnaar promoveerde trok er een gesmoorde huivering van ergernis door het docentenkorps. Al gauw bleef hij in het weekend slapen. Ik mocht haar nieuwe vriend wel, hij was opgewekt, relaxed en maakte voor mij de vrachtwagen waarvan je het bouwpakket uit de cornflakesverpakking kon knippen. Vervolgens kwam Jo aanzetten met een bouwpakket van een vlieger, die we samen in elkaar zetten, waarna we ermee gingen vliegeren in het park, waar hij als een draak door de lucht zweefde terwijl wij er met z'n drieën achteraan holden, dwars door de varens en de hondenpoep, rukkend aan het onzichtbare touw en gillend van de pret. Als seksuele aanwezigheid was Jo welgemoed, onverantwoordelijk. Hij liep spiernaakt door het huis, tot mijn verwondering en verrukking, noemde zijn penis zijn 'leuter' en draaide twee van haar reggaeplaten, *Black Uhuru* en *The Harder They Come,* helemaal grijs. Hij hielp me met mijn huiswerk en beloofde me mee te nemen naar een punkconcert, waar de band naar verluidde altijd eerst op het podium pieste en daarna op het publiek, maar dat heeft hij nooit gedaan. Ik was bitter teleurgesteld.

Liberty mocht hem, tante Luce niet. Hij mocht nooit in

haar atelier werken. Aan het eind van het schooljaar ging hij naar een andere school. Eén keer belde hij op om te zeggen dat hij het vreselijk vond en dat hij ons miste, daarna hebben we nooit meer iets van hem gehoord. Ze leek een beetje treurig, een week of wat na zijn vertrek. Er werd nog meer gemurmureerd in de docentenkamer. Het schandaal woei over, hoewel het, als alle schandalen, nooit helemaal vergeten werd.

Die andere minnaar was een duister verhaal. Ik kan me hem maar ternauwernood herinneren. Ik moet een jaar of vier zijn geweest. Tante Luce mocht zelfs nooit van zijn bestaan af weten. Hij werd nooit genoemd, er werd nooit over hem gesproken. Soms vroeg ik me af of hij er wel ooit geweest was. Het was een oudere man met een grote auto en een vlindertatoeage op zijn bovenarm. Ik zag die tatoeage op de eerste ochtend dat de man er nog was toen ik wakker werd. De man staat zich te scheren, met de badkamerdeur op een kier. De badkamer is boven aan de trap, een lange, smalle, voor dat doel afgescheiden hoek van een veel grotere kamer. De gemodelleerde bladeren van de kroonlijst slingeren zich langs drie muren, vlak onder het plafond langs, hier en daar onder het spinrag, maar verdwijnen opeens in de kale, onversierde vierde muur. Ik staar naar het schijnsel op de muren, op de kroonlijsten, op het water in het bad. Het is een beverig licht. Het is een heel vroege herinnering. Zijn mond staat wijd open terwijl hij het scheermesje voorzichtig over zijn bovenlip trekt. Zijn armen zijn dichtbegroeid met zwarte haren en daar, temidden van die begroeiing, alsof hij erin verstrikt zat en uit alle macht probeerde zich te bevrijden, was die vlinder, een donkerblauwe vlinder met een naar donker neigend rood, dikke lijnen, meer dan levensgroot, glinsterend in het waterige licht. Dat is wat ik mij herinner, de open mond van die man en de fladderende, opmerkelijke tatoeage.

Maar ik weet, ik heb altijd geweten, dat geen van beide mannen mijn vader is.

Als je altijd in hetzelfde huis woont, met hetzelfde voorstedelijke landschap als achtergrond van al je herinneringen, lopen de jaren in elkaar over. Het is moeilijk om te bedenken of het dat jaar was, hetzelfde jaar dat ik mijn eerste fiets kocht, het jaar dat de wilg omwaaide en de mannen met de kettingzagen kwamen om hem in stukken te zagen – hij was helemaal rot vanbinnen, kruimelig, geel stof, heel raar eigenlijk dat hij niet eerder was omgewaaid. Ik mat mijn leven niet af in jaren, maar in gebeurtenissen. Dát was het jaar van de collega-minnaar en de drakenvlieger. Dát was het jaar dat ze een nieuwe auto kocht, met een gift van tante Luce, tweedehands, maar eigenlijk nog nieuw. Toen ik vijf was vroeg het buurmeisje of ik dat suggestieve roze spleetje tussen haar benen wilde likken. En verder terug was het jaar van de man met de vlindertatoeage, het jaar dat mijn moeder drie van de gigantische bloedrode monolieten verkocht en ik een half glas champagne dronk. Ik herinner me dat jaar nog.

Zo herinnerde ik mij de dingen.

Sommige gebeurtenissen kon ik in verband brengen met een precieze datum, een datum als een lichtgevend markeringspunt, een oranje boei op een grijze zee. Sommige data plande ik van tevoren. Dan sloot ik een pact met mezelf. Ik zou het haar vragen als ik twaalf was. Ik zou het haar vragen op haar verjaardag. Ze was op 1 augustus geboren. We waren altijd op vakantie als zij jarig was. En omdat we nooit thuis waren, maar in uitzonderlijke omstandigheden verkeerden, was het makkelijker om uitzonderlijke vragen te stellen. En het kon niet anders of het antwoord op de mysterieuze oedipale vraag – wie was mijn vader? – terwijl ik geen geboortevlekken had, geen herinneringen, geen paarse windsels om mijn herkomst te identificeren, het kon niet anders of het antwoord op die vraag zou ook uitzonderlijk zijn. Maar ze schond met haar reactie alle klassieke regels. Ze lachte. Ze gierde van het lachen. Ze omhelsde me. Ze bracht mijn waardigheid aan het wankelen terwijl ik in mijn rode korte broek voor haar stond te waggelen: opgeblazen, egocentrisch, arrogant, bleek weggetrokken – zo eiste ik mijn rechten op, mijn recht om te weten, mijn recht op een identiteit, mijn geboorterccht, mijn erfrecht. Maar ze bleef lachen, haar steile goudblonde haar, haar borsten, alles schudde van het lachen.

Toen verklaarde ze dat ze zich al zo vaak had afgevraagd of ik het ooit rechtstreeks zou vragen, en dat ze overwogen had om met de aartsengel Gabriël op de proppen te komen. Nee, mijn vader bestond echt. Ze giechelde nog wat. Ik voelde me volstrekt belachelijk.

'Hij was veel ouder dan ik, heel sexy, rijk en getrouwd. Ik heb zijn vrouw nooit ontmoet. Maar ik heb zijn trouwring gezien.'

'Lijk ik op mijn vader?'

'Nee, gelukkig helemaal niet. Je lijkt op mij.'

'Heb ik mijn vader ooit ontmoet?'

'Nee, niet dat ik weet Nooit.'

'Zie je hem nog wel eens?'

'Nee. Nooit.'

Dat was een slimme vraag omdat hij mijn vader naar het heden haalde en ze keek me aan, verrast, en lachte niet meer.

'Was je heel, heel jong?'

'Ja, vijftien. Drie jaar ouder dan jij nu bent.'

'Hield je echt, eerlijk van hem? Net zoveel als je van tante Luce houdt?'

'Dat zijn mijn zaken.'

'Heeft hij ook gevraagd of je met hem wilde trouwen?'

'Hoe zou dat nou gekund hebben, suffie? Hij was al getrouwd. En ik was minderjarig.'

En toen maakte ze een eind aan ons gesprek door de keuken in te duiken, die vreemde keuken in dat strandhuis waar we nooit het bestek konden vinden, of de opscheplepels, de flesopener, de plug voor de televisieantenne, de pomp voor het luchtbed. En ik vroeg er niet weer naar.

Maar ze maakte het wel goed met me. We brachten alle dagen en alle nachten samen door in dat strandhuis. Overdag schuimden we het strand af, ongeacht het weer, op zoek naar ongewone stenen, schedels, drijfhout, schelpen, botten die helemaal waren afgekloven door de golven. We namen enorme verzamelingen in dozen mee naar huis en de geur van de zee bleef nog weken in haar atelier hangen. 's Nachts sliepen we samen in het grote doorzakkende bed, om elkaar heen gekruld als zonverbrande strandgapers.

Ik had haar volledige aandacht. Ik had niemand anders nodig.

Ze maakte zich niet druk om geld. Ze was heel gul met zakgeld. Als ze iets zag wat ze mooi vond of wilde hebben, dan kocht ze dat: een keukenmachine, een nieuwe stereo-installatie, een kelimtapijt, bij een opruiming, maar het was nog altijd zevenhonderd pond en ze betaalde contant, een oude smokkelaarskist met een kapot ijzeren slot, dat ze zelf repareerde en gebruikte om haar rollen linnen in te bewaren, een vitrinekast waarin ze voorwerpen vergaarde voor stillevenstudies, vuursteentjes, botjes van vogels, kristallen, een mountainbike met dertien versnellingen waar ik mijn zinnen op had gezet, een paar Indiase kussens met spiegeltjes, dikke, gestikte draden en kwastjes aan de hoeken. Ze aarzelde nooit. Ze gaf geld uit alsof ze rijk was.

Om alledaagse dingen maakte ze zich niet druk. Het licht in de hal werd nooit gerepareerd. Elk nieuw peertje dat erin werd gedraaid brandde meteen door. Een elektricien werd nooit gebeld. De witte schuur in de tuin was weggerot, zodat de hamers en de boogjes van het croquetspel begonnen te roesten. Ze borg ze niet binnen op. De buren zeiden dat het zonde was, zulke mooie dingen te hebben en dan toe te staan dat ze zo verroesttien en verkommerden. De heggen werden nooit gesnoeid en groeiden tot fabelachtige hoogten. De buren klaagden. Zij werden van hun licht beroofd. Ze klom op een trapleer, snoeide de heg en knipte hem bij. Ik hoorde haar zingen terwijl ze ermee bezig was. Toen de buren thuiskwamen prijkten er een grote lul met ballen en twee suggestieve groene borsten op de ligusterhaag. De penis waaide in oktober om en ze knipte hem af. Een tuinman nam ze nooit in de arm. Maar zelf tuinieren deed ze ook niet. De ramen moesten nodig geverfd worden. De kozijnen aan de zuidkant waren helemaal vermolmd. In elke kamer hing wel een van de raamkoorden er rafelig bij, als een weinig succesvolle strop. Ze zat er niet mee. Ze maakte zich niet druk. En het was niet zo dat ze het zich niet kon veroorloven. Hoewel ze soms zei dat dat zo was. Als het een magere tijd was geweest zou tante Luce wel hebben betaald. Ze was gewoon te beroerd om een aannemer te bellen, of een loodgieter, of een elektricien. Het enige dat ze altijd liet repareren was de telefoon.

Ze keek nooit in de stapel gratis huis-aan huisbladen die zich onder de brievenbus ophoopten tot een stoffige berg. Maar ze weigerde om ze weg te gooien, en ik mocht ze ook niet opruimen. Ze stofzuigde zelden en altijd als ik huishoudelijke taken verrichtte zei ze tegen mij dat ik fantastisch was: dat ik zo'n attente man was, een man die het vuil zag, die aanrechtbladen boende en kussens opschudde. Maar ik voelde dat ze gniffelde, hoorde haar bijna gesmoord lachen als ze zulke dingen zei. Ergens anders, niet hier, was een ander soort man. Anders dan ik. Een soort die ze liever zag.

Toen ik nog heel jong was leed ik aan een ontstellende, hevige jaloezie, en maakte ik enorme scènes. Ik had er de pest aan als zij ging zitten met de telefoon, als ze wegzonk in de kussens van de grote, stinkende bank, de kleden om haar benen trok en zich van mij afsloot om te luisteren, te praten. Ze roddelde over mensen die ik niet kende, die ik nooit had gezien. Haar stem werd harder en galmde door de kamer. Ze lachte, zacht gorgelend in haar keel. Ik hing intussen in de keuken rond met de deur op een kier, als een onhandige spion: ik hoorde elk derde of vierde woord. Ik was boos en verbitterd. Ze had een geheim leven dat niet het mijne was, waar ik niets vanaf wist.

Toch was ze zich altijd bewust van mij. Ze las mijn gezicht als een landschap. Ik zag het spel van licht en schaduw in mijn eigen gezicht weerspiegeld in het hare. Je moet er vaker op uittrekken op je fiets, naar het zwembad, meer vrienden maken. Je mag ze wel mee naar huis nemen als je wilt. Waarom neem je ze niet mee naar huis? Ik overleefde op school door weerstand te bieden aan de meute, nooit iets te zeggen in de klas, stilletjes, stiekem de hoogste cijfers te halen. Slechts één keer hebben ze op me gevit. Een heel groepje, op de toiletten. Ik wist wie de leider van het stel was. Ik reageerde niet één keer op hun schimpscheuten. Ik wachtte gewoon af, wachtte tot hij het initiatief zou nemen. Toen stak ik hem in zijn hand met een passer. Daarna noemden ze mij Sparafucile, naar de moordenaar in een bekend stripverhaal. Maar ze lieten me met rust.

Wat mijn leven vulde waren boeken, boeken en nog eens boeken. Ik las me door enorme stapels irrelevante trivia heen, en boorde af en toe een goudmijn aan. Ik las liever verhalen over ontdekkingsreizigers dan Tolkien of *Star Wars*. Ik wilde lezen over de avonturen van dappere Britse helden, in korte broeken, die zich door struikgewas drongen waar het krioelde van de slangen, gevolgd door rijen inheemse dragers, en die geheime spelonken ontdekten vol glinsterend, kostbaar edelgesteente. Ik hield van spanning. Ik hield ook van die zwarte vrouwen met grote borsten, die over kennis van de toverkunst beschikten en een grenzeloze macht in de vingers hadden, maar die helaas in Afrika moesten achterblijven om het koninkrijk van hun vader te erven. De Engelse helden van het keizerrijk keerden terug naar de stille, vochtige gazons, flets zonlicht, croquet en margrieten, naar huizen die geurden naar rozen en lavendel, naar stille vrouwen in witte jurken en het discrete getinkel van vaatwerk in de verte. De enorme zwarte borsten van de verloren Afrikaanse prinsessen waren een initiatierite, een ravijn dat in de geest moest worden overgestoken en waar in hun verdere onbewogen leven slechts vage herinneringen aan zouden beklijven.

Het was oktober. Mijn slaapkamer was boven in het huis, weggestopt onder een afbladderende witte dakkapel. Ik hing vochtige handdoeken over de verwarming onder het raam en keek naar de straat. Onze voortuin was overwoekerd met een bruine vlinderstruik die op sterven na dood was, een dwergconifeer die ongevraagd was uitgedijd tot reusachtig formaat, een camelia die in de luwte van de veranda stond, een heg van eleagnus die het nooit goed had gedaan en die in een teleurstellend onvolgroeide staat bleef verkeren. Altijdgroene heesters verduisterden het erkerraam van de woonkamer. Het enige punt vanwaar de hele straat te overzien was, was mijn slaapkamerraam. Alleen was er in onze voorstad nooit iets te zien. Ik kon altijd de verre eb en vloed horen van gillende kinderen. Maar ik zag ze nooit. De mannen kwamen elke werkdag na donker thuis, wasten hun auto's op mooie zondagen, zelfs in de winter als het niet vroor. De buren liepen met hun honden langs het huis naar het park. Vaag schemerende doornstruiken, een meter of honderd verderop, markeerden de overgang van privé naar openbaar groen. Het uitzicht bleef altijd, altijd hetzelfde.

Het begon in oktober. Ik zat in mijn slaapkamer Frans te vertalen voor mijn eindexamen. Ik was de enige kandidaat. Een van de passages was heel mysterieus.

Triangle arithmétique, une figure dont la construction est telle. Je mène d'un point quelconque, G, deux lignes perpendiculaires l'une

33

à l'autre, GV, GL, dans chacune desquelles je prends tant que je
veux de parties égales et continue, à commencer par G que je nom-
me 1, 2, 3, etc; et ces nombres sont les exposants *des divisions des*
lignes.

Ik heb de volgende constructie de Rekenkundige Driehoek genoemd. Laat van een willekeurig punt G twee perpendiculaire lijnen uitgaan, GV en GL, die ik elk in gelijke secties verdeel, te beginnen bij G, die ik 1, 2, 3 etc. noem; en die getallen zijn de
indicatoren van de verdeling van de lijnen.

Ik hield op met vertalen. Doelloos begon ik de mathemati-
sche figuur die in de tekst was beschreven uit te tekenen. Toen
hoorde ik haar stem, ze riep, ze riep van onder aan de trap.
Ik verroerde me niet. Ze ging uit. Ik riep iets terug, vaag in-
stemmend. Ik hoorde de deur achter haar dichtvallen. Toen,
automatisch, stond ik op en ging bij het raam staan om naar
buiten te kijken. Ze dook op in het afnemende grijze licht achter de schaduw van de heesters. De oranje lampen fonkelden
al in het schemerlicht. Haar schoenen tikten op het beton. Ze
had nooit een handtas bij zich. Ik zag haar haren, kortgeknipt
als bij een amusementsgeil meisje uit de jaren twintig, zachtjes zwaaien in de oranje gloed. Ik bracht mijn hand naar mijn
eigen hoofd. Ik stelde me voor dat ik haar haren tussen mijn
vingers voelde. Ze liep langs haar eigen auto en wierp alleen
een vluchtige blik op de achterbank. Toen keek ze op en ver-
snelde haar pas. Ik volgde de lijn van haar blik. Ik stond in
mijn raam veilig op het hoogste punt van de driehoek, en zag
haar door de leegte optrekken naar dat duistere punt, dat nog
onbeweeglijk bleef, en onzichtbaar. Toen bewoog er iets, een
hand ging omhoog. Mijn blik bleef rusten op de figuur in het
vallende duister.

Ik zag die andere man voor het eerst. Hij leunde tegen een
zware zwarte auto, een pantserwagen met gigantische pro-

fielbanden, bumpers met dikke stangen erop en speciale nummerplaten. Aanvankelijk kon ik geen wijs uit die mannelijke gestalte en zag slechts details, een ruimvallend zwart pak, heel kort grijs haar dat een beetje glom, een man als ieder ander, groter misschien, nee, veel groter, dat zie ik nu, nu hij in beweging komt, een enorme borstkas en een zware tred als hij zich omdraait om naar de vrouw te staren die eraan komt. Dan kijkt hij op. Hij is gladgeschoren, vijftig jaar, misschien ouder. Zijn gezicht is zwaar, wit, alsof hij een toneelmasker draagt. Het is te ver om zijn ogen te zien. Hij brengt zijn hand naar zijn lippen. Hij rookt. Dus dit is de man wiens geur haar lichaam omvloeit. Dit is de man wiens handen, stinkend naar nicotine, de hare omsluiten. Dit is de man wiens stem de hare overschreeuwt, die haar verdringt. Dit is de man wiens silhouet opzwelt in de deuropening. Dit is de man wiens gewicht haar ribben verplettert. Dit is de man die haar geheimen openlegt. Dit is de man van wie ze houdt.

Ensuite je joins les points de la première division qui sont dans chacune des deux lignes par une autre ligne qui forme un triangle dont elle est la base.

Vervolgens verbind ik de eerste verdeelpunten op beide lijnen met een andere lijn die de grondlijn van de driehoek vormt.

Ik stortte in boven mijn Franse vertaling. Ik wist dat ik ging overgeven, een hete golf maagzuur rees op in mijn keelgat. Maar toen ik in de wc stond kwam er niets, alleen maar rauwe golven van misselijkheid. Ik zat op mijn knieën en klampte me vast aan de pot die ik eerder die dag nog zorgvuldig had schoongemaakt, en voelde me eenzaam en koud.

Ze kwam laat thuis die avond, en stonk naar sigaretten.

Ik wist dat die nacht in mijn herinnering zou blijven als de eerste waarneming. Het was oktober. Ik was achttien. Ik was nooit van haar gescheiden geweest. Ik was nooit van huis geweest.

Het was mij een groot raadsel waarom die reusachtige man met die zwarte auto nooit aan mij werd voorgesteld. Ik had tamelijk duidelijke herinneringen aan haar andere geliefden en aan de vrienden die zo heel af en toe met haar meekwamen. Ze nam hen altijd mee naar huis. Ik had zelfs de stellige indruk dat ik de vuurproef was die ze moesten doorstaan. Mijn inspectie was een soort initiatierite. Ze was trots op mij. Dat zei ze. Ze schepte erover op hoe pienter ik was. Als de aanblik van haar metgezellen mij aanstond, en ze vergiste zich nooit in mijn onuitgesproken oordeel, werden ze hartelijk binnengehaald, door het struikgewas voor de deur en over de drempel. Meestal mocht ik ze ook wel, hoewel ik mezelf ervan had overtuigd dat ik op mijn hoede was geweest voor de man met de vlindertatoeage. Buiten de Amazonedriehoek onderhield ze geen intieme vriendschappen. Als ze uitging was dat ofwel naar een openbare bijeenkomst of gelegenheid, ofwel om iets te ondernemen – eten, discussiëren, geld inzamelen – in groepsverband. Niemand kwam vóór mij. Ze hield andere mensen op een afstand. Maar ze vertelde me altijd over haar werk, haar angsten, haar plannen. Zoals alle kinderen die zich geconfronteerd zien met vertrouwelijkheden van volwassenen begreep ik niet altijd wat ze zei, maar ieder woord werd door mij gekoesterd. Ik waakte intens jaloers over de rustige avondjes die wij, lekker tegen elkaar aan gekropen en half in slaap, voor een veel te gewelddadige thriller op de televisie doorbrachten. We waren net een behaaglijk getrouwd stel, vertrouwd met elkaars stiltes, zwakheden en ritmes. Afgezien van het grote mysterie van mijn herkomst en mijn vervreemde grootouders was ik mij nooit bewust geweest van iets verborgens of onuitgesprokens, van enig taboe. Waarom bleef die man dan haar onverholen, maar niet als zodanig erkende geheim? Als ik die vraag had willen opwerpen, zou ik een scène hebben moeten maken. Ze bood me geen gelegenheid ernaar te vragen.

Ik hoefde niet meer elke dag op school te zijn. Soms was ik aan het begin van de middag al thuis, maar ook dan hingen al vaak de dampen in de lucht van kolenvuren die reeds waren aangestoken. Als ze nog op school was luisterde ik naar de boodschappen op het antwoordapparaat. Boodschappen van Franse vriendinnen die vaak belden of onleesbare ansichtkaarten stuurden, die belden uit kamers die verduisterd werden door rook van houtvuren, antiek, en vage, voorouderlijke herinneringen van generaties her.

'*Ecoute, Isobel – c'est moi, Françoise. Tu me rappelles? J'ai déjà des idées pour Noël. Bisous, bisous à toi et Toby...*'

De vrouw van de galerie die haar werk exposeerde en af en toe reusachtige doeken verkocht voor duizenden ponden, met haar vampierstanden, agressief, vaak bekritiseerd door tante Luce: '*Ik heb misschien een suggestie voor die galerie in Keulen. Na dat geweldige succes in München moeten we Duitsland warm houden... bel me z.s.m. terug...*'

Tante Luce zelf, schitterend, zelfverzekerd zeilend op de golven van een nieuwe financiële klapper: '*Kunnen jullie allebei zaterdag komen eten? Laat het even weten. Liberty en ik gaan begin november absoluut naar New York. Het is allemaal in kannen en kruiken en ik kan niet wachten om je alles te vertellen...*'

... en dan eindelijk de stem waar ik op gewacht had, die ik gevreesd had op het bandje te horen. '*Hallo,*' – een korte stilte, hij noemt haar naam niet – '*ik ben nog op het lab...*'

Hij is dus wetenschapper. Of arts? Patholoog? Lijkschouwer? Wat voor laboratorium? Waar? In een ziekenhuis? Een onderzoekscentrum, een universiteit? Waar? Woont hij hier? Of in Londen?

'*Ik ben hier tot acht uur. Bel me.*'

Intuïtief kijk ik op mijn horloge. Het is bijna drie uur. Ze is niet thuis. Ze komt pas na zes uur thuis. Zal ze meteen de boodschappen afluisteren? Normaal gesproken doet ze dat nooit. Is ze begonnen dat wel te doen, in de hoop hem te horen? Belt hij haar op haar werk? Als ze zijn stem hoort, zal ze hem dan meteen terugbellen? 07710 283 180. Dat is zijn mobiele nummer. Ik heb zijn adres noch zijn naam. Ik heb geen concrete informatie. Ik aarzel niet. Ik ga naast de telefoon op de grond zitten, luister naar het geruis van de terugspoelende band, kijk naar het rode lampje dat gestaag knippert en blader door haar boekje met nummers en adressen. Ik heb dit nooit eerder gedaan. Ze gaat niet erg systematisch te werk. Ze schrijft nieuwe namen op lege bladzijden, maakt niet uit welke, maakt niet uit wat voor letter er in de kartelrand gedrukt staat. Er valt geen patroon te bespeuren in haar verzameling namen, nummers, adressen. Het staat er allemaal willekeurig in, zelfs de lijntjes op de bladzijden worden in alle mogelijke richtingen doorkruist. Hier staan de namen van mensen die ik niet ken, die ik nooit heb gezien. Ik ben er nooit eerder in geïnteresseerd geweest. Sommige namen zijn doorgestreept en ergens anders weer opgeschreven, maar zo te zien evenmin bij de correcte letter. Sommige nummers zweven vrij op de bladzij, zonder locatie of identiteit. Bij andere staan initialen. Ik staar naar nietszeggende initialen, die alles verborgen houden, zelfs het geslacht. Het moet een instituut zijn, een ziekenhuis. Ik doorzoek het hele boekje op officiële adressen. De Londense nummers pik ik er zo uit, maar daar staan geen namen bij. In wanhoop, want het is nu bijna vier uur, bel ik willekeurig een van die nummers. Het is een stomerij, iemand die ongeduldig naar een ander nummer vraagt, het nummer op mijn groene kaartje, zonder welk ze mij niets kunnen vertellen. Jas, jasje, broek? Wat voor model? Wat voor kleur? Vertwijfeld geef ik het op. Ik leun tegen de muur. En luister nog een keer naar het bandje.

De stem is vast, zelfverzekerd, ongehaast. Dit is iemand die niet bang is, voor het antwoordapparaat noch voor het bandje. Maar als ik het bandje voor de derde keer beluister meen ik uit de vragende ondertoon in zijn stem te kunnen opmaken dat hij haar verwacht had. Hij had haar niet thuis getroffen. Was dat het? Wanneer had hij gebeld? Hij noemt geen tijd. En ons antwoordapparaat legt geen tijdstip vast. Wist ze dan dat hij zou bellen? Heeft hij al vaker gebeld? Waarom wist ik dat niet? Waarom is mij niets verteld? De jongen op de vloer van de hal, die tegen het zachte, hier en daar in flarden neerhangende behang aan geleund zit, is bijna in tranen. Om onduidelijke redenen voel ik me buitengesloten en verraden. Het geprik van tranen begint achter mijn ogen, en glijdt dan over mijn gezicht. De vrouw van wie ik houd is me aan het ontglippen. Ik ken haar niet meer. Ze is niet meer van mij.

Ik breng mijn hand naar het terugspoelknopje. Het antwoordapparaat is uitgeschakeld. Opeens begint de telefoon te rinkelen. Ik deins achteruit, betrapt, ontsteld. Ik staar naar het rinkelende, trillende toestel, niet bij machte er een hand naar uit te steken. Ik ben er absoluut zeker van dat het haar minnaar is, die enorme, duistere en verpletterende figuur, onzichtbaar, alziend, die wacht, minachtend grijnzend aan de andere kant van de lijn. Hij rinkelt en rinkelt. Ik zit er in elkaar gedoken naast, razend en hysterisch. Plotseling houdt het op.

De rest van die middag worstelde ik met een vertaling van een Griekse verhandeling over wiskunde. De taal van de wiskunde is bijbels. A zij gelijk aan B. Er zij licht. Ik had het gevoel dat ik schreef als de schriftgeleerden die de profeten vertaalden. Het was een taal van de macht. De noodzakelijke karakteristieken van een axioma zijn voortaan: (i) dat het vanzelfsprekend moet zijn, dat het onmiddellijk en zonder bewijs als waarheid moet worden geaccepteerd; (ii) dat het fundamenteel moet zijn, dat wil zeggen dat het niet kan worden afgeleid uit enige andere waarheid die eenvoudiger te formuleren is; (iii) dat het als basis moet fungeren voor het vaststellen van verdere waarheden. Een axioma is derhalve een vanzelfsprekende waarheid, die bewezen hoeft te worden noch kan worden, maar die als fundament dient voor verdere redeneringen. Ik ging rechtop zitten, opeens vervuld van inzicht en helderheid. De taal van de wiskunde is heel mooi. Mijn moeder houdt van een andere man.

Ik hoor de deur achter haar dichtslaan. Ze heeft mijn fiets gezien, mijn nieuwe fiets, die ze gekocht heeft voor mijn achttiende verjaardag – hij stond binnen het hek. Ze roept naar boven. Ik geef geen antwoord. Ze gaat naar de keuken. Ze zet de radio aan. Het is al even na zessen. Door het trapgat hoor ik de hoofdpunten van het nieuws. Ze trekt de koelkast open. Ik hoor het plastic geratel van de groentela. Door en door gespannen loop ik de trap af. Alle bronzen traproeden zijn groen uitgeslagen, de leuning zit los, en rammelt, en de loper is tot de draad versleten. Ik zie de wereld van veel te dichtbij, alsof ik hallucinerende middelen heb geslikt. Ze blijft even in de deuropening van de keuken staan en glimlacht, haar oude, gebruikelijke, genereuze brede glimlach, vol vreugde mij te zien. Ik ben al een stuk langer dan zij, volgend jaar zal ik nog langer zijn. Haar blonde steile haar, het mijne is hetzelfde, zwaait als ze zich omdraait om de courgettes in de gootsteen te mikken. Ik kan mijn ogen niet van het rode knipperlichtje op het antwoordapparaat in de hal afhouden. Een fonkelende vier. Vier boodschappen. Maar ze informeert naar mijn wiskundehuiswerk. Ze vertelt me over een nieuwe ruzie met haar faculteitshoofd over het atelierbudget. Ze opent een fles mineraalwater, ze overhandigt mij de knoflook, het enige scherpe mes dat we nog hebben en de snijplank. Ze heeft niet eens naar het antwoordapparaat gekeken. Het kan haar niets schelen.

Als een moordenaar, ervan overtuigd dat het lijk nu elk

moment ontdekt kan worden, is mijn blik gefixeerd op het glinsterende, onthullende rode lichtje. Temidden van een heel ander verhaal vraagt ze opeens of er nog gebeld is. Nee, ik heb geen telefoontjes aangenomen, maar er stonden wel wat boodschappen op het antwoordapparaat. Ik snijd de knoflook, die prikt aan mijn afgebeten nagelriemen, in piepkleine onhandige vierhoekjes. Ze voegt een mengsel van gedroogde kruiden uit een plastic zakje toe, roert de courgettes nog één keer door en duikt dan de hal in. Waarom kom je zo jong over? Je bent niet oud genoeg om mijn moeder te zijn. De radio staat nog aan, dus zet ze het antwoordapparaat harder. Alle stemmen waar ik naar geluisterd heb, verscheidene keren, knetteren en galmen in de wasem. Ik sta in de smerige gootsteen te staren. De Franse keelklanken, het geknauw van de galeriehoudster, het opgewekte gekwetter van tante Luce, en dan de stilte, voor die laatste stem begint, vast, ongehaast, zelfverzekerd.

'Ik ben hier tot acht uur. Bel me.'

Nog altijd glimlachend holt ze terug naar de courgettes. Het is in orde. Niets dringends. Als ze langs me heen glijdt, tegen de tafel aan gedrukt, vang ik de onmiskenbare, verdachte, scherpe stank van sigaretten op.

41

2

Laboratorium

'Toby! Kun je even beneden komen? Een van mijn vrienden is hier en ik wil je graag aan hem voorstellen.'
Ik was praktisch een kluizenaar. Op school had ik kwartier gemaakt in de bibliotheek en de beschuldiging uitgelokt een 'kontlikker van het lerarenkorps' te zijn. Ik werkte gewoon door, maar ik was wel begonnen bij bepaalde lessen weg te blijven. Dat had mijn reputatie bij de achterhoede van de klas goed gedaan. Mijn klassenlerares dreigde echter na enige tijd mijn moeder te schrijven. Doe maar, had ik gezegd, kan mij niet schelen. Het was voor het eerst dat ik ronduit brutaal was tegen een leerkracht. Ze bleef stokstijf staan en staarde me aan. Ik grijnsde even en smeerde hem naar huis. Mijn moment van opstandigheid was eindelijk gekomen. Ik bleef niet langer zitten wachten tot Iso thuiskwam van haar werk. Ik bleef niet meer beneden om door de gangen en de keuken te paraderen en naar haar uit te kijken. Ik had me teruggetrokken op mijn zolder. Het was haar niet eens opgevallen. Ik stond omzichtig op. Zelfs haar stem ergerde mij, en maakte mij kwaad.
'Toby! Heb je me gehoord? Kom beneden.'
Ze kwam de trap op. De figuur achter haar tekende zich af in het donker onder aan het trapgat. Zijn silhouet deed den-

ken aan de minotaurus, volledig tot mens getransformeerd, onbetwistbaar mannelijk en toch onmiskenbaar bestiaal. Zij kromp naast hem ineen tot een aandoenlijk hoopje mens. Mijn begroeting stierf weg op mijn lippen. De man stond heel, heel roerloos. Ik voelde dat hij naar me keek terwijl ik de trap af kroop, zijn onderzoekende blik meer gericht op mijn lichaam dan op mijn gezicht. Mijn moeder pakte mijn arm en nam me mee de trap af: ze leidde me naar hem toe alsof ik een maagdelijke bruid was. Toen stak hij een hand uit, een grote witte hand die de mijne omvatte. Hij voelde aan als een reptiel, koel, glad, droog. Verlamd van nieuwsgierigheid, gefascineerdheid en ontsteltenis hield ik mijn hand in de zijne. Hij droeg minstens drie gouden ringen. 'U bent de wetenschapper,' zei ik.

De man liet zijn hand zakken en tikte de as van zijn sigaret in haar koperen paraplustandaard.

'Inderdaad,' zei hij.

Ik voelde mij een spion met het gelijk aan zijn zijde. Het was dezelfde trage, vaste stem die ik ook op het antwoordapparaat had gehoord. Ik probeerde hem in één keer op te nemen, maar dat lukte niet. Er was te veel van hem. Hij had al te veel van mij in beslag genomen. Ik staar in de half geloken ogen van die man. Zijn blik is strak, zijn ogen zijn lichtgrijs. Hij heeft de ogen van een wolf. Het gordijn is opgegaan. Het stuk is begonnen.

Maar wat was mijn rol? Mijn tekst? Wie stond er in de coulissen te wachten, en de tekst te volgen, klaar om mij te souffleren? Ik stond met mijn mond vol tanden, te staren naar de minotaurus die mijn blik beantwoordde in de schaduw van het schemerige trapgat, ongehaast, geamuseerd. Ik vatte het compliment en bloosde. Hij vindt dat ik op haar lijk. Hij vindt mij ook mooi. Ik trok mijn schouders naar achteren en rechtte mijn rug. Ik weet wie jij bent. Ik heb je eerder gezien. Maar dit is de eerste keer dat jij mij ziet. De man kan er niet mee zitten. Ik volg de grote hand die omhooggaat, de sigaret losjes tussen zijn vingers. Zo kijkt een man naar een meisje dat hij bezit, haar gezicht, haar dijen, haar hals. Zijn blik is traag, obsceen.

Maar het moment gaat voorbij. Mijn moeder praat. Ze verveelt zich, ze wil weg. Ze maakt zich volstrekt geen zorgen om onze eerste geladen blikken. 'Wij gaan vanavond uit, schat. Vind je het niet erg? Er ligt nog wat kip van gisteravond in de koelkast. Warm dat maar op. Voor na is er alleen yoghurt.'

Ze worstelt met haar jas. Hij helpt haar niet.

'Ik heb jullie nog niet eens aan elkaar voorgesteld. Dit is Roehm. We kennen elkaar al ik weet niet hoe lang. Hoe ben je erachter gekomen dat hij wetenschapper is? Had ik je dat verteld? Volgens mij heb je dat niet van mij. Wil je de telefoon wel opnemen? Misschien is je tante wel terug. Ze heeft gisteren een boodschap ingesproken. Ik heb vanaf school gebeld maar ze was er niet en Liberty had geen idee waar ze was of wanneer ze weer thuis zou zijn. Als ze belt zeg haar dan dat morgen goed is...'

Ze kamt haar haar. Ze is de Lorelei, maar haar golvende lokken zijn gekortwiekt. Ze is klein naast deze man.

'Je wilt toch wel, of niet? Het zal je huiswerk niet bijten, hoor. Je hebt zeeën van tijd in het weekend en je gaat toch al veel te weinig uit. Ik vraag me weleens af wat je daarboven in vredesnaam uitvoert.'

Ze glimlachte samenzweerderig naar mijn spiegelbeeld, dat in schaduwen gehuld was – een vertrouwelijke glimlach.

'Luce gaat in november naar New York en komt pas vlak voor de kerst weer terug. Had ik je dat verteld? Ze heeft een nieuw contract. Het is geweldig nieuws...'

Nu rekt ze zich om mij, op de trap, een kus te geven. Ik buig me naar haar toe. De geweldige man die ze Roehm heeft genoemd blijft absoluut bewegingloos staan, sinister, zonder enige haast. Ik voel me gecompromitteerd en kwaad gemaakt

44

door zijn afmetingen, zijn starende blik. Het is net alsof hij al het licht om hem heen absorbeert. Zweet verzamelt zich in mijn oksels, mijn vingers zijn koud. In de leegte van het steeds donkerder huis klikt de centrale verwarming aan en suist het gas. Met deze man erbij wekt niets tussen mijn moeder en mij een natuurlijke indruk.

Ik formuleerde in gedachten een curieuze zin, elk woord met grote precisie gegraveerd. Deze man is de minnaar van mijn moeder. En daar stond het opeens, op het sombere behang achter zijn compacte zwarte figuur, verrukkelijk en wanstaltig tegelijk. Deze man is de minnaar van mijn moeder. Ik probeerde wijs te worden uit de driehoek die wij vormden. Daar staat zij, ze kamt haar haar en kijkt in de spiegel, niet naar zichzelf maar naar mij. Roehm staat voor de zin die ik op de muur heb geschreven. De zin blijft staan, onveranderlijk, beschuldigend, maar zonder concrete betekenis en zichzelf opeens eindeloos herhalend. Deze man, deze man.

'Sprakeloos, hè?'

Daar is haar warme adem op mijn wang, liefdevol, plagerig, ontspannen. Voor haar is dit niks bijzonders. Zij gaan uit. Ik moet die kip opeten, de telefoon opnemen. Ik heb geen tekst. Maar ik moet wel op het podium zijn.

Dan neemt Roehm het woord, en de lucht om hem heen krijgt meteen een andere temperatuur.

'Het spijt me dat je vanavond niet met ons meegaat. Ik zal je volgende week bellen.'

Mijn moeder kijkt naar hem. Ze glimlacht. Het is alsof hij open en bloot een ongepaste afspraak maakt, en haar negeert. Zij ziet het niet zo. Ze knikt, ze grinnikt. Haar minnaar doet zijn best om er iets van te maken. Hij heeft haar zoon geaccepteerd. Maar ze is verrast. Het is te snel. Zij zou dit zelf niet hebben voorgesteld. Maar ze is vastbesloten zich erover te verheugen. Roehm knikt terloops. Ze huppelt voor hem de deur uit. De verandadeur gaat knarsend dicht en ik blijf alleen achter, gezeten op de onderste tree van de trap, in het groezelige licht van het enige peertje dat het nog doet. De eerste ontmoeting was voorbij. Ik merkte dat ik licht trilde. Ik begon mijn eigen emoties te betasten, ze om te draaien en te kijken naar de kant die niet met patronen versierd was, alsof het zeldzame tapijten waren. Ik was boos, onzeker, op duistere wijze vernederd. Maar waarom? De scène had zich in enkele minuten voltrokken. Ik had die man in het gezicht gekeken. Ik wist nu wie hij was en ik zou hem weer herkennen. Maar wat was het wat ik voelde? Bij haar was het heel simpel. Een rustige, gestadige stroom van behoeftes. Ik wil, ik verlang, ik smacht. Geef, geef, geef. De seksuele verschijning van die man, opdringerig, merkwaardig, was blijven hangen in de lege schaduw van het trapgat.

Het was jaloezie waar ik naar zat te kijken: voor het eerst benoemde ik wat ik voelde. Ik was buitengesloten, naar de tweede plaats verdrongen. Dat was wat jaloezie inhield. Ik had de baan van Jago gekregen, 'en ik... vaandrig van zijn moorschap'. Wat gaat er met ons drieën gebeuren? Waarom zijn er drie? Ik draaide in gedachten de tarotkaarten om en zag, telkens weer, niet mijn moeder, die ik verwacht had te zien, maar het gezicht van die man. Toen drong er iets tot mij door, opeens, heel gek. Ik was niet jaloers dat de minotaurus het lichaam van mijn moeder in zijn greep had. Ik was jaloers om mezelf. Waarom heb je haar gekozen, en niet mij? Ik wilde haar plaats.

Was dit jaloezie? Ik kon de onderkant van het weefsel niet ontcijferen.

Ik dacht na over de belofte van Roehm: 'Ik zal je volgende week bellen.' Het was vrijdagavond. Een wildernis van huiswerk strekte zich voor me uit. Twee dagen van wachten en niks zeggen. Stel dat hij maandag niet belde? 's Morgens was ik op school, maandag zou ik om een uur of twaalf thuis zijn. De volgende week viel opeens uiteen in vijf, mogelijk zes dagen van leven in een soort vacuüm. Ik rende de trap op en knalde met de deur. Mijn Stratfordposter van *The Taming of the Shrew* met Katarina die een roze Fiatje duwde in haar fletse bruidsjurk hing zacht te beven in zijn lijst.

Mijn kamer kwam opeens op mij over als een puberhol vol afgelegde identiteiten. Oude popposters, plastic miniaturen van *Star Wars*, zelfs een beer met één oog die in een hoekje van de onderste plank lag. Ik ging op bed zitten, trok mijn dekbed om me heen en probeerde me mijn moeder voor te stellen terwijl ze de liefde bedreef met de man die ze Roehm noemde. Alles wat ik over seks wist was opgedaan in de jongenstoiletten op school, zowel van de muren als van verschillende medeleerlingen. Het ondergrondse toilet was het toneel van onverdroten masturbatiesessies waar ik nooit aan had deelgenomen uit vrees dat mijn pik niet voldoende bewonderd zou worden om erbij te mogen horen. Maar wat ik geleerd had in die diepten had ik bevestigd gezien op een of twee uiterst merkwaardige internetsites. Als alles wat ik gezien had waar was, kon ik het verschil in grootte tussen mijn moeder en haar minnaar niet bevatten. Die man was een stier, hij zou niets van haar heel laten. Misselijkheid welde op in mijn keelgat.

Ik smeet het dekbed aan de kant en ging achter mijn computer zitten. De goudvissen van mijn screensaver zwalkten over het scherm heen en weer, belletjes stegen op uit hun stomme bekken.

Druk op Enter.
Microsoft Internet Explorer.
Terug naar Hoofdmenu.
Zoeken op woord. http://www.whoswho.com.
Naam intikken.
Hoe schrijft hij zijn naam?
R-H-E-R-M?
R-E-R-M?

R-Ö-H-M?
R-O-E-H-M?
Naam intikken.
Zoeken.

Eigenlijk had ik geen idee hoe zijn naam geschreven moest worden. O God, wat een lijst. Dit was in het pikkedonker zoeken in de jungle. Ik besloot naar degenen te kijken die overtuigend Germaans klonken. Zijn accent stelde me voor een raadsel. Hij sprak perfect Engels, maar was duidelijk een buitenlander.

RÖHM, Ernst
ROHMER, Eric
ROEHM, Gustave

Daar gaat-ie dan.

RÖHM, Ernst (1887-1934) Stafchef van de SA van Hitler aan het begin van de jaren dertig. 1906 eindexamen Maximilian Gymnasium. Gevochten in de Eerste Wereldoorlog. Driemaal gewond. Tot kapitein gepromoveerd in 1917. Generale Staf in 1918. Teleurgesteld in naoorlogse maatschappij, Verdrag van Versailles etc. Voorjaar 1919, Röhm sluit zich aan bij het vrijkorps-von Epp. Aanhanger van rechtse parlementaire en extremistisch-nationalistische organisaties in Beieren. Duitse Arbeiderspartij. Eerste ontmoeting met Hitler, 1920. NSDAP.

Wat is dat? Zeker de nazi's.

Herfst 1923, Bierhalle Putsch.

Een greep naar de macht in een bierhal?

Röhms ontslag uit het leger en een veroordeling tot 15 maanden gevangenisstraf. Ontslag 1 april 1924. Hitler nog in de gevangenis. Orders Röhm om de SA op te richten, april 1925. Hij trekt zich terug uit de NSDAP en uit de actieve politiek. Militair adviseur in Bolivia van 1928 tot 1930.

In Zuid-Amerika vinden ze aan de lopende band ouwe nazi's.

September 1930 Rijksdagverkiezingen. Met ingang van 1 januari 1931 haalt Hitler Röhm terug als stafchef van de SA. De SA trekt in twee jaar tijd 800.000 leden aan. Straatterreur en propaganda.

Zeker die schurken van Hitler. Hebben we allemaal met geschiedenis gehad. Dat van die bierhal kan ik me niet herinneren. Was waarschijnlijk wel cruciaal.

De ambitie van Röhm: de SA als kern van een volksleger. Hitler consolideert zijn macht in de staat. Homoseksuele kring van Röhm en hun excessen. Klik hier voor gedetailleerde informatie.

Ah, het begint me weer te dagen. Maar Hitler wist van begin af aan dat Röhm homoseksueel was. Het werd alleen als excuus gebruikt om van hem af te komen. Hoe dan ook, de nazi's hadden wel iets flikkerachtigs over zich, zelfs onze leres Engels zei dat. Vind ik dit interessant? Ja, nogal. Verder.

Juni 1934. 'Nacht van de lange messen': Röhm werd gearresteerd en, na niet te zijn ingegaan op een uitnodiging om zelfmoord te plegen, op 1 juli 1934 in de Stadelheimgevangenis in München gefusilleerd door de SS.

49

Einde verhaal. Maar moet je je voorstellen, mensen uitnodigen om zelfmoord te plegen. We hebben een zelfmoordfeestje vanavond. Gepaste kleding vereist, zelf wapen meebrengen. Volgende?

ROHMER, Eric (1920-) Franse filmregisseur.

Dat kan toch niet? *Ma nuit chez Maud, Le genou de Claire?* Genou? Dat is toch knie? Dit slaat allemaal nergens op.

BEGIN CARRIÈRE / BIBLIOGRAFIE / ON-LINE-INTERVIEWS / KORTE IN-HOUD VAN ZIJN FILMS: Subtiele interpretatie van *Die Marquise von O.*, de novelle van Heinrich von Kleist. Geregisseerd door Eric Rohmer die ook het scenario schreef (1975) Janus Artemis Films du Losange & United Artists Starring Edith Clever en Bruno Ganz, 102 minuten.

Von Kleist? O ja, daar moeten wij ook een stuk van lezen. Ik wist niet dat hij ook nog novelles had geschreven. Hij is moeilijk. Heel modern ergens. Beslist niet negentiende-eeuws. Thomas Mann bewonderde zijn stijl. Dat is geen goed teken.

De aristocratische markiezin von O. komt tot de ontdekking dat ze zwanger is maar kan zich niet herinneren ooit te zijn verleid. Ze wordt door haar familie verstoten. Ze plaatst een advertentie om de vader van haar kind te vinden.

Adverteren? Dat is net zo erg als mensen uitnodigen tot zelfmoord.

Verwarde, knappe legerofficier dient zich aan. Ze weigert hem te woord te staan. Haar uiteindelijke capitulatie. 'Waarom heb je me afgewezen alsof ik de duivel was?' 'Omdat ik je, toen je voor het eerst naar me toe kwam, voor een engel hield.'

Niks dan Pruisen met krankzinnige erecodes.

Meest recente project...

Verder...

ROEHM, Gustave (1755-1786) achttiende-eeuwse Zwitserse botanist. Alpien onderzoeker. Verdwenen tijdens de eerste succesvolle beklimming van de Mont Blanc. Jacques Balmat, alpinist en kristalzoeker, en Michel-Gabriel Paccard, inwoner van Chamonix en eerste arts in de regio, besloten samen met Gustave Roehm een route te zoeken naar de top van de Mont Blanc. In de middag van 7 augustus 1786 vertrokken ze uit La Prieuré in de vallei. Ze bivakkeerden tussen twee rotsen op de top van de Montagne de la Côte en begonnen hun poging om vier uur de volgende ochtend. Hun voortgang over de gletsjer werd per telescoop gevolgd. Dr. Paccard verloor zijn hoed op de Rochers Rouge. Ze begonnen hun beklimming van de laatste helling om twaalf over zes 's avonds en bereikten elf minuten later de top. Ze verrichtten wat metingen en begonnen de afdaling om drie minuten voor zeven. Gustave Roehm viel in een gletsjerspleet op het Grand Plateau. Zijn lichaam werd nooit weergevonden. Balmat keerde de volgende dag terug in La Prieuré, Paccard, die sneeuwblind was, bij de hand leidend.
Het glaciologische onderzoek van Roehm en de ontwikkeling door hem, in samenwerking met zijn vriend Horace-Bénédict de Saussure, van meetinstrumenten als de haarhygrometer hadden aanzienlijke invloed op het alpiene onderzoek van zijn tijd.

VERDERE LEESSUGGESTIES: Roehm, Gustave, *Alpine Plants: Their Varieties and Habitats.* Bewerkt en vertaald door Katherine Holroyd, Cambridge University Press, 1977 (originele uitgave, 1782, 2 delen)

VOLGENDE PAGINA. Klik hier om verder te gaan.

Niet wat ik zoek. Nazi's, filmregisseurs en een man die in een gletsjerspleet is blijven liggen. Wie is die man die zij Roehm noemt?

Ik ging weer in bed liggen, met al mijn kleren aan en onrustbarend geprikkeld. Waarom? Mijn speurwerk had niets opgeleverd. Ik was niks wijzer geworden over Roehm. Ik bleef plat op mijn buik liggen tot het vuur was gedoofd. Ik werd gedwongen het enige te doen dat ik moeilijk vond. Ik werd gedwongen te wachten.

Ik hield alle inkomende en uitgaande telefoongesprekken bij. Dat was niet moeilijk. De telefoon had een groen verlicht paneeltje, waarop het nummer te zien was waarvandaan het laatst gebeld was. Maar de dagen kwamen en gingen. Hij belde niet. Luce hing wel voortdurend aan de telefoon, vol van haar laatste, grootste succes. Haar textielontwerpen waren, min of meer *en masse*, uitverkoren door een Engels-Frans *maison de coûture*, Lewis en Gautrin. Het was al beklonken. De hele voorjaarscollectie zou één orgie zijn van haar kleuren. De collectie zou eerst in Parijs worden geshowd, daarna in Londen, en als klap op de vuurpijl in New York. We worden allemaal miljonairs. Ik hoorde mijn moeder lachen in de hal, en toen weglopen om wat aan te klooien in haar atelier, telefoon tussen wang en schouder geklemd.

Roehm belde niet. Haar niet en mij ook niet.

Die donderdag kwam ze laat thuis. Ik had voor ons allebei gekookt en zelf al gegeten. Toen ze de kamer in kwam bleef ik gewoon zitten, onderuitgezakt op de bank, met een zak chips voor de televisie. Er was een of andere stompzinnige moordpartij op.

'Dag, schat. Mmmm, lekker. Chips.' Ze nam een handvol

en ging op mijn rechterbeen zitten.

'Ga d'r af. Je drukt me helemaal plat.'

'Sorry.' Ze keek naar de achtervolging en de daaropvolgende schietpartij. Haar rechterborst hing voor mijn gezicht en onttrok het halve beeldscherm aan mijn blik.

'Aan de kant. Ik kan niks zien.'

'Tjonge, wat zijn we prikkelbaar.'

Ze duwde me aan de kant en ging naast me liggen. Ze rook naar terpentijn en lijnzaadolie, maar niet naar sigaretten. Ik sloeg mijn arm om haar heen. Wat zou ik graag haar borst hebben aangeraakt. Ik had nog nooit een vrouwenborst aangeraakt. Nu ze met Roehm was had ik er minder moeite mee haar gewoon als vrouw te zien en niet als mijn moeder. Ik deed wat rekensommen, terwijl ik met haar in mijn armen op de bank lag. Ik was achttien. Zij was drieëndertig. Het was net alsof de kloof tussen ons opeens, op spectaculaire wijze, een stuk smaller was geworden. Ze nam nog een handvol chips en propte die in haar mond. Ik boog me over haar heen en kuste haar oor.

'Mijn lieve schat, is me vergeven dat ik te laat ben voor het eten?'

Ik legde mijn hoofd op haar schouder en keek naar haar rechtertepel, opgezwollen en verrijzend onder de wol. Toen ging de telefoon. Ze liet zich op de grond rollen, chips morsend, en drentelde naar de gang. Het was donderdagavond tien voor halftwaalf. Ze kwam weer terug de kamer in, haar blik nog steeds strak op de televisie gericht.

'Het is Roehm. Voor jou.'

Mijn mond werd droog. Ze nam mijn plaats op de bank in en pakte de zak chips.

'Hallo.'

Het bleef een hele tijd stil aan de andere kant van de lijn, alsof hij al verdwenen was.

'Hallo?' zei ik weer.

53

'Zou morgen je schikken?' Dezelfde koele, trage stem, vrijblijvend, onverschillig.

'Ja.'

'Mooi. Kom dan om halfacht naar de Earl of Rochester in Old Compton Street. Je moeder weet waar dat is. Ze heeft me verteld dat je graag naar L'Escargot gaat.'

'Ja, dat is ook zo. Goed.'

'Prima. Zie ik je morgen.'

Klik. Hummmm. Roehm verdween. Ik legde de hoorn weer op de haak en beet op mijn lip. Toen ik om de deur heen in de kamer keek zag ik dat ze zich genesteld had in het holletje dat ik in de bank had gemaakt en alle chips had opgegeten. Ze verfrommelde de lege zak, teleurgesteld.

'Hebben we nog meer?' Ze keek op, kinderlijk, vragend.

'Ik zal even kijken. Je hebt nog niet gegeten, hè?'

'Nee.'

Ik ging naar de keuken om het gas aan te steken, en zette haar beeld van mij af. Ze had niet gevraagd wat ik met Roehm had afgesproken. Ik wilde het haar vertellen, erover opscheppen. Maar ze gaf me geen kans.

Old Compton Street was anders dan alle andere straten in Soho. Ik stond de etalage van een videotheek te bekijken en besefte in een flits van nieuwsgierigheid en ontsteltenis dat ik midden in het flikkerghetto van Londen was beland. Het was een kille vochtige avond, maar de straat was verlicht, klaar voor de feestelijkheden. Een hele batterij rode lampjes flitste rond de in slagorde opgestelde lege dozen, waarop lugubere foto's prijkten van in leer gehulde mannen die met kettingen en zweepjes stonden te zwaaien. Er stonden een paar videodozen tussen met foto's van vrouwen, sommige pronkend met borsten en billen, andere in uniforms die deden denken aan de Waffen ss. Ik keek naar binnen. Een man die stijf stond van de zilveren kettingen en de tatoeages glimlachte toen hij mijn aarzeling zag.

'Hallo,' zei hij, 'kan ik je helpen?'

Ik vluchtte weg, verder de straat in, op zoek naar de pub. Het was een gewone Victoriaanse pub met gebrandschilderde ramen en tegeltjes. Binnen stond de muziek zacht genoeg om conversatie mogelijk te maken. Alle barkeepers droegen witte T-shirts en waren kaalgeschoren. Alle gezichten in de pub draaiden zich naar mij om toen ik binnenkwam; de glimmend opgepoetste bar weerspiegelde mijn rood aanlopende wangen. Met een vlaag van afgrijzen ontwaarde ik mijn schoolsjaal. Ik zag eruit als een jongen in een roman van Gide, veel te jong en erom vragend zonder het te beseffen. Roehm was nergens te bekennen.

'Ja, schat? Wat kan ik voor je inschenken?'

De man achter de bar was vlot en hij kende het klappen van de zweep. Hij was niet jong. Er waren heel weinig jongemannen in de pub. 'Een halve Flowers,' mompelde ik. Het bier werd voor me neergezet. Ik was eigenlijk van plan het snel naar binnen te werken en dan buiten te wachten, maar hij was alweer verdwenen om iemand anders te bedienen terwijl ik nog naar mijn geld stond te zoeken. Ik was helemaal van mijn stuk gebracht door het feit dat de mannen je niet alleen maar opnamen en dan het hoofd weer afwendden, zoals mensen doen als je hun vreemde, groezelige buurtkroeg binnenstapt. Een heleboel bleven naar me staren. Ik leunde op de bar, diep vernederd. De spiegel kon ik niet aanzien, dus begon ik mij te verdiepen in de cocktailsuggesties en de mededelingen betreffende het Happy Hour. Een man in een geruit overhemd en een leren broek met riempjes van boven tot onder langs de hele pijp pakte mijn elleboog toen hij zich langs me heen drong.

'Sorry, schat.'

Hij draaide zich half naar me om en glimlachte. Hij had een hoogrood gezicht en een brede glimlach.

'Nooit eerder geweest hier, hè, liefje?'

Ik schudde mijn hoofd en werd nog roder. Het leek wel of

iedereen luisterde en ik was te verlegen om iets terug te zeggen.

'Hoe heet je?' Hij ging op de kruk naast me zitten.

'Toby.'

'Ben je alleen?'

'Nee. Nou ja, niet helemaal… ik wacht op iemand.'

Hij glimlachte geamuseerd naar me, alsof hij een binnenpretje had. Maar hij kwam dreigend noch onvriendelijk over. Ik begon me te ontspannen.

'Aha.'

Hij zweeg, en glimlachte nog een keer.

'Misschien ben ik de man op wie je gewacht hebt?'

Ik was verschrikkelijk serieus. Ik nam alles serieus. Ik zat erbij en had niet eens door dat het een versierpoging was.

'Ik denk het niet. Hij heet Roehm.'

Mijn buurman barstte in lachen uit.

'Nou, je weet in elk geval zijn naam al.'

Ik voelde opnieuw paniek opkomen en probeerde de blik van de barman te trekken. Ik had nog altijd niet betaald. De roodgeblokte man las mijn gedachten.

'Die heb ik al voor je betaald. Drink op en laat me je er nog een geven.' Hij draaide zich om naar de bar en zwaaide naar het dichtstbijzijnde witte T-shirt met getatoeëerde armen en een kaal hoofd erboven. Opeens drong tot mij door dat Roehm achter me stond. Het roodgeruite overhemd had hem het eerst gezien.

'Oeps. Daar is je papaatje al.'

'Goedenavond.'

Roehm nam alle ruimte om ons heen domweg in beslag. Daar stond hij, langzaam uitdijend als een zeppelin.

'Ik hou alleen je kruk even warm. En Toby aan de praat.'

De twee mannen schudden elkaar zowaar de hand, en keken elkaar aan. Beiden waren rustig en kalm. Iemand deed de straatdeur dicht en de koude, donkere windvlaag die achter Roehm aan naar binnen was gelekt ging om hem heen liggen.

'Wij hebben elkaar eerder ontmoet, dacht ik, hè?' zei de man die met me had zitten flirten maar me niet verteld had hoe hij heette.

'Ja,' zei Roehm, 'zeker. Ik hoop dat we elkaar nog eens ontmoeten.'

'O, vast. Daar zal ik wel voor zorgen.'

De man aaide me geruststellend over mijn wang alsof ik een schichtig paard was en glipte weg. Ik had geen tijd om terug te deinzen of iets te zeggen. Ik stond in het zware witte gezicht en de grijze ogen van Roehm te staren. Hij keek geduldig en geamuseerd naar mij. Hij zei niets. Ik sloeg mijn bier achterover en staarde. Hij droeg een enorme leren trenchcoat met schoudervullingen, die hem nog groter maakte dan hij al was.

'Heb je honger?' vroeg hij eindelijk.

'Ja. Ik denk het wel.'

'Kom mee, dan.'

Roehm knikte naar het barpersoneel, van wie iemand salueerde, en slenterde toen de Earl of Rochester uit. Ik liep achter hem aan, als een sleepboot die door een cruiseschip op sleeptouw is genomen. Op straat stonden groepjes mannen te praten, hun adem condenseerde in flarden. Het plaveisel glinsterde onder hun voeten alsof ze door poelen van rood en goud liepen. Roehm wachtte tot ik naast hem kwam lopen.

'Kende u die man echt?'

'Ja. In zekere zin. We hebben elkaar in die club daar ontmoet.'

Ik zag een blauwe neonbak boven een haveloze zwarte deur.

VERITABLE CUIR
MEN ONLY

57

Ik stond, met opengevallen mond van verbazing, te kijken, verrast door die naam in het Frans. Toen besefte ik dat het een woordspeling was. Roehm glimlachte flauwtjes, hij genoot van mijn verwarring.

'Ik neem je wel een keer mee. Je bent nu achttien. Je zou een groot succes zijn.'

Zoals hij het zei klonk het alsof hij het over een uitstapje naar een attractiepark had. De glimlach van Roehm stond me niet aan. Zijn glimlach, ambigu, geamuseerd, was de volmaakte echo van de glimlach op het gezicht van de man die we hadden achtergelaten. Alsof hij me uitlachte. Ik was bang en verward. Als Roehm een flikker was, wat deed hij dan met mijn moeder? Als zij wist dat hij een flikker was, wat deed ze dan met hem? Ik verzonk in een weerspannig, puberaal stilzwijgen. Ik haatte ambiguïteit, besluiteloosheid en geknoei, ook als ik zelf degene was wie het te verwijten viel. Ik had erachter willen komen wat voor iemand deze man was, maar het leek wel of hij tien verschillende personen was. De bizarre gedachte kwam daadwerkelijk bij mij op: hij is een volstrekt ongeschikte kandidaat om mijn stiefvader te zijn. Luce noch de sociale dienst zou hem als zodanig goedkeuren.

Roehm wist met gemak zijn weg te vinden in de doolhof van smalle straatjes. Ik rook kokende olie en vette pannen; de walmen sloegen naar buiten door verlichte deuropeningen van allerlei restaurantkeukens. Een kok stond tegen een afvalcontainer geleund. Ik ving een glimp op van een stapel schalen en pannen, hoog uittorenend boven de chaos achter zijn rug. Roehm bleef even staan en vroeg hem om een vuurtje. Terwijl hij naar voren leunde, zich concentrerend op zijn sigaret, staarde ik naar het verlichte gezicht van Roehm achter de grote hand die hij beschuttend om het vlammetje hield. Zijn zware gelaatstrekken hadden iets merkwaardig vloeibaars, alsof er geen gebeente onder zijn huid zat. Ik staarde naar zijn ringen. Hij droeg een gouden zegelring om de ringvinger van zijn rechterhand. Het embleem was vervaagd. De volgende ring had een patroon van in elkaar grijpende bladeren, ook beschadigd en afgesleten. De derde was een trouwring, zonder enige versiering, gemaakt van roodachtig oud goud. Hij keek naar mij en stak zijn hand met gespreide vingers naar me toe. 'Dat zijn familieringen. Ik heb ze altijd om, dan kan ik ze niet kwijtraken. Zelfs in het lab. Als het nodig is, trek ik handschoenen aan.'

Het scheen verbazingwekkend dat hij überhaupt familie had. Hij wees naar de zegelring met het uitgewiste wapen en lachte. 'Dat is ons familiewapen. Zoals je ziet zijn we aardig in de vergetelheid geraakt.'

Ik tuurde naar zijn haarloze witte vingers en de gladde massa van zijn handen. Kettingrokers hebben meestal gele vingers; de handen van Roehm waren volmaakt, wit. 'Je rookt niet, hè?' Hij bood me zijn sigaretten aan. Ik schudde mijn hoofd. 'Maar dat is niet omdat je moeder het niet wil hebben, of wel?' Roehm gniffelde in zichzelf. Er was hem iets te binnen geschoten. Toen stak hij zijn arm door de mijne, alsof we twee meisjes waren die vertrouwelijkheden uitwisselden. Het was een heel intiem gebaar. Ik voelde me net een weifelende hoveling, die naar de vorst toe werd getrokken en tegen beter weten in bij allerlei koninklijke samenzweringen betrokken werd. Maar ik trok me niet los, noch bood ik enige weerstand.

'Kijk,' zei Roehm.

We lieten de duistere stegen achter ons en stonden in Chinatown. De restaurants waren behangen met reusachtige rode lantaarns met gouden kwasten en lange komieke draken die aan de puntgevels waren bevestigd, glinsterend rood en vurig in de avondlucht. Ik staarde naar de uitpuilende ogen en fijn geschilderde tanden van het monster dat het dichtstbij hing. 'Het is een of ander festival,' zei Roehm.

Ik ging iets dichter tegen hem aan lopen en keek op. Boven ons, als grote glanzende manen, krioelde het van de lantaarns, de ene rij na de andere, dreigend zwaaiend boven de mensen die gehaast door de straat liepen. De geur van buskruit steeg op van de stoepen. Ik hoorde het geknetter van vuurwerk dat door kinderen werd aangestoken, een grillige reeks knalletjes, het klonk gevaarlijk. Maar boven de zweepslagen van die zevenklappers uit klonk technohouse, een bizar pulserend ritme dat vloekte met de lantaarns en de zwevende draken.

'We gaan niet hier eten,' zei Roehm.

Hij verstond de kunst om een veilige kring om zich heen te creëren, vast en helder omlijnd, alsof hij de macrokosmos in krijt voor zich op het glimmende plaveisel had getekend. Ik had het gevoel dat ik een uitgesproken dodelijke lijfwacht had gekregen die tot de tanden gewapend was onder zijn zwarte leren jas en wijde pakken. Roehm droeg altijd wijde kleren zodat zijn exacte vorm en maten vaag bleven. Zijn omtrek was gerieflijk, verfrommeld. Hij kon uitdijen als hij dat wilde; daar was ruimte voor in zijn kleren. Mijn arm voelde als een twijgje tegen de forse stam van zijn mouw. Hij verstevigde zijn greep op mij.

'Kom,' zei Roehm.

Ik trippelde met hem mee, geïntimideerd, betoverd. Plotseling liep hij een bijna onzichtbare deuropening in. Hij duwde een leren gordijn aan de kant en we betraden een Franse ruimte waar alle rumoer verstomd was, zonder muziek, geurend naar kruiden, wijn en geld. Het was een bekende geur. Dit was dezelfde tent waar ik meer dan een jaar geleden met mijn moeder geweest was, na die klapper in die galerie in Duitsland. De ober droeg avondkleding. We werden snel naar een hoek geloodst die omringd was met spiegels en art-decosculpturen van groen glas. Ik zag Roehm eindeloos weerspiegeld, afnemend in grootte. Hij nam mijn jas van mijn schouders alsof ik een vrouw was en zette mij zo neer dat hij het hele restaurant kon zien en ik alleen hem. Op de terugweg uit de garderobe bleef hij even staan kijken bij een enorm aquarium, waar prachtig gespikkelde vissen treurig rondzwommen in een hoop waterplanten en belletjes uit een pomp, tot ze werden uitgekozen door een van de gasten. Op de bodem waren kreeften en langoesten die zachtjes zwaaiden met hun scharen en antennes. In één hoek lagen de krabben opgestapeld, als te pletter gevallen tanks.

Roehm keek naar ons tafeltje en glimlachte. Hoe kan ik zijn gezicht omschrijven? Hij was eerder zwaar dan dik. Zijn wangen waren merkwaardig wit, alsof hij nooit zonlicht zag. Er staken lange zwarte haartjes uit zijn neusgaten, maar zijn huid was glad en vreemd, alsof hij zich nooit hoefde te scheren. Zijn haar was grijs en heel kort geknipt. Hij rook naar kaneel en sigaretten. Ik probeerde zijn beeld vast te leggen in mijn geheugen, maar altijd ontsnapte mij iets.

Het menu en de wijnkaart waren, zoals ik mij nog herinnerde, met de hand geschreven. Ik keek om me heen over de helderwitte servetten die waren gesteven tot bisschopsmijters en de wijnglazen die in slagorde stonden opgesteld. De ober haalde onze borden weg. Toen merkte ik dat we waren binnengekomen door een achterdeur, een geheime ingang. Achter mij was de voorkant van het restaurant met een receptiebalie en een paar mannen in een koele glazen ruimte, waar ze oesters stonden open te maken en schaaldieren arrangeerden op een rij enorme dienbladen die vol lagen met geschaafd ijs en schijfjes citroen. Roehm was het menu aan het decoderen. Ik kon zelf geen wijs uit het handschrift.

'Moet ik je helpen?' Hij keek op.

'Ja, graag. U mag mij vertellen wat dit allemaal betekent. Maar ik wil ook weten hoe u mijn moeder kent.' Dat laatste kwam er scherper uit dan ik bedoeld had, alsof ik de *juge d'instruction* was die aan zijn verhoor begon. Roehm moest lachen.

'Ik had een schilderij van haar gekocht. En dat viel zozeer

bij me in de smaak dat ik naar die galerie ben teruggegaan en er nóg een heb gekocht. En daarna nog een.'

Ik luisterde, met open mond. Hij bezat ergens iets met muren. Hij nam voor mijn ogen een steeds lijfelijker vorm aan. Iets dat als een muur van verfstreken in het atelier van mijn moeder had gestaan was omgevormd tot een object bij hem aan de muur. Het ding had een dubbele metamorfose ondergaan. Voor ons was het geld geworden, en vervolgens was het, bij Roehm aan de muur, kunst geworden. Hij had haar werk gekocht en wilde derhalve de kunstenaar ontmoeten. Het was een wending die ik nooit overwogen had.

'Welke dan?' vroeg ik, stomverbaasd.

'Herinner je je haar witte schilderijen nog? De ijsmonolieten. Wit in verschillende tinten en texturen. Enorme doeken, mysterieus, gigantisch.' Zijn ringen flonkerden terwijl hij de schilderijen in de lucht uittekende. Ik volgde de gloeiende lijn van zijn sigaret. 'Wel, daar heb ik er acht van gekocht.'

Ik dacht: hij moet wel hele châteaux bezitten, kastelen met grote hallen en brede trappen. Ik zei niets, maar Roehm voegde eraan toe:

'Je hebt heel veel hoge ruimtes nodig om ze goed te laten uitkomen.'

'Ze maakt er nog wat. Ze zijn heel goed verkocht in Duitsland.'

'Weet ik. Daar heb ik ze ook gekocht.'

'O.' Ik zweeg even en staarde naar het menu. 'En u bent hierheen gekomen om haar op te zoeken, alleen omdat u haar schilderijen mooi vond?'

'Zo is het bijna, ja. Ik meende haar in haar schilderijen te hebben herkend.'

Daar kon ik niet bij. Hoe kon hij nou iemand herkennen die hij nooit had ontmoet? Er klopte iets niet. 'Dit is Roehm. We kennen elkaar al ik weet niet hoe lang.' Hoe lang al? De ober kwam eraan. Roehm bestelde slakken voor ons allebei, gevolgd door *salade aux anchois, rôti de porc,* een fles bourgogne uit 1992, *un grand Badoit, et un cendrier. 'J'ai le droit de fumer ici? Merci.'* Ik hobbelde maar wat achter hem aan. Hij sprak vlekkeloos Frans, hoegenaamd zonder accent. 'Hoeveel talen spreekt u?' Mijn verhoor begon weer. Ik besloot dat ik me niet zo makkelijk zou laten onderwerpen. 'Net zoveel als jij. En dezelfde. Mijn Italiaans is zeer rudimentair.' Vervolgens begon Roehm mij uit te horen over de vakken die ik op school had en mijn lectuur. We kregen nog literatuur op school. Maar dat werd wel als erg buitensporig beschouwd en werd voortdurend met het bezuinigingsmes bedreigd. Ik was op mijn hoede voor de vragen van Roehm. Hij was zeer geïnteresseerd in wat ik gelezen had. Maar waarom? Aanvankelijk was ik omzichtig, ik gaf antwoord in bedekte en zeer beknopte termen. Ik had geleerd niet te laten merken dat ik over al te veel kennis beschikte. Het was veiliger om onnozel, brutaal en barbaars te zijn. Maar Roehm was mild en bemoedigend en de wijn maakte mijn tong los. Hij had alles wat ik noemde al gelezen. Zijn grijze ogen en witte gezicht leken een gedaanteverandering te ondergaan, zachter te worden. Ik had net Camus gelezen. De andere leerlingen bij Frans waren allemaal meisjes, die *L'Étranger* maar niks hadden gevonden om zijn kille racisme en vrouwenhaat. Ze hadden boze essays geschreven, en daar goede beoordelingen voor gekregen. Ik was naar huis gegaan en had al zijn andere boeken gelezen. Dat durfde ik op school niet te vertellen. Alleen mietjes hielden van lezen. Ik trad dus voor het eerst naar buiten met mijn zorgvuldig voor me gehouden meningen. Ik had net *Le Premier Homme* van Camus gelezen. Roehm zei dat hij dát niet gelezen had.

'Vertel me daar eens over,' zei Roehm.

'Hij had het manuscript bij zich toen hij omkwam bij dat auto-ongeluk, in 1960. Het is pas in 1994 uitgegeven. Ik heb zijn dochter, Catherine Camus, over dat boek zien spreken op de Franse televisie. Toen we in de Alpen waren. Mijn moeder heeft vrienden die een chalet boven Chamonix hebben. Ze was toen net die grote witte doeken aan het schilderen die u gekocht hebt. Op kleinere schaal dan. Ze voert ze later pas uit op die grote doeken. Als ze thuis is. De publicatie van een nieuwe, onbekende roman van Camus zou natuurlijk iets geweldigs moeten zijn, een belangwekkende literaire gebeurtenis. Maar de interviewer wilde niet over literatuur praten. Hij vroeg de dochter hoe die grote man privé was geweest. Ze keek verbaasd en verward en zei: "Ik weet niet wat ik daarop zeggen moet. Hij was mijn vader. *C'était mon papa.*" Ik vond haar eenvoud heel fascinerend. Ze zei dat de emoties, de gevoelens van Camus in dat boek misschien wel sterker aanwezig waren dan in enig ander boek van zijn hand. Ze heeft gelijk. Ik vond Camus altijd, ik weet niet, een kille schrijver. Hij had een meedogenloos, gevoelloos soort intellect. Dat spreekt uit al zijn boeken. Zelfs een indrukwekkend boek als *La Peste*. U zegt dat u dat het mooiste vond. Dat verbaast me. Het is een heroïsch boek. En u komt op mij niet over als iemand die warmloopt voor heroïek.'

Roehm lachte. Ik ratelde door, verbaasd over mijn eigen babbelzucht.

'Ik wil boeken lezen die me aan het denken zetten, die me bij mijn lurven pakken, die vraagtekens zetten bij mijn leven. Camus heeft me wel aan het denken gezet, maar hij was niet aangrijpend. Je voelt zijn boeken niet. Je denkt erover na. Maar dat boek maakte me zo treurig. Echt treurig. Zo treurig dat ik erom moest huilen. *Le Premier Homme* gaat over zijn jeugd in Algerije, zijn moeder, zijn arme buurtje, het leven in die tijd. Net een verloren gegane wereld. Er zijn zoveel werelden die je nooit meer terug kunt krijgen. Sommige werelden zijn alleen nog terug te vinden in je herinnering. Hij was als ik, hij was grootgebracht door vrouwen in een vrouwenhuishouden. En dus stond hij dichter bij vrouwen. Hij had nooit een vader gehad, net als ik. Catherine Camus kon zich hem in elk geval nog herinneren. Sommige scènes zijn zo levendig beschreven dat ik ze nu nog voor me zie: het slachten van de hen voor Kerstmis, de kinderen die gif mengen, de oude Arabieren in hun cafés. Doodgewone armoedige levens. Maar hij beschrijft ze met zo'n hartstocht. Ik heb mijn mening over Camus herzien op grond van dat ene boek. Alle jeugdherinneringen die ik van nu af aan onder ogen krijg zal ik afzetten tegen wat hij over zijn eigen jeugd geschreven heeft. Het is net alsof je over zijn schouder meekijkt terwijl hij aan het werk is. Of bij haar in het atelier meekijkt. Al zijn aantekeningen, schetsen, de onleesbare woordjes tussen haakjes – ik vond het schitterend, al die losse eindjes, de rauwheid van een onvoltooid boek. Het was alsof zijn gedachten bijna tastbaar werden, alsof je het boek voor je ogen zag ontstaan. Catherine Camus zei dat hij die hartstochtelijke, persoonlijke gevoelens er uiteindelijk allemaal uit zou hebben gehaald omdat hij zo teruggetrokken en gereserveerd was. Nou, als hij dat gedaan zou hebben, ben ik blij dat hij het boek nooit heeft voltooid. Zoals het nu is, is het af. Lees het maar eens. En laat me weten wat u ervan vindt.'

'Dank je,' zei Roehm, 'dat zal ik doen.'

Hij onderbrak me niet eenmaal en deed ook niet uit de hoogte. Hij had de gave om te luisteren. Ik kletste maar door. Opeens wilde ik hem wel alles vertellen wat ik ooit gedacht of geweten had. Ik begon hem te vertellen over mijn schuilplaats in de bibliotheek op school. Dat ik mijn boeken moest verstoppen om te voorkomen dat anderen de bladzijden eruit scheurden. Over het tuig in mijn klas dat mij bedreigd had omdat ik van lezen hield, de leraren die een bonte roedel wolven waren, sommige net zo gewelddadig als de kinderen wie ze geacht werden les te geven. Een van de gymleraren was geschorst omdat hij een leerling te lijf was gegaan. Iedereen was het erover eens dat het bewusteloos slaan van dat joch de juiste keus was geweest: hij had in elk geval nog de kracht om zichzelf te beschermen. De ouders van die jongen zijn nog gebeld, maar die hebben zich nooit laten zien. Mijn lerares Frans was een heel mooie vrouw. Zij was bedreigd door een stel oudere jongens die voor de gelegenheid Bobby Kennedymaskers hadden opgezet. Vlak voor de school. Ze stond net het portier van haar auto open te draaien. Ze gingen om haar heen staan, duwden tegen haar aan en drukten haar zo hard tegen de zijspiegel dat die afbrak. Er stonden ook andere mensen bij, maar niemand die een poot uitstak om die jongens tegen te houden.

'Die teef heeft een goeie beurt nodig.'

'Kom op. Benen wijd.'

'Naaien die slet, hup, eroverheen.'

'Die moet eens even flink gepakt worden.'

De stemmen achter de maskers waren onherkenbaar, maar we wisten allemaal wie het waren. Het incident had de plaatselijke krant nog gehaald. Iedereen was ondervraagd. Niemand had een woord gezegd.

Het geweld dat vlak onder het oppervlak van de voorsteden borrelde kwam voort uit verveling en drugsgebruik. Ik had zelf nooit drugs gebruikt, om de niet erg prijzenswaardige reden dat alle anderen dat wel deden en ik vastbesloten was er niet bij te horen, maar anders te zijn. Alles was te koop in de kleedkamers, zelfs crack, voor redelijke prijzen. Af en toe werden er razzia's gehouden door de leraren, dan werd de heleboel op zijn kop gezet en werden de bekendste dealers weer van school gestuurd. Drugs waren egalitair en overschreden achteloos alle klassegrenzen. Drugs waren cool. Het hoorde er gewoon bij om af en toe uit je dak te gaan. Niemand beschouwde drugs als crimineel. Het was een vrijetijdsbesteding die er helemaal bij hoorde. Het was juist misdadig om van boeken te houden, om slim te zijn of een mietje, of om een burgerlijk accent te hebben. En nog erger was het om zwart te zijn. Daar kon geen politie, geen controle, daar kon niets tegenop. Soms werden de leraren ziek, dan gaven ze het op en gingen vroeg naar huis of bleven gewoon weg zonder zich ziek te melden, als het onder de duim houden van hun klassen te vermoeiend of te gevaarlijk werd. Er werden voortdurend brandjes gesticht. Iemand had een keer brandgesticht in de fietsenschuur en de conciërge had het pas door toen hij de geur van smeulend rubber rook. Alles stond aan de ketting of achter slot en grendel. Anders zou het gestolen en verkocht worden.

Het gezicht van Roehm schemerde achter een dikke wolk sigarettenrook. Hij luisterde met absolute aandacht. Hij gaf geen commentaar.

'Mijn school is net een politiestaat waar de gezagsdragers de onderwereld niet echt onder de duim kunnen krijgen. Wij zijn met meer dan zij. Zij hebben misschien wel meer macht, maar wij hebben meer informatie.'

'En wat voor strategie volg jij om in die wereld te overleven? Afgezien van die schuilplaats in de bibliotheek?'

'Nou, er zijn er altijd wel een paar die nog iets willen leren. Maar je moet niet voor in de klas gaan zitten, ergens halverwege is veiliger. Nu ik in de zesde zit is er niet zoveel meer aan de hand. Een stuk rustiger. Ik hou afstand van de agressiefste bendes. En in de pauze blijf ik binnen. Niet douchen na gym. Het is veiliger om bezweet naar huis te gaan. Ik heb één keer gevochten. Toen heb ik een van die gasten met een passer gestoken. Hij heeft het litteken nog. Maar tegenwoordig maken we zelfs wel eens een praatje met elkaar. Als ze weten dat je terugvecht laten ze je wel met rust. En ze beseffen in elk geval dat ik geen klikspaan ben. Ik heb niks gezegd nadat ze gedreigd hadden mijn lerares Frans te verkrachten. Ik ga altijd langs een andere weg naar school. En ik laat mijn fiets niet bij school staan. Die zet ik op slot achter de krantenwinkel. Dat mag van Jess. Het zijn Pakistani. Een aantal jaren geleden heb ik een

67

tijd kranten voor hem rondgebracht. En ik help ze vaak om graffiti van de muren of de ramen te verwijderen. Soms moeten we het overschilderen. Je kunt de hakenkruizen nog zien, maar heel vaag nog maar. De laatste kilometer of iets minder loop ik naar school. Maar zelfs voor dat laatste stuk neem ik niet altijd dezelfde weg. Ik ben al meer dan twee jaar niet meer in elkaar geslagen. Er zijn ook meidenbendes. Maar die hebben het alleen op andere meiden voorzien.'

'Volgens mij weet jouw moeder hier allemaal niets van.'

'Dat is ook zo. Ik zou het haar ook nooit vertellen. Ze zou zich alleen maar zorgen maken. En ze zou misschien contact opnemen met de school. Ze denkt dat je dingen kunt veranderen door te protesteren en een hoop herrie te maken. Maar dat zou het leven voor mij alleen maar tot een hel maken. Er wordt zoveel gekletst. Als de ouders aan de bel trekken moeten de kinderen het ontgelden. Ik heb het zien gebeuren. Hoe dan ook, ze zou het niet begrijpen. Bij haar op de academie hebben ze geen problemen met de discipline. Iedereen is daar omdat hij dat zelf wil.'

'Maar ze maakt zich wel zorgen om jou. Ze zegt dat het lijkt of je helemaal geen vrienden hebt.'

Opeens had ik de smoor in. Ik vond het niet prettig dat ze met Roehm over mij praatte. Als ik geen vrienden had waren dat mijn zaken.

'Ik red me wel. Ik ga mijn eigen gang.'

Mijn onderlip trok een strakke lijn.

Roehm stak een hand uit over de tafel en gaf een aai over mijn gezicht. Ik trok mijn hoofd meteen terug. We zaten al uren in dat restaurant, en ik zweette, maar zijn hand voelde nog steeds koel en droog aan. Ik voelde zijn ringen op mijn huid, scherp, kil en koud. Hij beangstigde mij een beetje, maar toch wilde ik dat hij me nog eens aanraakte.

'Wees niet boos op haar om haar liefde voor jou. Ze probeert niet bezitterig te zijn.'

Ik wilde juist wel dat ze bezitterig was. Ik staarde naar Roehm en haatte hem opeens om alle vertrouwelijkheden die ik over de steeds legere borden tussen ons in had uitgestort.

Dat een man toevallig goed kan luisteren wil nog niet zeggen dat je uren achter elkaar geheimen moet spuien, alsof je in een biechthokje zit. Hij is niet mijn huisarts, hij is geen psychotherapeut. Wat maakt het uit dat ik op school gepest werd. Zoveel mensen worden gepest. Dat is niks bijzonders en ik ben er goed doorheen gekomen. Roehm zat me nauwlettend op te nemen. Ik besefte dat hij wist wat ik dacht.

'Dan kunnen wij misschien vrienden worden,' bood hij aan, zijn stem traag, ongehaast.

'Misschien. Ik weet het niet.'

Ik was niet van plan allerlei toezeggingen te doen. Ik had al te veel gezegd. Maar Roehm kwam me tegemoet.

'Zou je willen zien waar ik werk? Ik moet nog een experiment afsluiten.'

We zaten het kaasplankje te overpeinzen. Mijn nieuwsgierigheid kreeg de bovenhand.

'Het lab?'

'Het is niet ver.'

'Oké.'

Het zou riskant zijn geweest overdreven enthousiast te klinken. Roehm was voor mij een te vreemde man om risico's mee te nemen.

We verlieten het restaurant in Soho ruim na tienen. Roehm betaalde contant. Het was nog druk op straat: stemmen, muziek, de geur van kokend vet. Het drakenfestival was nu in volle gang en trok veel bekijks. Overal stonden straatmuzikanten en venters die probeerden nep-Rolex-horloges, leren hoeden en Afrikaanse sieraden te verkopen. Ik zag een groepje kinderen spelen met fosforescerende jojo's. De gloeiende gele cirkels draaiden en dansten in het donker. Roehm pakte me weer beet alsof hij mij gearresteerd had en nam me mee naar Charing Cross Road. Daar waren nog winkels open. Roehm bleef even staan om de etalage van Border Books te bekijken. Daar was een kleine expositie ingericht over Zwitserland en de Alpen. Hij wees naar afbeeldingen van de steenbok en de gems. 'Daar jaagden we vroeger altijd op. Het zijn nu beschermde diersoorten. Dat is de zomervacht van de gems. Ze hebben een bruine streep over hun rug en van die donkere banen aan weerskanten van hun snuit. De jachthuizen hingen vol met hun hoorns. Op een gegeven moment hadden we ze nog bijna uitgeroeid met onze jachtpartijen.'

Het drong opeens tot me door dat ik Roehm nog nooit zo lang achter elkaar had horen praten.

'U hebt vroeger gejaagd?'

'Ja. Schandalig, hè?'

'Weet ik niet.'

'Dat zegt je moeder.'

'O, die is heel ecologisch. Waar hebt u dan gejaagd?'

'Zwitserland. In de bergen.'

'Met een geweer?'

Roehm moest lachen. 'Ja, natuurlijk. Toen ik jouw leeftijd had zette ik ook vaak vallen.'

'Dus u kunt schieten?'

'Om te doden. Met alle soorten geweren. Ik ben in die bergen opgegroeid.' Hij wees naar de omslag van een boek over bergbeklimmen: daar stond een zuidpoolachtige bergketen op waarvan de toppen met sneeuw en ijs waren bedekt. 'Toen mijn vader terug was uit de oorlog nam hij me altijd mee als hij ging klimmen.'

Ik vroeg me af welke oorlog hij bedoelde. Roehm ging helemaal op in de etalage.

'Kijk. Het boek van Heinrich Harrer, *De witte spin, Die weisse Spinne*. Dus dat is herdrukt. Ik zal het voor je kopen in het Duits. Het klassieke verslag van de beklimming van de

Eiger. De noordwand. Er zijn zoveel mensen omgekomen op die bergwand dat hij de moordwand werd genoemd in plaats van de noordwand.'

'Wanneer is die bedwongen dan?'

'Voor het eerst? In 1938. Een Oostenrijks-Duitse expeditie. Harrer was een van de vier die de top gehaald hebben. Nazi-Duitsland heeft hun succes nog misbruikt voor propagandadoeleinden. De beklimming van de noordwand was het hoogtepunt van Arische mannelijkheid. Ze kregen de felicitaties van Hitler. Maar daar maakt Harrer allemaal geen melding van.'

'Hoe wist hij dat te vermijden?'

'Hij verzwijgt het gewoon. Hij vertelt zijn lezers ook niet dat hij lid is geweest van de SS. Hij zegt wel andere dingen die waar zijn. Gewone mensen begrijpen meestal niks van bergbeklimmers. Ze begrijpen om te beginnen al niet waarom we het doen. Maar de bergen zijn het mooiste, het zuiverste wat ik ooit heb gekend. De rotswand, sneeuw, ijs, de lawines en de stormen, alles confronteert je met je eigen grenzen. Je wordt van alle bekrompenheid ontdaan. De bergen dwingen je tot eenvoud. Dat werkt heel bevrijdend.'

Hij zweeg.

'Ga door,' zei ik.

Roehm glimlachte flauwtjes. 'Waarom ben je zo gefascineerd?'

We liepen langs de YMCA.

Ik voelde me opeens kinderlijk en naïef. Nooit in mijn leven had ik de behoefte gevoeld om te jagen, te schieten of te vissen. Ik had een afkeer van sport. Ik had maar nauwelijks leren skiën. Ik had nooit voor mijn plezier gevoetbald. Eigenlijk had ik nog nooit iets gedaan wat mannen geacht werden te doen. Ik ging zelden naar een pub. Ik had nog nooit een vriendin gehad. En wat onze tripjes naar de bergen aanging, Liberty was eigenlijk de enige die graag ging skiën of

71

snowboarden met de Franse entourage. Mijn moeder ging alleen maar wandelen in de sneeuw, om vervolgens terug te ploeteren naar het chalet om te schilderen wat ze gezien had. Als we terugkwamen van onze ochtendwandeling ging ik op de kamer van mijn moeder zitten lezen. Luce genoot altijd weer van de après-ski zonder zelf te skiën, en dronk bij de lunch al cocktails. Daarna ging ze de hele middag voor de televisie zitten zappen. Er was daar satelliettelevisie, en haar favoriete buitenlandse kanalen waren Spanje en de Verenigde Arabische Emiraten: Spanje omdat de vrouwen rond paradeerden in weinig verhullende kleding en met hun borsten en billen wiebelden in een permanente staat van kennelijke opwinding die nogal merkwaardig oogde, en de Arabische staten omdat die openbare gebeden uitzonden en domweg lange stukken koran over het scherm lieten rollen. Luce vond het schrift van de koran rustgevend. Ze zei dat een uur of twee koran net zoiets was als een warm bad, en ze dommelde vaak in terwijl de koran voortrolde. We genoten van de frisse lucht en de vergezichten. Niemand had ooit de aandrang gehad een van die bergen te beklimmen. En niemand ging ooit op jacht.

Toch kon ik mij maar moeilijk een voorstelling maken van Roehm in een milieu waar de mensen zich in bont hulden en over passen en gletsjers trokken, op zoek naar steenbokken en gemzen. Zijn huid was te volmaakt, te wit, te glad. Hij rook allerminst naar het buitenleven.

We sloegen Gower Street in. De trottoirs waren inmiddels leeg. Roehm begon zijn pas te versnellen. Ik besefte dat ik in feite slechts een kop kleiner was dan hij en dat ik hem makkelijk kon bijhouden. Het waren zijn algehele afmetingen die mij klein maakten. Naast hem was ik iel, net een dun draadje ectoplasma dat zomaar kon oplossen. Roehm gaf me een zacht kneepje in mijn arm, ten teken dat hij mijn aarzeling bemerkte. Hij leek altijd van alles te weten, zonder dat iemand het hem verteld had, en het was die mysterieuze intuïtie, zeg maar gerust dat invoelende, waardoor mijn vertrouwen in hem groeide. Iedereen houdt van mensen die luisteren, maar de aard van zijn aandacht had op zich iets verleidelijks. Hij overtuigde mij ervan dat mij, zolang ik onder zijn toezicht stond, niets kon overkomen. Toch ervoer ik zijn aanwezigheid, zijn persoonlijkheid niet als geheel en al veilig. Ik had het idee dat geen uitleg mij ooit volkomen duidelijk zou kunnen maken wie hij was. Ik had niet genoeg informatie, en zou die ook wel nooit krijgen.

'Je bent niet moe? We zijn er bijna.'

'Nee. Ik wil zien waar u werkt.'

Het was alsof hij me een geschenk aanbood. We gingen plotseling de zij-ingang van een ziekenhuis in. De dienstdoende portier knikte slechts naar Roehm, die zelf een sleutelbos te voorschijn haalde en de eerste deur openmaakte. We schreden een uitgestrekte gang in, over glimmend groen linoleum, als politici op werkbezoek. De minotaurus troonde mij mee naar het hart van het labyrint.

Alle ziekenhuizen ruiken hetzelfde. We hadden overal kunnen zijn. Ik liep achter hem aan langs karren waarop het vuile linnengoed hoog lag opgetast, langs kamers die waren ingericht met prikborden en computers. De lichten waren aan, de computers idem dito, op de bureaus lagen de papieren keurig op stapels. Maar van personeel was niets te bespeuren. We zagen niemand. Waar we ook heen gingen, overal strekten zich brandschone, maar lege gangen voor ons uit. Roehm liep opeens een trappenhuis in en we begonnen aan de lange afdaling, één verdieping, en nog één. Ik hoorde zijn hakken klikken als de nagels van een hond op een gepolijste houten vloer. Opnieuw zagen we niemand. Het trappenhuis was verlaten. Uiteindelijk stonden we voor een dubbele groene deur. Het bordje vermeldde eenvoudig:

ACADEMISCH ZIEKENHUIS
BIOLOGISCHE FACULTEIT
PROEFLABORATORIA
VERBODEN VOOR ONBEVOEGDEN

Daaronder, gloeiend geel en zwart, stond het waarschuwingsteken voor stralingsgevaar. Roehm gebruikte twee verschillende veiligheidssleutels om de deuren open te maken. Binnen, achter groene wanden, hoorde ik een aanhoudend hoog gesuis. Er waren geen lampen te zien aan het plafond, maar de hele ruimte, een trillende opeenvolging van lage plafonds die zich uitstrekten tot in het donker, was doortrokken van groen neonlicht. Het was ondraaglijk warm en vochtig. Grote glazen wanden bevatten kolkende en wervelende zuilen van groen. Mijn ogen wenden aan het schemerdonker. Ik liep tegen de hete leidingen aan die onder langs de enorme glazen tanks liepen. De vloer was vochtig. Alles rook naar vochtige varens en mossen, als een tropisch regenwoud. Ik staarde naar iedere plant waar we langsliepen. Het leek een eindeloze reeks variaties op de begonia, sommige gespikkeld, andere semi-vetplanten, en weer andere met een diepe, harige groene glans over het loof. Er waren bladeren in de vorm van pijlpunten of bezaaid met gouden vlekjes, en sommige waren enorm, met nerven die zich vertakten als vingers aan een open hand. Niets bloeide. Er was niets in die gigantische glazen bakken dan zwetend, ziedend groen.

Zou alles niet gelabeld moeten zijn? Ik zocht naar labels, maar vond er geen. De geur van natte compost was overweldigend. Ik trok mijn jas, mijn jasje en mijn trui uit. In een glazen vitrine die van binnen onder de condens zat, zag ik een hygrograaf met een naald die een rechte paarse lijn trok over het ronddraaiende ruitjespapier in die roerloze, vochtige wereld. Het timbre van de voetstappen van Roehm veranderde. We bevonden ons in een ander deel van zijn onderwereld. Hij liep nu op beton. En nu hoorde ik ook duidelijk het gezoem en geronk van generatoren, die al die vochtige hitte produceerden.

'Tropische temperaturen. We houden ze constant,' zei Roehm, die weer andere sleutels pakte toen we voor een andere deur stonden. Het waren allemaal veiligheidssloten. Ze zagen er allemaal hetzelfde uit. Alleen deze keer knipoogde er een rood oog boven het slot. De deur was aangesloten op een alarminstallatie. Ik ademde een dikke wolk vochtige lucht in en proefde muf water achter in mijn keel en in mijn longen. Achter de tweede deur lag een benauwde donkere ruimte. Ik bleef buiten tussen het zwetende groen staan terwijl Roehm op de tast een lichtknopje zocht. Voor mij gloeide een sombere boog van goudkleurig licht boven een bureau en het bleke blauw van een computerscherm begroette ons. Iets achter glas vluchtte weg met schokkerige bewegingen. Ik kon niet zo een-twee-drie wijs uit de voorwerpen die ik voor me zag. Daar staat een bureau vol papieren en uitdraaien. Alles erop houdt verband met werk. Er zijn gebonden rapporten en een laserprinter. Er zijn geen foto's. Er is een stapel grafieken, die met een rode pen zijn gecorrigeerd. Er is een boek met een Duitse titel waar een heleboel stukjes papier uit steken die als bladwijzer worden gebruikt. Er is nog een hygrograaf. Het is hier bijna net zo heet als in die lange glazen wereld van groen, maar net niet helemaal. Er is meer lucht en een vreemde geur. We worden in de gaten gehouden. Op het beeldscherm van de computer staan hele rijen verschillend gekleurde getallen. Er is een telefoon die bedekt is met Post-it-stickertjes. Er gonst iets, er gonst iets zonder ophouden. Alles zweeft en drijft in grote tanks, behalve dat ene ding. Wat is het? Het heeft rauwe afgekloven takken om op te klauteren en zaagsel op de vloer. Het drinkt water. Wat is het? Het heeft een forse kooi. Het heeft grote ogen omcirkeld door duisternis. Het kijkt, niet naar mij, maar naar Roehm.

'Dat is een ringstaartmaki.'

Roehm vond mijn verbouwereerde gezicht wel amusant. Mijn eigen verbeelding had me verraden. Ik was uitgegaan van de veronderstelling dat hij met dampende flesjes bloed en laserstralen werkte, met beangstigende technologie, glanzende chromen buisjes en robots, maar nooit met iets levends, geen planten en dieren. Roehm leek geen deel uit te maken van de levende wereld. Ik had me zijn laboratorium voorgesteld als een geautomatiseerde machine, als een montageband in een autofabriek of een wapenfabriek. Maar in elke kooi of tank waar ik op af liep kolkten en roetsjten levende dingen. Er hing een vage stank van urine en rottende groenten. De temperatuur was ondraaglijk. Ik stond in het oog van een leguaan te kijken, één oog, dat nooit knipperde. Ik trok aan mijn overhemd. Roehm ging zitten om te kijken naar de statige processie van getallen die regel na regel over het blauwe scherm marcheerden.

'Jij hebt je nooit verdiept in biologische wetenschappen, of wel?' Hij bleef kalm naar de gestage stroom van getallen kijken.

'Wiskunde, Frans, Duits, Engels. Frans heb ik afgelopen zomer al gehaald.' Ik vertelde wat de toelatingscommissie van de universiteit over mijn prestaties te zeggen had gehad en staarde terug in de verschrikte ogen van de ringstaartmaki. Ik probeerde een paar dieren te identificeren. Iets klauterde met enige moeite in een hok. Het stonk naar verse urine.

'Dat zijn gewoon konijnen,' zei Roehm.

Hij wist zonder om te kijken waar in zijn laboratorium ik stond.

'Maakt u die dood?'

'Ben jij betrokken bij Rechten voor Dieren?'

'Mijn moeder.'

'Weet ik.'

'Weet zij wat u doet?'

'Zij is hier nooit geweest. En jij weet wel beter.'

Ik verbaasde mezelf. Een heerlijk gevoel van vreugde deed mijn vingers tintelen. Hij had mij iets speciaals gegeven, een geheim van ons tweeën. Het konijn dook in elkaar in zijn hok. Ik sprak de trillende oren van het diertje toe.

'Pech gehad, broer konijn.'

Achter mij barstte Roehm in lachen uit.

Er zijn hele wanden met grijze kasten en hier is elke kast gelabeld. Data, codes. Het is net de *X-Files.* Aan het alfabet heb je hier niet veel. Het systeem is ingewikkelder: je moet precies weten wat je hebben moet. De hand van Roehm sluit zich om de muis. Ik staar naar zijn ringen. Hij heeft mijn jasje over de rug van zijn draaistoel gehangen. Hij heeft zijn zwarte leren jas nog aan. Hij is volstrekt koel. Hij is net als de salamander. Hij leeft in vuur en ijs. Er is een vierkante witte gootsteen, smetteloos schoon, met een kraan met lange hendels eraan, zoals je ook in operatiekamers ziet. Links van de gootsteen staan twee prullenbakken. Op één staat ORGANISCH AFVAL. Op de andere staat alleen AFVAL VOOR VERSNIPPERAAR. Er staat een grote doos met witte plastic handschoenen, elk paar apart verzegeld als maaltijden in een vliegtuig. Het licht blijft dof, groen. Ik tuur in de wijkende schemering. Het laboratorium lijkt langzaam te verdwijnen, lange lijnen van planken, bureaus, kooien, tanks. Een rij groene overalls hangt aan een kapstok. De stank wordt indringender. Verder weg, buiten de gouden lichtkring op het bureau van Roehm, zie ik nog meer glazen tanks waarin zuurstof in stromen opborrelt. Ik waag me niet dieper in dit vreemde rijk.

Roehm gaat staan, rekt zich uit. Alle dieren vliegen in hoeken, doodsbenauwd. Laboratoriumdieren zijn meestal verveeld, somber, roerloos. Maar deze dieren lijken te weten dat ze allemaal gedoemd zijn en vrezen ieder gebaar van hun moordenaar. Hoe weten ze dat hij ze gaat martelen en vermoorden?

'U doet genetica, of niet?'

'In zekere zin. Zelfs jij moet van de algehele temperatuur-stijging op aarde gehoord hebben, Toby.'

Het is de eerste keer dat hij mijn naam noemt. Ik staar naar zijn enorme handen. Hij heeft in meer dan een uur niet gerookt. 'Wij voeren experimenten uit met dieren en planten die bestand zijn tegen intense hitte en kou. Levende organismen die in vuur en ijs kunnen overleven.'

Hij spreekt langzaam, ongehaast.

'We moeten voor beide gereed zijn. Voor het ijs, of een volgende wereldbrand.'

Ik stel mij een uitgestrekt leger van beesten voor, gebouwd als het originele monster van Frankenstein, allemaal met die reusachtige paranoïde ogen van de ringstaartmaki. De printer van Roehm zuigt en gonst in het schemerdonker. Hij haalt elk blad eruit zodra het in de uitvoerbak glijdt, met de bedrukte kant naar boven, en legt het in een lederen portfolio die rondom kan worden dichtgeritst, zodat de uitdraai veilig opgeborgen is.

'Kom,' zegt Roehm, 'we gaan.'

Maar we gaan niet terug. We lopen door, steeds dieper dat zweterige groene halfduister in. Roehm opent en hersluit deur na deur, hij aarzelt nooit met zijn sleutels. Lichtgevende palingen flakkeren in de tanks waar voortdurend zuurstof in gepompt wordt; sommige gloeien merkwaardig als we erlangs lopen, andere duiken weg in hun kunstmatige spelonken. Ik tuur naar de zware, gladde witte wang van Roehm. Hij glimlacht flauwtjes. Ik zweet. Alles lijkt bang te zijn voor Roehm.

We breken door een aluminium hek heen en bevinden ons in de kou en het felle licht van een ondergrondse parkeerplaats. Roehm doet de laatste deur achter ons op slot. Er staat niets op die deur. Het zou een dienstingang kunnen zijn, een deur naar een trappenhuis, of zelfs een wc. Ik kijk op mijn horloge. Het is bijna middernacht.

'Ik zou de laatste metro nog kunnen halen als we opschieten.'

'Ik rijd je wel naar huis.'

'Dat duurt uren.'

'Stap in.'

De auto was vanbinnen opmerkelijk Spartaans. De gerechten en wijnen die Roehm uitzocht suggereerden een genotzuchtige rijkdom op Romeinse schaal. Maar zijn auto had niks extra's. Geen radio, geen telefoon. En het ding maakte geen geluid, vanbinnen noch vanbuiten. We zeiden heel weinig tegen elkaar. Hij reed hard. Ik zocht het wegdek af op dode palingen, maki's, konijnen. Londen kwam me voor als een vreemde, buitenlandse stad. De voorsteden zoefden onder de snelweg voorbij. Toen we bij het huis van mijn moeder aankwamen zette Roehm zijn auto op dezelfde plek neer waar ik hem voor het eerst had zien staan, een eindje van het huis af. We stapten uit en stonden naast elkaar, tegen de wagen geleund. Roehm was heel ontspannen. Hij leek zwaarder dan zijn auto. Hij stak een sigaret op. Hij leek geen haast te hebben om weg te wezen. Ik bleef nog wat staan, en kreeg het steeds kouder. Wat ik allemaal voelde ontging mij. Ik wilde hem niet verlaten.

'Bedankt voor de lift. Ik had de laatste metro ook nog wel kunnen halen.'

'Weet ik. Maar dan zou je moeder zich zorgen hebben gemaakt.'

Ze zou het niet eens gemerkt hebben. Ze was zelf altijd laat. Ze had geen besef van tijd.

'Ik heb uw nummerbord opgezocht. Het is Frans. Nummer 74. Dat is de Haute-Savoie. Waar wij altijd op wintersport gaan. Waar Françoise haar chalet in de bergen heeft.'

Roehm gniffelde.

'O, dat heb je dus opgezocht? Nog meer weten te ontdekken?'

'Nee.'

Ik bloosde, maar hij keek niet naar mij. Hij keek naar het huis.

'Ik ben ook directeur van een researchinstituut bij Chamonix. Vlak bij waar jullie je wintersportvakanties doorbrengen.'

'Wilt u even mee naar binnen? Ze is nog op. Haar lichten branden nog.'

'Nee. Ze verwacht me niet.'

Het begon te regenen.

'Oké. Nou... bedankt voor het eten. En dat ik het lab mocht zien. Het was geweldig. Tot ziens.'

'Kom hier, Toby.'

Zonder enige haast gooide Roehm zijn sigaret weg in het druilerige voorstedelijke donker en legde zijn rechterhand in mijn nek. Ik voelde de griezelige kou van zijn ringen. Zijn hand was heel koud en traag. Ik was nog nooit zo dicht bij hem geweest. Hij rook naar tabak en kaneel. Zijn gezicht doemde wit en wezenloos vlak voor me op. Hij leek opeens meer ruimte in te nemen dan hij de hele avond gedaan had, als een stripfiguur die op steeds grotere schaal getekend wordt.

'Je lijkt heel erg op haar,' zei Roehm zacht.

Ik verroerde me niet.

'Dat zegt iedereen.'

Toen kuste hij me, een zachte, koele kus op mijn lippen. Ik bleef roerloos en verstijfd staan, en wilde niets liever dan dat hij me in zijn armen nam. Maar hij glimlachte slechts flauwtjes, knikte ten afscheid en draaide zich om. Ik rende weg over straat en het huis in. Ik heb de auto niet horen starten. Ik keek niet op of om.

3

Vreugdevuur

Die nacht droomde ik van hem. Ik zag hem in het laboratorium, maar er waren geen muren meer, geen deuren, geen afgesloten ruimtes. Hij staat bij zijn verlichte computer in een stortvloed van nat en weelderig groen, een sinister plantaardig groen. De planten ritselen en glanzen om hem heen, fleurig, sappig en suggestief. Er hangt een smerige stank van rottende compost. Ik tuur in de beweeglijke, glinsterende vegetatie en zie de doodsbange massa ogen, opengesperd, verwilderd, allemaal op hem gericht. Ik ben de enige die niet bang is. Ik word helemaal overmand door de starende blik van Roehm. Zijn blik is een en al concentratie en vastberadenheid, maar hij wacht, hij wacht op mij – de eerste zet is aan mij. Ik herinner me zijn kus, die steelse, zachte kus, de smaak van sigaretten en zijn koude lippen. Hij wacht op mijn toestemming, mijn uitnodiging. Het is aan mij. En in mijn droom zie ik mezelf alsof ik twee mensen ben. De ene staat, bezweet en doodsbenauwd, tegen die vochtige hitte aan gedrukt en de andere, soepel, erotisch, een jongen die zeker is van zijn vermogen om te bekoren en te bezitten, steekt een hand uit naar die vreemde en machtige man wiens blik nimmer verslapt, wiens aandacht, dierlijk en hartstochtelijk, helemaal voor mij is. Ik hunker ernaar dat u naar mij toe komt, naar mij, naar mij. U die alles voor mij bent, blijf mij altijd toegewend. Ik steek mijn armen naar u uit, naar uw omarming, naar uw koele kussen en uw koude, koude, kostelijke liefde. Geef mij uw koude liefde en bevrijd mij uit het koninkrijk van deze wereld, uit dit eindeloze weelderige groen. Ik zie mezelf, recht overeind en onaangeraakt, naar hem toe schuiven door het verlokkende groen. Roehm verroert zich niet, maar hij glimlacht, griezelig, suggestief, vaag, triomfantelijk. En dan weet ik dat ik houd van die man, dat hij voor mij is teruggekomen, dat hij mij nooit is vergeten. Ik hunker naar uw komst. En ik ben onbevreesd.

Ik werd zwetend en bevend wakker in het schemerduister, het laken kleddernat van het zaad. Ik ging met een misselijk gevoel zitten en dronk wat van het water dat al een hele tijd op mijn bureau stond. De droom verdween naar de achtergrond, maar ik was duizelig, ik voelde me smerig en beschaamd. Roehm had me heel gewoon goedenacht gekust, maar toch was dat genoeg geweest om een duistere stortvloed van flikkerfantasieën te ontketenen. Ik hoorde de stoere jongens op school al 'mietje' fluisteren en sidderde. Het licht in haar slaapkamer was nog aan toen ik over de gang naar de badkamer sloop. Ik keek op mijn horloge. Nog geen vijf uur. Ik duwde haar deur open, op een kier.

Ze had haar matras op de grond liggen en daarboven, aan het plafond, hing een gigantische Indiase beddensprei, als de tent van een radja. Haar nachtlichtje was een plastic banaan waarin een lampje gloeide – het was al een oud ding, hij begon al af te bladderen, maar hij deed het nog. Ze lag te slapen, haar vingers om een boek geklemd. Ze had *The Talented Mr. Ripley* liggen lezen. Op de omslag stond een knappe jongeman met een Italiaanse strohoed op. Ik keek naar haar slapende gezicht. Haar haren hingen vochtig van het zweet langs haar oren, haar nachthemd was strak getrokken over

82

haar borsten. Ik deed het licht uit. Ze bewoog even en het plotselinge donker in de kamer ging langzaam over in grijs en toen in het oranje van de straatlantaarns die door haar open gordijnen loerden. Ik wachtte tot het zwart voor mijn ogen was opgetrokken en liet haar toen achter met haar eigen onbewuste angsten. Ik schuifelde de laatste trap op. Mijn bed rook naar niet-genoten seks. De stank was weerzinwekkend. Ik rukte de lakens van mijn bed en smeet ze in de hoek. Toen trok ik mijn slaapzak uit de koffer die onder het bed lag en klom in een blauwe nylon cocon. Daarna droomde ik niet meer, maar ik sliep, zwaar en uitgeput, tot in de middag door.

Ze had een briefje voor me op de keukentafel laten liggen.

Ben boodschappen doen. Vergeet niet dat we vanavond door Luce zijn uitgenodigd. Hoop dat je het leuk hebt gehad met Roehm.

Ik dacht aan de ogen van de dieren in het lab van Roehm en besloot haar niet te vertellen dat ik daar geweest was. Op de keukendeur hing een poster van Greenpeace waarop geprotesteerd werd tegen experimenten met laboratoriumdieren. Het tragische konijn met de elektroden op zijn schedel viel me al niet eens meer op. Dat was bij het meubilair gaan horen. Ik zette het dier en haar ethiek van het medelijden van me af. Ik zou verraden noch veroordelen wat daar gebeurde in die experimentele tanks en die hete groene onderwereld waar ik mij onopzettelijk in begeven had. Wat Roehm met zijn konijnen deed waren zijn eigen zaken.

Maar ze vroeg niet waar we geweest waren, wat we gedaan hadden. Ik had met enige zorg een verhaal voorbereid over het restaurant en Chinatown, maar mij werd niet één keer gevraagd het podium te betreden en mijn monoloog af te steken. Ze scheepte me af met een handvol clichés.

'Leuk gehad?'

'O, daar ben ik blij om.'
'Het eten is altijd voortreffelijk bij L'Escargot.'
'Het is een aardige vent, of niet?'
Aardig was wel het allerlaatste woord dat iemand bij zijn volle verstand zou gebruiken om Roehm te beschrijven. Aardige mensen waren domweg niet van dat kaliber.

'Ik heb vannacht over hem gedroomd,' zei ik, opeens hatelijk, in een poging een reactie los te krijgen.

'O, is dat zo?' Ze liep de keuken uit en sloot zich op in het toilet.

Eindelijk had ik haar geraakt.

Het huis van Luce zag er heel anders uit. Ik kon er niet precies de vinger op leggen wat er nu veranderd was. Alles was er nog, het patroon in de keitjes, het prieel van varens, keurig teruggesnoeid voor de winter, de klein gesnoeide heesters en het perk met Hollandse bollen, onlangs met muls bedekt – alles professioneel aangelegd door een team van landschapsontwerpers. Er werd niet geliefhebberd in de tuin van Luce. Hij werd onderhouden door hoveniers in uniform. De schepper van haar tuinen had zijn portfolio met ideeën aanzienlijk uitgebreid na een bezoek aan Japan. De bamboe was strategisch neergezet ten opzichte van een stenengroep en een stille vijver bevatte drie lelies en een vloot van psychotische karpers. Ze zwommen eindeloos in kringetjes rond en staarden uit hun ogen. Het licht boven de voordeur kondigde het einde van het Japanse thema aan. Hier vangt het modernisme aan. Een van de architecten van het Centre Pompidou in Parijs had ook het huis van Luce ontworpen. Het interieur was een en al parketvloeren en enorme buizen die uit het plafond kwamen, zelfs in haar abattoirachtige keuken. Luce had een schilderij van Tamara de Lempicka, dat twee ineengestrengelde vrouwen voorstelde. De figuren zagen ook kans om eruit te zien als stalen buizen. Het huis bevatte een veelvuldig vertakt alarmsysteem. Meteen als je binnenkwam was er al een alarm. Je had een halve minuut om dat ding uit te zetten, anders begonnen overal in huis sirenes te loeien en rukte de bewakingsdienst die vierentwintig uur per dag een oogje in het zeil hield massaal uit met militair aandoende pantserwagens. In de hoeken van iedere kamer waren rode oogjes die je volgden, zelfs als het alarm zou zijn uitgeschakeld. Ook buiten waakten rode ogen. Een ervan was op de karpervijver gericht. Ik keek naar het huis van Luce en naar de dame zelf, weggezakt in haar ruwzijden witte sofa, en vroeg me af hoe ik het voor elkaar had gekregen om mijn leven met vrouwen door te brengen.

Het was net alsof ze in geheime codes praatten, als vrijmetselaars. Luce, Iso en Liberty gingen zitten om elkaar te bekijken, om alle verschuivingen en veranderingen te registreren, de kleine lijntjes die dieper werden rond de ogen, de werking van de getijden in elkaars uiterlijk. Ze bestudeerden elkaar nauwlettend, voor het geval een van hen onmiddellijk redding behoefde maar niet in staat was haar smeekbede onder woorden te brengen. Als alles goed was binnen hun kleine rijk begonnen ze hun gesprek als een kaartenhuis op te bouwen. Ieder van hen voegde een nieuwe kaart aan het bouwwerk toe en zelfs als ze elkaar tegenspraken gingen ze daar nooit over in de clinch: dat zou de gestage constructie alleen maar in de weg staan. Ze namen het tegenovergestelde standpunt domweg over en borduurden erop voort. De schakel in de ketting was altijd belangrijker dan het onderwerp zelf of hun verschillen van mening. Het was me nooit eerder opgevallen hoe ze met elkaar praatten. Het leek allemaal onnodig ingewikkeld en zinloos.

Ik maakte alle gebruikelijke gebaren, bracht verslag uit over mijn vorderingen op school, trok de wijn open en diende de sissende garnalen op. Maar de stiltes die Iso in haar eigen gekwetter liet vallen gingen niet onopgemerkt aan mij voorbij. Ze was niet van plan hun over Roehm te vertellen. We hoefden er ook niet eens over te praten. Als zij niets zei, bleef hij ons geheim. Onze stilzwijgende samenzwering gaf me een vreemde kick. Maar ik stond nu buiten de driehoek van vrouwen en observeerde hen en hun zorgvuldig onderhouden pergola van liefde, die ze over hun scheidslijnen hadden opgetrokken. Luce schepte op over haar aanstaande en onafwendbare triomfen in Parijs en Amerika. Haar onuitgesproken beweringen waren mij opeens duidelijker dan ze ooit geweest waren, evenals het feit dat ze in de eerste plaats aan Iso gericht waren. 'Er is een lenteshow van Britse mode en Britse ontwerpen in de Arches. De collecties voor volgend jaar. Jullie komen toch allebei, of niet? Ik heb jullie uitnodigingen hier. En ook nog een paar voor die lui van de galerie. Volgens mij zou het geweldig zijn om een show te houden in de galerie, Iso. Als jij daar je volgende expositie hebt. Maar dat zijn plannen voor de lange termijn. De Arches wordt voornamelijk mensen uit het vak, maar er worden een heleboel van mijn ontwerpen geshowd. Twee jonge vrouwen die rijk en beroemd willen worden. Nou ja, wie niet? Ze hebben talent, maar geen steun. Ik heb niet mijn gebruikelijke honorarium in rekening gebracht. Had wel gemoeten, denk ik. Maar het zijn te gekke meiden en toen ik begon kreeg ik ook geen enkele hulp. We hebben allemaal wel eens een zetje nodig. Vooral in het begin. Schoonheid is niet altijd genoeg om de vaste lasten te betalen, of wel, Iso?'

'Ik had jou nodig,' antwoordde mijn moeder eenvoudig en de drie vrouwen wisselden blikken uit waar vertrouwelijkheid en genegenheid uit spraken. Het was net alsof ze een quadrille afrondden. Niemand kende verder de stapjes van hun dans, noch zag iemand hoe ze om elkaar heen draaiden. Waarom was mij dit nooit opgevallen? Luce was vrijgevig met haar liefde en troost. Geld speelde voor haar geen rol. Ik doe dit allemaal voor jou. Ik verdien zoveel geld opdat ik jou kan beschermen, jou kan onderhouden, voor jou kan zorgen. Liberty en ik deelden ook mee in haar goedgeefsheid. Ook wij waren haar gunstelingen. Maar degene die mijn oudtante het liefst had in de hele wereld was mijn moeder.

'Je moeder was een lastpak toen ze jouw leeftijd had, Toby. Ze zou nooit eens toegeven dat ze iets nodig had.' Luce zwaaide met haar sigaret en stiet rookwolken uit als was ze een draak. 'Wie wil er een chocolaatje?'

Liberty leunde met haar ellebogen op de tafel en snoof de geparfumeerde dodelijkheid van haar Poire Williams op.

'Heb je dit uit Frankrijk, Luce?'

'Ja, dat kun je hier niet krijgen.'

Luce draaide zich om naar Iso.

'Weet je nog toen we in Normandië waren, en we dat vreselijke tochtige huis hadden gehuurd, en Toby nog in de emmertjes-en-schepjesfase op het strand zat en wij ons kapot verveelden en die rare oude snuiter aanbood ons rond te leiden langs al die landingsplaatsen van de invasie? Ik was er hele maal voor, kunden we tenminste even van dat stomme strand af, maar jij zei: "Nee, dank u, ik heb er geen behoefte aan mijn zoontje mee te nemen op een tocht langs al die monumenten van oorlogszucht." Ik wilde zo graag iets anders dat ik zei: "Onzin, die jongen moet grondig geschoold worden in de techniek van het moordwezen." Waarop jij een scène begon te maken, ten overstaan van die oude oorlogsveteraan die zo'n beetje bezweek onder zijn D-Day-onderscheidingen.'

'Ik herinner het me nog. O mijn God, of ik dat nog weet.'

'Jij begon allerlei krankzinnige dingen te krijsen over kernwapens, Greenham Common en de *force de frappe*, compleet met statistieken, terwijl die goeie ouwe held maar wat stond te bazelen over opoffering en onze jongens, waarop ik dat hele maffe oorlogsmuseum over me heen kreeg vol chauvinistische flauwekul, en maar beleefd doen tegen die treurige ouwe man die de meeste van zijn vrienden had achtergelaten op Franse begraafplaatsen en ze maar niet kon vergeten. Toen ik eindelijk van hem af was heb ik nog die fles Poire Williams gekocht om het weer goed te maken dat ik me zo tiranniek had gedragen.'

'Tot zover de Poire Williams.' Liberty dronk haar glas leeg. 'Neem maar wat Calvados, Toby. Dat zal je vechtlust goed doen.'

'Ga zijn mannelijkheid nou niet aanmoedigen. Die hebben we tot nu toe juist zo mooi geheim weten te houden. Iso, lieve schat,' wendde Luce zich tot mijn moeder, 'we moeten nog afspraken maken voor ons nieuwjaarsreisje naar Frankrijk.'

'Ik heb mijn agenda niet bij me, Luce.'

Ze was excuses aan het verzinnen om eronderuit te komen. Luce zag het niet. Maar ik wel.

Het was al ver na middernacht toen we een overvolle tafel achter ons lieten en naar huis reden. Iso was enigszins aangeschoten. Ik bood aan om te rijden. Aangemoedigd door een stuk in de plaatselijke krant had ik bij ons in de straat geoefend als zij niet thuis was. Twee kinderen, van zes en acht, hadden een Mercedes gestolen. Ze waren allebei te klein om de auto alleen te besturen, maar één van hen was op de voorbank gaan staan om te kunnen sturen, terwijl de andere de pedalen voor zijn rekening had genomen. Ze waren al bijna op de snelweg toen ze door de politie werden ingehaald.

'Je hebt nog niet eens rijles, Toby, en je staat ook nog niet op de verzekeringspapieren.'

'Ik heb afgelopen zomer in Cornwall op die trekker gereden.'

'Dat was op een weiland, niet op een weg.'

'Ik ben achttien.'

'Oké, oké. Zodra jij les neemt mag je in mijn auto oefenen. Maar vanavond niet.'

Iso moest met een zwieper aan het stuur bijdraaien.

'Je bent bezopen.'

'Jij ook.'

We bleven staan voor een rood licht. De wegen lagen er verlaten bij, boosaardig in de oranje gloed. Waarom had ik nooit gezien hoe straatlantaarns het donker ontmaskerden? Waarom verlangde ik plotseling, zonder erom gevraagd te hebben, naar lange nachten zonder steden of sterren? De auto rukte zich los van de stoeprand.

'Kijk jij uit voor de politie,' giechelde Iso.

'Als je je rijbewijs kwijtraakt kun je het schudden.'

'Ga het lot nou niet tarten.'

We verlieten de vierbaansweg en reden de afrit af die zich naar onze voorstad slingerde. Ik tuurde in de vervuilde tuinen die langs wervelden.

'We hadden ook bij Luce kunnen blijven.'

'Ja, had gekund.'

'Iso, waarom heb je niets over Roehm gezegd?'

Plotseling was ze veel scherper, ontnuchterd, ze had me heel goed gehoord.

'Waarom heb jij niks gezegd? Jij bent gister de halve nacht met hem aan de boemel geweest.'

Ik had niet verwacht dat ze me zo rechtstreeks zou aanvallen.

'Maar het is aan jou om het aan Luce en Liberty te vertellen als je een vriend hebt. Het is niet mijn vriend, maar jouw vriend.'

'Dat kun je nu wel zo makkelijk zeggen, maar het was al bijna twee uur toen je thuiskwam.'

Ze beefde van woede.

'Je had de laatste trein al gemist. Ik was zo ongerust dat ik er misselijk van werd.'

'Waarom? Je hebt je nooit eerder ongerust gemaakt. Je wist met wie ik was.'

'O God, jou valt ook nooit iets op, hè?'

Ik wachtte alvorens daar antwoord op te geven. Wat had

mij dan moeten opvallen? We reden onder bijna kale bomen onze laan in.

'Je wist toch waar ik was? Waarom ben je dan zo boos?'

Ze stampte op de rem en de auto kwam plotseling tot stilstand, op een meter of vijftig van het huis. De achterwielen slipten op een hoop natte bladeren en regen spetterde op de voorruit. Toen sloeg de motor af. Ze deed de lichten uit. De auto stak met de motorkap de straat in als een op het strand getrokken schip.

Ze wendde zich naar mij.

'Luister, Toby. Ik heb niets tegen Luce gezegd omdat ik weet dat Roehm haar goedkeuring niet zal kunnen wegdragen. Ze gaat naar Amerika. Laat het rusten tot zij terug is. Oké, dan ben ik maar laf. Maar ik kan Luce nu niet onder ogen zien.'

Ik was oprecht verbaasd.

'Waarom zou zij het niet goedvinden?'

'Misschien is het nog niet tot je doorgedrongen, maar Roehm is nog ouder dan Luce.'

'Nou en?'

'Luce heeft de pest aan Duitsers.'

'Nee, hoor, dat heeft ze niet. En bovendien is hij geen Duitser, hij komt uit Zwitserland.'

'Wat weet jij van hem af?' riep ze. 'Jij weet helemaal niets.'

Toen bleef ze zwijgend zitten. Ze beet op haar lip.

'O, laten we erover ophouden, Toby. Ik ga naar bed.'

Ze knalde het portier dicht, en liet de sleuteltjes in het contact hangen. Ik bleef even roerloos zitten, verbijsterd. Iso was zelden zo onredelijk. De wind trok aan mijn mouw terwijl ik licht huiverend op het raam leunde. Ik sloot de auto af en ging rechtstreeks naar boven naar mijn kamer. Ze had de voordeur met al haar kracht dicht gesmeten. Een stuk van het lijstwerk boven de deur was los gaan zitten. Ik brak het eraf.

Uren later werd ik wakker en hoorde haar voetstappen in

het donker. Ze kwam de trap op, duwde de deur open en liep naar me toe. Ze trapte op een van mijn schoenen, trapte hem aan de kant en prevelde: 'Shit.'

En toen: 'Toby? Ben je wakker?'

'Nu wel, ja.'

'Het spijt me.'

'Weet ik. Maakt niet uit. Kom erbij liggen.'

'Nee. Ik zou in slaap vallen. Dat kan niet.'

Maar ze bleef staan. Haar schaduw vergrootte het volume aan duisternis in de kamer.

'Welterusten dan.' Ik draaide me om.

Voelde ze zich afgewezen, weggestuurd? Ik luisterde nauwlettend naar elke krakende tree, elk geluidje dat ze bij het aflopen van de trap maakte.

We zaten te wachten tot de show zou beginnen. Het was net alsof we in een schouwburg zaten, verwachtingsvol naar het voetlicht, de schijnwerpers en de kroonluchters te kijken. De Arches was ooit een rangeerstation geweest voor oud materieel, onder de negentiende-eeuwse gewelven bij King's Cross. Het was een lange, smalle ruimte. Alle publiek zat even dicht bij het podium en de muur aan de achterkant was bedekt met obscure graffiti, enorme blokletters, zoals je ze altijd ziet op treinen en bruggen, maar die je nooit goed kunt ontcijferen. We zaten op de rand van een verhoging, ietsje hoger dan de voorste twee rijen. De programma's waren bedekt met glinsterende zilveren lovertjes, die de meisjes bij mij op school op hun wangen plakten als ze indruk wilden maken in de disco. Ik had verscheidene keren rondgehangen bij de ingang van de disco. Ik wilde naar de meisjes kijken. Ik zag ze door de donkere deuropening naar binnen gaan. Ik zag hoe hun rokjes zich spanden om hun weelderige achterwerk. Maar ik had nooit een kaartje gekocht, ik was er nooit naar binnen geweest. De lovertjes lieten los in mijn handen.

Modeshows lijken hun bestaan te leiden in een vacuüm, los van de tijd. Het was begin november maar wij kregen zo de voorjaarscollectie te zien, een keur van lichte, felle kleuren en korte, wervelende rokjes – terwijl buiten een gordijn van natte bladeren over de wereld viel en de duisternis steeds dieper werd.

'Dat heeft wel iets,' zei Iso. 'Het geeft hoop.'

In de foyer waren gratis witte wijn en blokjes kaas. De worstjes met echte stukjes ananas erop waren snel verdwenen. Iso en ik schrokten de laatste naar binnen alsof we in geen maanden hadden gegeten. We grinnikten naar elkaar. Het was weer vrede tussen ons. Ze had Roehm meer dan een week niet gezien. Ze kwam nooit laat thuis en de pantserwagen verscheen niet meer in de straat. Ik checkte het antwoordapparaat verscheidene keren per dag. In zijn afwezigheid keerde de oude vertrouwelijkheid terug. We waren weer vriendjes. Over Roehm spraken we nooit. Zij stak haar arm door de mijne terwijl we dicht tegen elkaar aan gezeten in het uit elkaar vallende programma keken. De muziek was dreunende techno. Ik dacht aan het Chinese drakenfestival. Maar ik zei niets tegen mijn moeder.

'Luce is als laatste. Die loopt zich natuurlijk nog op te winden achter de schermen.'

'Ken je iemand hier?'

'Ik heb iedereen van de faculteit en de galerie uitgenodigd. Ik had erbij moeten zeggen dat er gratis wijn was. Dan zouden ze wel gekomen zijn.'

Overal probeerden nog mensen hun achterwerk op de bankjes te nestelen toen de muziek op een andere versnelling overschakelde en rode, oranje en witte spotjes begonnen te gloeien. De merkwaardige kloof die al gaapte tussen wat ik voor me zag en wat ik altijd als vanzelfsprekend had beschouwd werd opeens gigantisch. Dit spektakel was mij een raadsel. Een parade van vrouwen, mager als de kleerhangers die ze representeerden, drentelde voorbij. Ze hadden knokige schouders en benen als giraffes. Ze hielden allemaal hun kin hoog in de lucht, hooghartig en bewegingloos, alsof ze zeggen wilden: waag het eens om te lachen. Hun gebaren en gezichtsuitdrukkingen waren bizar. Ze keken stuurs en trots, en daagden de toeschouwers uit. De kostuums waren nog raadselachtiger. Het thema was het millennium. Wat zullen we allemaal dragen in de eenentwintigste eeuw? Oranje broeken met wijde pijpen en zwarte bolero's, korte jasjes versierd met zilver en verguldsel, epauletten die glinsteren als het kostuum van een toreador, wervelende zilveren shirts en enorme Elizabethaanse kragen, ruches, watervallen van zijde, hakken als de trap van een Mayapaleis, Assepoesterschoentjes, grote zwarte glanzende kralen, armbanden van amber, kleine avondtasjes aan kettingen, snijdend strakke broeken tot op de knie, beslagen leren armbandjes en minuscule leren jurkjes, de tepels bijna zichtbaar onder de eveneens met sierspijkers beslagen bandjes.

Maar is dat de collectie van Luce, met dat geborduurde vurige, streperige rood, oranje, zwarte kralen in strengen die van de schouders en de zomen afhangen, enorme mouwen die loshangen als de kostuums van mandarijnen? En de vrouwen die haar ontwerpsters hadden gekozen waren opeens heel anders dan die andere modellen. Ze hadden volle borsten, brede heupen, en ze waren fors als de Zwarte Tovenaressen uit het Afrika van Rider Haggard, hun lange armen vol rinkelende gouden banden. Er was geen bruidsjurk aan het eind, zoals bij conventionele collecties altijd te zien is. In plaats daarvan kwam de grootste en ontzagwekkendste van de vrouwen al ruisend over het podium op ons af en draaide zich eerst naar rechts, toen naar links, in een piramide van ivoorkleurige zijde. Ze zette haar handen op haar heupen en keek dreigend het publiek in. Haar intens zwarte huid glansde donkerpaars tegen die gladde, geborduurde zijde. Ze was geen bruid maar een koningin. Ze was niet te koop, zij heerste. Het applaus gold net zozeer de macht en majesteit van die vrouw als het complexe gewaad dat als een waterval van haar schouders viel. 'Zo moet het, Luce, grootschaligheid,' riep Iso in mijn oor. En toen kwam Luce zelf op, hand in hand met haar ontwerpsters, ze huppelden naar voren tussen hun modellen door, de roden en lila's van haar kleren werden groen en paars in het licht van de schijnwerpers. De eerbetuigingen maakten een compleet ander mens van haar. We brulden, we loeiden haar lof.

Plotseling kreeg ik het tintelende gevoel dat ik bekeken werd. Opnieuw zag ik dat ene oog van de leguaan die met de zijkant naar me toe stond en zijn natuurlijke camouflageproces begon: het blauw verdween uit zijn geschubde huid naarmate hij opging in het omringende groen. Maar zijn blik was nu op mij gevestigd. Ik draaide me met een ruk om. Er stonden nogal wat mensen achterin, maar ik weet zeker dat hij erbij was. Het was Roehm, zijn reusachtige vorm doemde vaag op tegen de rauwe stenen muur van het theater. Ik sprong op en prevelde tegen Iso dat ik wegging. Iso was helemaal gefixeerd op de triomf van Luce. Ik haastte me voor de bankjes langs naar de deur en rende terug langs de achterste rij. Roehm was nergens te bekennen. Er waren al mensen aan het vertrekken, maar de foyer was nog niet volgestroomd. Ik liet mijn programma vallen en rende naar de hoofdingang. Een futloze rij zwarte taxi's stond in de vochtige avond te wachten. De straat lag er verlaten bij. Ik stormde terug de hal in. Ik keek zelfs op de herentoiletten. Ik was ervan overtuigd dat ik hem gezien had, zijn reusachtige schaduw, zijn witte gezicht, helder tegen de zwarte muur.

Hoe had hij zo snel kunnen verdwijnen, zonder een spoor na te laten? Verwonderd drong ik mij door de vertrekkende menigte heen, verder naar binnen. De technobeat begon weer. Ik zag geen kans mijn stoel weer te bereiken. Ik bleef in de foyer staan wachten. Na enige tijd zag ik Liberty. Ze baande zich een weg mijn kant uit.

'Hé, schat. Ze zijn backstage, champagne aan het drinken. Ik ga de auto vast halen. Dat zal wel even duren. Bewaar een glas voor mij. Je moet aan de linkerkant op het podium klimmen en naar de groene kamer vragen. Was het niet geweldig? Luce is in juichstemming.'

Ik liep terug het leegstromende theater in en vroeg me af of zijn verschijning soms een hallucinatie was geweest. Maar hij was te solide, te massief om het product te kunnen zijn van mijn verbeelding. Nee, Roehm was er wel degelijk geweest. Hij moest er geweest zijn. Maar hij was opzettelijk verdwenen. Hij had besloten ons niet aan te spreken. Luce. Het is om Luce. Zij mag het niet weten. Als Luce erbij is, zijn wij voor hem verboden gebied. Ik vroeg waar de groene kamer was. Maar ik kon ze horen lang voordat ik bij de groene kamer was aangekomen.

Wat mij vreemd voorkwam was dat ze tegen elkaar stonden te schreeuwen en toch champagne dronken. Ik hoorde het ontzettende gekrijs van Luce boven de vrolijke bubbeltjes uit bulderen.

'Hij is vijfentwintig jaar ouder dan jij! Waar denk je verdomme dat je mee bezig bent, Isobel? Opa neuken?'

'Luce. Beheers je. En let op je woorden. Waarom zou dat iets uit moeten maken?'

'En ik neem aan dat jij nog altijd zo nodig van die riskante seks moet hebben die wel je dood kan worden.'

Luce dempte geen moment haar stem. Ik hoorde haar. Ik zag haar handen en kin trillen van verontwaardiging. De stem van mijn moeder was dodelijk. Ik had haar nog nooit zo kwaad en zo kalm gezien.

'Luce, hoe durf je? Mag ik je eraan herinneren dat Liberty nog jonger is dan ik? En als iémand het voor kinky seks zou moeten opnemen ben jij het wel.'

95

Ze sloeg in één keer een half glas champagne achterover, stond op en liep bevend en op hoge poten weg. Ze keek geen moment in mijn richting. Volgens mij zag ze niet eens dat ik er was. Ik ging naast Luce zitten. Een minuut of twee sprak ze geen woord. Ze was verlamd van verdriet en razernij. Ik wachtte af en keek naar de achtergelaten kostuums die rondom aan de muren hingen. Ze hingen slap, vormeloos en dwaas, alsof de vrouwenlichamen die ze gevuld hadden opeens in het niets waren opgelost. Toen, halverwege haar tweede sigaret, barstte Luce in tranen uit.

'Zal ik achter Iso aan gaan?' vroeg ik, geschrokken.

Luce wiste de tranenstroom af en mompelde: 'Ik wil alleen maar niet dat haar iets overkomt. Ik wil niet dat jullie iets overkomt.'

Ik kon niet doen alsof ik niet wist waar ze ruzie over hadden, en veel erger kon het er niet op worden, dus ik besloot het strijdperk te betreden.

'Maar je kent Roehm niet. Hij lijkt niet zo oud, al zal hij dat wel zijn. Hoe dan ook, hij is heel rijk. Je zou hem eens moeten ontmoeten. Dan zou je wel begrijpen waarom ze van hem houdt.'

Luce keek me vol afgrijzen aan, alsof ik haar opeens het onomstotelijke bewijs in handen had gegeven dat ik door buitenaardse wezens op de planeet was afgeleverd.

'Dus *jij* hebt dat monster ook al ontmoet. Laat me je dit vertellen, kind, dat ik niet het minste verlangen koester om hem te ontmoeten.'

'Dat zou je toch eens moeten doen.'

Luce en ik keken elkaar boos aan. Plotseling kwam Liberty met dreunende stap binnenzetten, zwaaiend met haar programma.

'Doordrinken, jongens. Ik heb de auto voorstaan. Pal naast twee dikke gele strepen. Heb je wat voor mij overgelaten? Waar is Isobel?'

Plotseling drong tot haar door dat er iets vreselijk mis was. De wangen van Luce zagen zwart van de uitgelopen make-up.

'Lieve help, Luce, wat is er aan de hand?'

Ik schonk het laatste glas champagne in en begon het snel naar binnen te werken. Met een provocerende grijns bood ik Liberty het allerlaatste slokje aan.

'Luce en Iso hebben ruzie om een man.'

We woonden in een rookvrije zone. Ik zat voor een illegaal haardvuur. Een ongeloofwaardige thriller die zich in Cornwall afspeelde ontrolde zich op BBC2. Er waren twee mogelijke moordenaars. De ene was een zwerver uit overtuiging die geregeld boven op een rotspunt ging zitten mediteren, de andere was een gepensioneerde strandwacht die zijn levensavond aan alcohol, verbittering en desillusie had gewijd. Die laatste stond bol van de mogelijke motieven. Dus naar alle waarschijnlijkheid was het de ideologische zwerver. De verandalichten brandden. Isobel was nog niet naar huis geko men,

Ik hoorde iemand lopen op het grind, en er werd aangebeld en tegelijkertijd een sleutel in het sleutelgat gestoken. Luce. Niemand anders had de huissleutels. Ik bleef in de woonkamer zitten wachten, maar zette wel het volume uit. Een klein blauw luidsprekertje met een streepje erdoor verscheen in de linkerbenedenhoek van het scherm. Mijn hoofd werd leeg.

Luce beende de kamer in, rinkelend met zware halssnoeren en kettingen. Ze was op haar opvallendst gekleed in roden, blauwen, groenen. Haar mond was een dun streepje violet.

'Goed dan,' ze ging zitten en drukte haar sigaret uit tussen de peuken die lagen te vergaan in een schelp die in de boekenkast was blijven liggen, 'wie is hij?'

97

'Dat heb ik je verteld. Hij is wetenschapper. Hij werkt in Londen en nog ergens in het buitenland. En hij heeft een researchinstituut in de Alpen.'

'En hoe oud is hij precies?'

Ik had geen idee. Maar ik had wat zitten rekenen. 'Hij moet over de vijftig zijn. Hij zei dat hij zich nog herinnerde dat zijn vader thuiskwam uit de oorlog.'

Luce snoof minachtend. Ze stak weer een sigaret op. Ik sloeg mijn armen om een kussen heen en zag dat de politie massaal de heuvels in trok om de filosofische zwerver te zoeken. Luce staarde met een uitdrukkingsloos gezicht naar het geluidloze scherm.

'Hij rookt. Net als jij.'

Ze drukte hem meteen woedend uit.

'Ik begrijp niet waarom je zo boos bent. Roehm maakt haar gelukkig.'

Ik had geen idee waarom ik dat zei. Ik geloofde niet dat een mens ooit gelukkig zou kunnen zijn met een man als Roehm. Daar was hij te ongrijpbaar voor, te groot, te angstaanjagend. Maar ik kieperde de hele reeks clichés in de kloof die tussen ons gaapte.

'Wil je dan niet dat ze gelukkig is?'

'Niet met hem!'

Luce snoof verontwaardigd en hooghartig. Ik bleef een poosje zwijgend zitten. De zwerver vloog over de hei, achternagezeten door honden. Harde overgang naar de rottende boot die de badmeester op het strand had liggen.

'Hij moet een andere naam hebben. Hij kan niet alleen maar Roehm heten, zoals Heathcliff.'

'Ze heeft hem nooit bij een andere naam genoemd. Ik dacht dat het misschien zijn voornaam was.'

'Het is helemaal geen naam. Weet je waar hij vandaan komt?'

Ik gaf haar uit eigen beweging het minimum aan harde informatie. Ik had geen tastbaar motief om het beetje dat ik wist geheim te houden voor Luce, maar ik weigerde die vreemde grote man op te geven. Het was alsof Roehm nu aan mij toebehoorde, aan ons.

'Zijn auto heeft een Frans kenteken uit de Haute-Savoie. Hij heeft het stuur links.'

Luce haalde geïrriteerd haar schouders op.

'Nou ja, het is een begin. Maar het zegt nog niet veel over hem. Het kan wel een bedrijfswagen zijn. En waar was dat laboratorium waarvan jij zei dat je er geweest was? In een van de academische ziekenhuizen? Bij Gower Street? Daar hebben we nogal wat aan, Toby. Er zijn tientallen ziekenhuizen bij Gower Street, jij bent in één ervan geboren.'

De verbitterde badmeester was iets uit de rottende boot in veiligheid aan het brengen. Kennelijk het moordwapen. Snel herzag ik in gedachten de ontknoping. De verlichte zwerver moest onschuldig zijn.

'Is hij Engels? Toby, luister je?'

'Hij heeft niet echt een accent. Hij spreekt perfect Engels. Maar hij klinkt buitenlands.'

Ik wou dat ze weer wegging.

'Roehm is geen Engelse naam.'

'Hij heeft het wel over Zwitserland gehad,' droeg ik weinig dienstig aan. Luce staarde somber in het vuur. Ze probeerde nog een sigaret.

'Ik heb het verknald bij je moeder. Ze wil niet eens meer met me praten.'

'Ze zet zich er wel overheen.'

'Nee, dat doet ze niet.'

We zaten zwijgend bijeen. Ik stond op en pookte wat in de houtblokken. Onmiddellijk krompen de vlammen ineen alsof iemand ze te verstaan had gegeven dat ze zich gedeisd moesten houden.

'Goed, jij zegt dat hij rijk is. Ook al is hij zo oud dat hij

99

haar vader had kunnen zijn. Heeft hij nog meer schilderijen van haar gekocht? En ik neem aan dat hij best een Zwitser kan zijn. Waar werkt hij aan?'

'Genetica. Planten of dieren. Hij had allebei in zijn lab.'

'O, geweldig. Hij zal wel gewassen modificeren zodat als wij allemaal denken dat we rode bieten eten, het eigenlijk bananen zijn.'

'Nee. Het is iets heel anders. Het gaat om het kweken van soorten die resistent zijn tegen droogte, hitte en ijs.'

'Dat is precies hetzelfde. Proberen de natuur naar je hand te zetten.'

'Dat doe je ook met insecticiden en vaccinaties. Wees redelijk, Luce.'

Ze keek me woedend aan. Geen van ons zei een woord. De zwerver werd door de honden tegen de grond gewerkt. Ik besloot dat als ik acteur was, en ik werd gevraagd voor scènes met kwijlende dobermanns, dat ik dan meer geld zou eisen. Toen gooide Luce het over een andere boeg en vervolgde met opmerkelijke aandrang:

'Luister, Toby, Liberty en ik vertrekken morgen naar New York. Je moeder wil niet eens dag zeggen. Ze reageert niet op mijn telefoontjes. Ze kan me hier maar beter niet aantreffen. Dus luister goed. Laten we dit afspreken. Dit is het hotel waar we verblijven. Dat is het nummer. Daar moet je 001 voor draaien. Als wij er niet zijn kun je een boodschap achterlaten bij de receptie. En dit is het nummer van mijn vrienden in Brooklyn Heights. Dat is voor noodgevallen. Als er iets misgaat of als je iets raars opvalt moet je mij meteen bellen.'

De hele cast van de thriller begon onthullingen tegenover elkaar te doen. Gezichten werden vertrokken in razernij, opluchting, verbazing. Ik staarde naar de stomme ontknoping, gefrustreerd en verwonderd.

'Wat zou er mis kunnen gaan?'

'O, dat weet ik niet. Ik heb geen goed gevoel over die man,

Toby. We weten niets van hem. Ze vertelt niks. Ze heeft me niet aan hem voorgesteld. Waarom niet?'
'Nou, moet je kijken wat er gebeurd is toen ze jou wel over hem vertelde. Je kwam binnen een paar tellen tot uitbarsting.'
Voor het eerst zie ik Luce twijfelen.
'Je hebt gelijk. Dat is ook zo.'
'Misschien moet je jezelf de vraag stellen waarom.'
Ze kijkt me aan. Streng. Er valt een lange stilte. De aftiteling begint.
'Oké. Daar zal ik in Amerika over nadenken. Intussen, lieve schat, houd jij die nummers bij de hand en bel me in godsnaam als je iets vermoedt. Ik reken op je.'
Ik keek met spijt naar het stille scherm en de optocht van onbekende namen.
'Luce. Je zult me zonder omwegen moeten vertellen wat het is waar jij bang voor bent.'
'Begrijp je dat dan niet? Kun je dat niet ruiken?' Luce begon met stemverheffing te spreken. 'Ik ben bang dat hij haar zal vermoorden.'

We hadden dat jaar geen vreugdevuur met Guy Fawkes. De bladeren hoopten zich op en werden door de wind tot enorme stapels opgejaagd op paden en vochtige gazons. Ik besloot ze te verbranden. Het was een winderige middag en ik liep rustig door de tuin, de bladeren bijeenharkend op recalcitrante hoopjes die meteen weer uiteen en uit de kruiwagen waaiden, vochtige handenvol van het dode jaar. Ik vergaarde ze met nuchtere geconcentreerdheid. Mijn handen en gezicht waren steenkoud, maar het was bevredigend werk. Het donkere gazon kwam weer te voorschijn, als een fris groen veld, een goktafel waar alle fiches waren afgeruimd. De ruimte werd weidser, genereuzer, open. Ik haalde wat oude dozen uit de keuken en legde het vuur aan onder de taxusbomen, bij de muur achter in de tuin.

De krant was vochtig. Ik klungelde met de lucifers, maar de wind nam het over en ineens, met een verrukkelijk geraas, sloegen de vlammen eruit. Ik keek naar het lekken en dansen van de vlammen, en veegde de bladeren die wegwaaiden telkens weer terug. Ik werd helemaal in beslag genomen en amuseerde me geweldig. Ik merkte niet eens dat het donker werd. De laatste gloeiende stukjes lagen aan mijn voeten. Ik stond daar nog, leunend op de hark in het schemerdonker, toen in haar atelier de lichten aanfloepten. Door de donkere tuin had ik onbelemmerd zicht op haar ramen. Roehm was bij haar. Ze kwam naar de achterdeur, keek naar buiten en riep. 'Toby! Toby!' Ik verroerde me niet en riep niks terug. Ik bleef staan, met mijn hark, verborgen tussen de donkere taxusbomen, en keek alleen maar. Van het vuur was weinig meer over dan een hoop gloeiende as in de novemberavond. Ik zag haar over haar schouder krabben en een blik werpen in haar kruidentuintje. Roehm was nog in het atelier. Hij stond met zijn rug naar me toe en tilde een voor een de schilderijen op die ze tegen de muur had staan, als een snuffelende kunsthandelaar. Ik zag haar het atelier weer binnengaan. Ze zei iets tegen hem. Het was net alsof ik van grote afstand een mimevoorstelling gadesloeg. Hij haalde zijn schouders op. Een poosje bleven ze dicht bij elkaar naar haar schilderijen staan staren. Ze tilde een van de witte muren van ijs op de ezel. Roehm had geen jas aan maar een zwart colbertjasje, dat zich strak om zijn schouders spande als hij voorover leunde. Toen hij zich naar haar omdraaide zag ik zijn profiel, het zware witte gezicht en het kortgeknipte grijze haar. Ze stak een hand uit en streelde zijn wang. Het was de eerste keer dat ik haar hem ooit had zien aanraken. Ik kromp ineen. Een warme tinteling van schaamte trok door me heen. Ik hoorde hier niet naar te kijken. Toch bleef ik het doen. Ik stond volkomen roerloos op de hark geleund.

Roehm draaide zich naar haar toe, precies zoals hij zich ook een keer naar mij toe had gedraaid, en kuste haar, heel langzaam, op de mond. De scène ontvouwde zich in slow motion, als een buitenlandse film. Ik stond aan de grond genageld in het donker, zelfs niet bij machte de ondertiteling te lezen. Het atelier baadde in het licht, al haar spotjes en lampen werden bediend met de hoofdschakelaar. Achter hen rees haar meest recente project op, een enorm doek van vier bij zes meter dat een processie van grijze en witte zuilen voorstelde, waarin het wit domineerde. Maar het was geen neutraal wit, het was een rijk, dik wit, geïmpregneerd met roze, geel, blauw. Roehm drukte zijn sigaret uit in iets op haar werktafel. Ze stond met haar rug naar me toe. Ik zag haar haren glanzen in het felle licht. Hij tekende zich donker af tegen haar witte schilderij. Maar ik kon zijn gezicht zien, geconcentreerd, kalm, zonder enige haast. Hij liet haar jasje van haar schouders glijden en gooide dat in de rieten stoel. Hij keek haar recht in het gezicht terwijl hij elk knoopje van haar blouse losmaakte. Ik zag haar hoofd zakken terwijl ze zijn bewegingen volgde.

Ik liet me in het winderige donker op mijn hurken zakken, nog steeds steun zoekend bij de hark – mijn handen omklemden de metalen schacht.

De naakte schouders van mijn moeder zagen er ontstellend kwetsbaar uit, ontbloot vlees tegen de zwarte gedaante van haar minnaar en de grandeur van haar witte schilderij. Ik had nooit gedacht dat menselijk vlees zo fragiel, zo bleek kon lijken. Ze kromp ineen tot het formaat van een etalagepop, klein in de greep van die man. Ik staarde naar hen, met afschuw vervuld. Het was net alsof ik haar lichaam voor het eerst onthuld zag. Zijn gespreide hand bedekte bijna haar hele, frêle rug. Ik zag zijn andere hand naar beneden gaan, naar de knopen van haar spijkerbroek. Hij keek haar nog steeds aandachtig aan terwijl hij haar helemaal uitkleedde. Zijn gelaatsuitdrukking veranderde geen moment. Hij praatte tegen haar.

Het enige dat ik hoorde was de wind in de taxusbomen die nu met een bergje verkoolde bladeren speelde die van het vuur waren gewaaid. Ze ging op de tafel zitten en leunde naar achteren. Ik zag de spleet tussen haar billen oprekken en verdwijnen toen ze haar rug welfde en haar benen spreidde. Ze had haar armen om zijn nek geslagen. Het was alsof hij haar helemaal bedekte, als een schaduw over haar samengetrokken vlees, beiden omlijst door het bijna witte doek dat boven hen uittorende. Ze werden een deel van haar schilderij.

Mijn moeder was onvoorwaardelijk naakt en Roehm leek nog al zijn kleren aan te hebben. Hij doemde boven haar op, monsterlijk. Het was alsof hij was opgehouden mens te zijn.

Ik voelde het moment dat hij haar lichaam penetreerde omdat ze huiverde en achterover viel – haar schouders kromden zich en werden weer opgetrokken, alsof ze zich schrap zette tegen de kracht van een golf die op haar buik en dijen stuksloeg. Ik verstijf, en klamp me aan de hark vast. Ik geniet van de schok van zijn lichaam dat op het mijne breekt.

Plotseling, met een slingerende beweging, komt het hele schouwspel dichterbij, alsof ik het opeens door een toneelkijker zie. De lampen schijnen meedogenloos fel op hen neer zodat hij en ik elke plooi en vouw in haar huid kunnen zien. Als ze zich terugtrekt, weg van zijn borst, met wild maaiende armen, zie ik één enorme hand die haar onder in haar rug pakt; zijn andere hand is in haar haar. Haar dijen rijden tegen het lichaam van de man op en houden hem omklemd. Terwijl hij tegen haar in beweegt, haar openduwt en zich dieper in haar gespleten vlees dringt, krijg ik zijn gezicht in het oog, geconcentreerd, kalm, zonder enige haast. Hij trekt zich even terug. Eén hand gaat naar beneden. Ze klampt zich aan zijn schouders vast. Hij raakt haar genitaliën aan en slaat daarbij haar gezicht aandachtig gade. Ze is volkomen blootgelegd. Ze leunt haar hoofd tegen zijn borst. Ik zie voor het eerst haar naakte gezicht. Ze heeft pijn. Haar mond is open, haar ogen zijn dicht, haar wang is een verschrikkelijk onaards gierend wit.

Hete tranen stromen over mijn koude wangen, mijn adem komt met horten en stoten en blijft in de vrieslucht hangen. Mijn borst staat in brand, een dreunende, stekende pijn, alsof de lucht door explosieven uit mijn longen wordt geslingerd. Ik ben te lang onder water geweest. Het oppervlak is te ver weg, we gaan te snel omhoog. Dit moet niet ophouden. Ik zie het moment dat ze klaarkomt. Haar hele lichaam wordt tegen hem aan gestuwd en zakt dan terug. Hij is klaar met haar. Ik neem het helemaal in me op, de beweging van haar rug, schouders, billen, terwijl haar spieren zich spannen, sidderen en ontspannen. Een plastic fles vol afgedankte kwasten wiebelt en valt geluidloos op het tafelblad. Ik hoor niets, geen woorden, geen kreten, niets. Ik zie alleen zijn handen en gezicht.

Ik glibberde langs de hark naar beneden in het vochtige slijm. Roehm keek op, recht uit het raam, over de stijgende donkere gazons. Hij had in die felle gloed niets moeten zien behalve zijn eigen spiegelbeeld. Maar hij zag mij. Ik weet dat hij mij zag. Hij zocht mij. Hij wist dat ik er was. Het naakte lichaam van mijn moeder en de schande van haar hunkering naar die man was een berekend spektakel geweest, een speciale voorstelling, geënsceneerd voor een andere man, de enige die over was in het publiek, die daar nog ineengedoken op het kletsnatte gras zat, verlaten in de duisternis, slechts een hark als wapen in zijn handen geklemd.

4

Jaloezie

De Wolfman van Freud was een Russische aristocraat. Hij reisde af naar de vermaarde analyticus toen zijn neurosen hem te veel werden. Ik zag de ongelukkige graaf voor me, dag en nacht doorreizend over sneeuwbedekte steppen, arriverend in de schitterende hoofdstad, een wereld van operettes, kroonluchters en diamanten, uit zijn rijtuig klimmend en op hoge toon de weg vragend naar het huis in de Berggasse en de kleine bebaarde jood die de sleutels tot de geest in handen had. Heeft hij op die legendarische, met tapijten bedekte divan gelegen, starend naar dat kabinet vol godinnen, proberend zich te herinneren hoc het voelde om in bad te worden gedaan door vreemden, gekust te worden door onbekende geparfumeerde vrouwen, met de zweep te worden geslagen door zijn oudere zuster? Hoe kan een mens zich de gewaarwordingen van zijn vroegste jeugd herinneren? Stelde de dokter suggestieve vragen? Zat hij zwijgend aan zijn eenzame sigaar te trekken, zijn patiënten verwensend? Gaf hij een harde klap op de divan als ze hun dromen helemaal verkeerd vertelden? Dommelde hij in, verveeld door de tweedehands clichés van het geheugen? Hoe, vooral, want dat was de vraag die mij obsedeerde, kreeg hij hen zover om zich al die dingen te herinneren?

Of bood hij hun zelf hun herinneringen aan, stukje bij beetje, met de ultieme belofte dat op de herinnering genezing zou volgen? Dat wil zeggen: het ultieme vergeten. Het geheugen is een hellepoel, waarin de slangen van de gêne door elkaar heen kronkelen en krioelen. Wie durft de confrontatie met de herinnering aan? Het geheugen is het hete branden van beschaamdheid om onze eigen wreedheid en genotzucht, de zielige petieterige schaal van onze eigen verlangens, de bekentenis van onze impotentie. Want het was die ondermijnende ijdelheid van mannen, de dreiging van fysieke impotentie die de graaf naar Wenen had gebracht, stuivend over de sneeuw. Hij kon zijn viriliteit slechts bewijzen op de lichamen van onverschillige hoeren. En hij kon een vrouw slechts in één onveranderlijke houding penetreren. Zij moest als een hond op handen en knieën zitten terwijl hij haar in haar kont neukte, zodat zijn ballen tegen haar billen sloegen. Moesten vrouwen worden betaald voor ze hun kwetsbare achterste aanboden om te worden bereden? Was dat het probleem? Weigerden de zedige blanke vrouwen uit de wereld van de graaf om op handen en knieën voor hem te gaan zitten, kont naakt in de lucht, zich niet van de schande bewust? Was een zoon en erfgenaam voor hem niet weggelegd?

Het was vast niet meer dan een curieuze, excentrieke seksuele tik die hem tot een oninteressante minnaar maakte. Het leek die gevaarlijke reis door de sneeuw niet waard. In zijn dromen zag de Wolfman zijn familieresidentie, mooi gemaakt voor de kerst als een opzichtige bruid, met kristallen decoraties die regenbogen rondstrooiden over spiegels, schilderijen, en tapijten, en een enorme boom die was opgetuigd met kaarsen en houten speeltjes, in volle glorie brandend voor het raam van de salon. En toen, op iedere tak, waakzaam, opmerkzaam, zag hij de witte wolven van de steppen, die naar hem keken. Wolven, tientallen wolven, van boven tot onder in die kerstboom. Hij werd gillend wakker.

Wat is de betekenis van de wolf? Nou, in de oerverhalen die wij als kinderen te horen krijgen heeft de wolf een seksuele betekenis, is het een roofdier. Hij sluipt door het bos en belaagt al wie naïef en argeloos is. Hij laat je zien dat hij er is. Hij wacht tot je verslingerd bent aan zijn spookachtige aanwezigheid, omsluierd door de witte wildernis tussen de kale bomen. De wolf behoort tot de nachtelijke kant van onze verlangens. De wolf is altijd mannelijk. En zijn slachtoffers zijn vrouwen. Wat voor seksuele crisis was het die zich ontwikkeld had in de geest van een man die de starende blik van de wolf op zich voelde? In het symbolische kerstbos, de tamme versie van de lange hellingen vol groene bomen die zich uitstrekken over duizenden mijlen, verschijnen de wolven, massaal, ongetemd, hun bleke blik vastberaden, onbeweeglijk. Opeens is het kerstfeest in de familiekring geen veilige plek meer waar we geschenken uitpakken, herinneringen delen, toasts uitbrengen, zes uur aan tafel zitten. De familie is geen veilige plek.

De dokter in het stijve donkere pak negeert de geluiden achter de coulissen van zijn huiselijke omgeving die hun eigen ritme volgen, en overtuigt de lusteloze Russische graaf dat hij zich de spijlen van zijn ledikantje kan herinneren, waar hij ingebakerd in te slapen is gelegd, zijn buikje vol, zijn bibs gewassen en gepoederd. Hij slaapt tevreden. Hij is nog geen twee jaar oud. Hij wordt wakker van een aanhoudend, vreemd gegil en gekir. Hij tilt zijn hoofdje op en duwt zich op op zijn buik. Op het bed naast hem, afgrijselijk dichtbij, want zijn ledikantje wordt altijd naast haar bed neergezet, ziet hij zijn moeder, naakt en voorovergebogen. Ze zit op handen en knieën. Haar mond is open en ze loeit van de pijn. Achter haar, zijn gezicht uitdrukkingsloos, hardvochtig, is de man die komt en gaat, de man die ze zijn vader noemen. Hij is naakt, wit en harig. Het kind kijkt naar de paarse penis van de vader die op de kont van de moeder inbeukt. Zij schreeuwt, hij schreeuwt. Het kind spuwt een dun spoor van braaksel door de spijlen van zijn bedje. Het rode, ingespannen gezicht van zijn moeder is angstaanjagend, obsceen. Het kind doet zijn ogen dicht en krijst uit alle macht.

Dat is de oerscène.

Maar waarom is dat belangrijker dan het feit dat zijn jongensachtige zuster hem uitdoste als meisje en hem er puur voor de kick met de zweep van langs gaf? Of het feit dat zijn kindermeisje hem overhaalde op haar borsten te zuigen toen hij nog maar acht was, terwijl zij aan zijn kale, kleine penis trok in de vergeefse hoop op een reactie? Of had hij de wolf een keer in het bos gezien en was hij het gladde, slanke zilver van zijn snelle, soepele gang nooit vergeten? Hoe kun je ooit terugkeren in de wereld als je het wilde speeksel van de kus van de wolf hebt geproefd? Dat was het wat hem gek maakte terwijl hij alle rollen probeerde: de legerofficier, de herenboer, de verveelde ambtenaar, de Russische aristocraat die door zijn klasse zit opgesloten in een historische catastrofe. Het was zijn herinnering aan de kus van de wolf die met hem meereisde in de trein en die op zijn schouder zat, de hele weg door Europa, tot in het wassenbeeldenmuseum van dokter Sigmund Freud.

En dat was het wat hij voor zich hield, al wekte hij de indruk alles te vertellen aan die knorrige kleine zenuwarts wiens vingers geërgerd op het leer van de divan trommelden. Want de goede dokter liet zich niet belazeren. Ook hij had de wolven in de kerstboom gezien, en hij wist waarom ze daar waren.

'Wat lees je?'
'Freud.'
'Lieve help, dat is in het Duits.'
'Hij schreef in het Duits. Het is beter in het origineel. Het is niet zo heel moeilijk.'

'Vind je dat interessant? Ik bedoel, je hebt nooit eerder iets van hem gelezen, of wel?'

'Ja, hoor. Wel wat. Ik heb *The Interpretation of Dreams* in het Engels gelezen. Dit is goed. Het gaat over de betekenis van de wolf. Kijk. Hier is een tekening van wat de Wolfman zag. Wolven in een kerstboom.'

'Wat toepasselijk. Niet die wolven. Die kerstboom.'

Het was drie weken voor Kerstmis. We reden naar Heathrow. Zeer tegen de principiële zin van Iso hadden we toegezegd Luce en Liberty van het vliegveld te halen. Hun nachtvlucht uit New York kwam om zeven uur 's morgens aan. Maar het was beroerd en nat en donker, en we hadden het verkeer niet goed ingeschat. De M25 ontrolde zich als een accordeon die in slow motion bespeeld wordt. We keerden om, maar zelfs de laatste ruk, van de M4 af, ging irritant langzaam. De lichten voor ons waren vlekkerig van de regen. We misten de borden en bleven steken in de tunnel in een poging Terminal 4 te vinden. De auto's stonden muurvast, bumper aan bumper. Iso had er moeite mee om de Volvo van Luce aan de praat te houden. Liberty had hem in onze straat laten staan met als argument dat autodiefstal voor ons huis een onbekend fenomeen was en dat Iso het bakbeest van tijd tot tijd wel even kon starten om de accu op te laden. Maar Iso was nog altijd woedend op Luce en had de auto niet één keer aangeraakt. De motor sputterde, slikte, en sloeg af.

'Verzuip de motor niet. Laat hem maar even.' Ze was bang om Luce onder ogen te komen.

Iso vloekte. Er gebeurde niets.

'Zal ik uitstappen en rennen?'

'Nee. Laat me niet alleen. Dan start dit ding nooit meer.'

'Nou, moet ik dan duwen?'

De motor gorgelde weer, als ze het sleuteltje omdraaide.

'Kutwagen.'

De motor begon verontwaardigd te draaien.

Onze wegen moesten scheiden bij de ingang van de parkeerplaats voor kortparkeerders, waar de file helemaal tot stilstand was gekomen en wanhopige, late passagiers koffers uit achterbakken begonnen te hijsen. Ik rende door de regen naar de terminal en liet het gevecht met de temperamentvolle Volvo verder aan Iso over. Op de aankomstborden stond al GELAND naast hun vlucht. Luce kwam NIETS AAN TE GEVEN uit marcheren met een uitdagend brandende sigaret. Ze kwam recht op me af, als een geleide raket.

'Nou? Is hij er nog? Geef antwoord, kleine schoft! Heeft ze hem de bons gegeven?'

Ik sloeg de eerste aanval af. Het grootste gedeelte van de terminal was een rookvrije zone. Ik confisqueerde de sigaret van Luce voor een geüniformeerde toezichthouder kon toeslaan. De man blies de aftocht.

'Als je Roehm bedoelt is het antwoord nee, die is er nog.'

'Wel godverdomme!' riep Luce, terwijl ze abrupt op het bagagewagentje ging zitten, dat ik zo dicht mogelijk naar de schuifdeuren had geduwd.

'Heeft Liberty nog hulp nodig met de koffers?'

'Al was het zo, dan kon jij er nog niet in. Jij bent onbevoegd. Waar is Iso?'

'Die is een parkeerplaats aan het zoeken.'

Luce herinnerde zich weer hoe het hoorde. Ze kwam een beetje wankel overeind en kuste me.

'Het is lief van jullie om ons te komen halen. God, ik heb zo de pest aan vliegen. Zit je midden boven de Atlantische Oceaan, hoog in de lucht boven bodemloze diepten, en dat ding trilt niet eens, niets dan eindeloos zwart boven en onder je, en het enige dat je hoort is een zacht geronk, en dan heb ik gelijk door dat de motor is uitgevallen. Domweg uitgevallen. En Liberty is helemaal om gek van te worden. Die kruipt in zo'n donkerblauwe British-Airwaysdeken met zo'n roze kussentje en slaapt als een baby. En als ik haar wakker schud, ervan overtuigd dat het ding op het punt staat neer te storten, is het enige dat ze zegt: "Lazer nou op, Luce, je hebt te veel gin gedronken."'

Ik sla mijn arm om mijn oudtante heen.

'Maak je niet druk, Luce. Tien uur slaap en je bent die vlucht weer vergeten. Ik heb begrepen dat jullie bezoek een groot succes was.'

We hadden drie verzoenende en juichende ansichtkaarten ontvangen.

'Toen we daar waren wel, ja. De mensen in New York hebben alleen de neiging te vergeten wie je bent zodra je de kamer uit bent. Ik hoop maar dat al mijn onderhandelingen niet voor niets zijn geweest. Er moet gauw weer iemand heen om mijn contacten warm te houden, iemand die de stalen en de catalogi onder hun neus blijft duwen en ze dwingt naar video's van de show in Parijs te kijken, en dan hier te tekenen, op dit stippellijntje ja.'

Ze pakte haar sigaretten weer.

'New York is ongelooflijk. Ik heb het gevoel dat ik daar net zo snel heb geleefd als de *Keystone cops* en dat de film nu weer op normale snelheid wordt gedraaid. Het is een andere wereld. Ze hebben wel eens van Europa gehoord, maar ze zijn er niet wezenlijk in geïnteresseerd. Wij krijgen een verkeerd beeld van Amerika van degenen die hier wonen. Wij denken dat het pseudo-Europeanen zijn. Maar dat zijn het niet. Ze zijn totaal ontworteld en getraumatiseerd omdat ze hebben gemerkt dat de rest van de wereld bestaat, en anders is. En dat is nog niet eens doorgedrongen tot diegenen die in de VS wonen. Wij wijken af! Wat een schok! Daar moeten eerst weer tientallen jaren therapie tegenaan worden gegooid.'

Met rancuneuze zwierigheid stak Luce weer een sigaret op. Ze keek me aan door een zojuist uitgestoten rookwolk. Ze was in gedachten nog altijd bij Roehm.

'Komt hij over de vloer?'

'Ja. Niet vaak. Luce, je mag hier niet roken.'

'Hoe vaak?'

'O, hoe moet ik dat weten? Ze heeft seks met hem in haar atelier.'

Luce rookte een hele sigaret op alvorens te reageren. Toen stond ze op en keek me zo dreigend aan dat Medusa door haar blik verlamd zou zijn.

'En jij hebt gekeken?'

'Ja.'

'Ik twijfel nog wie ik moet bellen: de hulpverlenende instanties of de politie.'

'Luce, dat heeft geen zin. Ik ben achttien. Je kunt niks tegen haar zeggen. Zij weet niet dat ik het gezien heb.'

Luce zette opeens een gigantische keel op.

'Hoe durf jij te staan loeren als je moeder het met een andere man doet, infantiele pornograaf dat je d'r bent!'

Iedereen binnen gehoorsafstand staarde ons aan. Ik bleef er verrassend nonchalant onder. Ik was van plan geweest Luce te choqueren en was alleen maar blij dat ik in mijn opzet geslaagd was. Het verhaal had het voordeel dat het waar was. Ik keek toegeeflijk naar haar, alsof ze maar een malle ouwe tante was die wel vaker scènes maakte in het openbaar. Mijn motieven waren duister, zelfs voor mijzelf. Ik wilde dat iemand anders ook wist wat er gebeurd was. Maar mijn eigen kijk op de gebeurtenis was radicaal veranderd in de weken die erop gevolgd waren. Ik was niet meer boos, vernederd, beschaamd, maar vreemd opgewonden. De worm van de lust was mijn huid binnengedrongen en daar gaan woelen en nestelen. Het was alsof Roehm mij een belofte had gedaan en mij een geschenk had aangeboden.

'Ik heb niet met opzet gekeken. Ik was ze niet aan het bespioneren of zo. Ik was in de tuin en ze deden alle lichten aan. Waarschijnlijk heeft de hele buurt meegekeken. Ik was eerst helemaal van streek, maar ik ben er alweer overheen. Luce, op school zie en hoor ik veel ergere dingen.'

Luce ging weer op het bagagewagentje zitten. Ze liet haar schouders hangen. Ze was uitgeput. Een golf van vermoeide, opgewonden gezichten spoelde door de glazen deuren. Opeens werden we omringd door chauffeurs die met plakkaten stonden te zwaaien: BENSON, ARIAN PLC, GREY WOLF PUBLISHERS, HENDERSON ELECTRONICS, MRS. S. GUPTA. Ze hieven hun blokletters de lucht in alsof ze aan een bizar scrabblespel meededen. Een vrouw in een rolstoel, die op volle snelheid door een functionaris van British Airways werd voortgeduwd, reed over mijn voet. Alles rook naar vochtige, kille regen. Hoog boven ons gingen de mededelingen over in een kerstlied: '*God rest you merry, gentlemen... tidings of comfort and joy.*' Daar komt Liberty aan, met een piekerig lesbokapsel. Zo te zien was ze al aardig thuisgeraakt in Greenwich Village. Ik word verzwolgen in haar omhelzing.

'Hé, kiddo. Weet je wat? Ik heb een tatoeage laten zetten. Wou je 'm zien?'

Om vijf uur de volgende dag werd er aangebeld. Dat waren ofwel inhalige kerstzangers of de plaatselijke evangelisten die vastbesloten waren anderen de Ware Betekenis van Kerstmis uit te leggen. Die hadden we vorig jaar allebei aan de deur gehad. Ik bleef in de hal staan en knipte het buitenlicht aan. Dat deed het nog. Door de grillige draaikolken van groen en rood Victoriaans glas zag ik een enorme donkere gedaante onder de pergola staan. Roehm. Ze had de wilde wingerd niet teruggesnoeid, zodat die nu in treurige dode strengen voor de deur hing. Ik zag hem omlijst door dode vegetatie, alsof zijn aanwezigheid een schaduw over de wereld had geworpen waarin alles dood was gegaan. Hij wist dat ik er was, en keek. Ik aarzelde. Hij sprak.

'Toby? Doe de deur open.'

Het was het geluid van zijn stem dat alles anders maakte; afgemeten, vastberaden, niets anders verwachtend dan onmiddellijke gehoorzaamheid. Het was de impliciete erkenning en herkenning in de wijze waarop hij zich van mijn naam bediende die mij de adem deed inhouden. U bent er weer. U bent teruggekomen voor mij. Ik ben uitverkoren. Aangesproken. Ik zwaaide de deur open.

'Waarom heb je me niet gebeld? Ik wilde je zien.'

Hij sprak de woorden. Ze brandden in mijn mond. Ik zou ze nooit hardop hebben kunnen zeggen, noch tegen mijzelf, noch tegen hem.

'Ik weet niet. Ik had u eigenlijk moeten bedanken voor die avond. Maar ik dacht dat u misschien wel langs zou komen.' Mijn stem stierf weg. 'Alleen, ze heeft me niet verteld dat ik u vanavond kon verwachten. Maar kom binnen.'

Hij had drie volle boodschappentassen bij zich. Toen hij langs me heen naar binnen liep kuste hij me op beide wangen, lichtjes, op de Franse wijze, zoals mannen elkaar kussen in Frankrijk als ze familie van elkaar zijn, of als ze altijd van elkaar gehouden hebben.

'Je moeder heeft me uitgenodigd voor het eten. Maar je weet hoe ze is,' hij trok zijn jas uit en hing hem op alsof hij zijn hele leven in dit huis had gewoond, 'dus ben ik op weg hierheen maar zelf naar de supermarkt gegaan en heb wat eten gekocht. En dat gaan wij nu samen klaarmaken.'

Hij stak een sigaret op en wandelde de keuken binnen. Ik kon mijn genoegen niet langer verhullen.

'Ik ben blij dat u gekomen bent. Wilt u iets drinken?'

We namen de wijnen door die onder de trap lagen. Sommige flessen lagen nog in het wijnrek, maar er lagen ook stapels flessen op haar schoenen. Roehm bevrijdde een fles uit een modderig stel rijglaarzen.

'Juliènas. Heeft ze die in Frankrijk gekocht?'

'Van Françoise gekregen, denk ik.'

'Laten we die opentrekken. Zal ze het erg vinden?'

'O nee. Ze zal het niet eens merken.'

'Onderschat haar niet. Er ontgaat haar niet veel.'

Ik voelde me op mijn plaats gezet. Hij merkte het meteen. 'Ze geeft niet altijd commentaar op wat ze ziet. En ze is niet altijd even duidelijk. Jij denkt dat ze jou verlaten heeft. Maar niets zou verder bezijden de waarheid kunnen zijn. Toby, als ze ooit tussen ons moest kiezen zou ze jou kiezen.'

Zijn grijze ogen keken me aan. De buitengewone inhoud van wat hij gezegd had, de ongepastheid van zijn woorden in die situatie, drong geen moment tot mij door. Ik voelde me beoordeeld en gerustgesteld. Het was net alsof hij mijn gevoelens niet alleen kon lezen, maar ze ook kon besturen.

Roehm begon de kurkentrekker in de fles te draaien. De kurkentrekker begaf het nog voor hij er helemaal in zat.

'O jee,' zei Roehm kalm, 'zeker metaalmoeheid.'

We begonnen een vergeefse speurtocht naar een andere kurkentrekker. Uiteindelijk maakte Roehm er een van een afgedankte boor, die we opdolven uit de archeologische lagen van haar schilderskist, en een stuk drijfhout dat ze gebruikt had voor een nautisch stilleven. Het gaf me een raar gevoel om met hem in het atelier te zijn. Ik deinsde weg van de tafel voor het raam. Roehm gniffelde bij zichzelf, maar liet verder op geen enkele manier blijken dat hij wist waar ik aan dacht. Hij bestudeerde de gespikkelde schelpen, gladgeslepen stenen, gedroogde zeesterren en oesters die zorgvuldig gearrangeerd op een afgescheurd stuk zeildoek lagen.

'Ze schildert geen traditionele onderwerpen,' zei hij bedachtzaam, starend naar de strandsouvenirs.

'Nee. Maar ze tekent ze.'

Ik sloeg haar schetsboek open, dat op de tafel lag. Ze tekende elke dag iets. Soms was dat iets huiselijks, mijn voet die over de leuning van de bank hing als ik televisie lag te kijken, een klokhuis dat op het aanrecht was blijven liggen, de hendel van de kachel vlak onder de radio, een vaas met een barst die we niet meer voor bloemen gebruikten. Maar alle elementen van het klassieke stilleven waren ook in haar schetsboek vertegenwoordigd: fruit in een schaal, een piramide van bloem naast een broodplank, een deegrol en een houten lepel, een perzik en een peer die door bijen werden belaagd, verlepte bloemen die over de rand van een glas hingen. Ze gebruikte potloden, inkt, houtskool. Roehm bestudeerde elke tekening aandachtig, alsof hij ze registreerde en opsloeg. 'Ze houdt haar studenten voor dat ze elke dag iets moeten tekenen. Daar leren ze van kijken. Bewust kijken moet je leren. Observeer, observeer onophoudelijk.' Ik imiteerde haar doe-wat-ik-zeg-toon.

Roehm lachte hard.

'Laten we gaan koken,' zei hij.

We aten forel. Hij legde de roze gespikkelde vissen op het aanrecht. Er waren er vier. Ik stelde voor om er elk één te nemen en de overgebleven forel tussen haar oceanische *objets trouvés* te leggen.

'Geen gek idee,' zei Roehm. Hij waste zorgvuldig zijn handen. 'Het onderwerp van elk stilleven is eigenlijk eeuwigheid, dood en onsterfelijkheid. Dus het zou helemaal niet verkeerd zijn om dat te doen. Als je naar de stillevens van de grote meesters kijkt, krijg je vaak dode konijnen of een doodshoofd te zien. Maar zelfs als je het verstrijken van de tijd op het donzen vel van een perzik schildert zal je publiek de boodschap begrijpen. Alle geplukte fruit verrot en vergaat. Het is mogelijk om de dood te schilderen, zelfs om het stervensmoment te schilderen, maar het is moeilijk de onafwendbare nadering van de dood op het doek te brengen.'

Hij pakte het aardappelschilmesje en we gingen aan het werk. Er viel mij iets vreemds op aan de manier waarop hij zich door de keuken bewoog. Hij zocht niet in laden en kasten zoals gasten doen als ze willen helpen. Hij zocht niet naar kruiden of keukengerei. Hij wist al waar alles lag. Voor zover ik wist had Roehm nooit in ons huis overnacht. Hij was hier 's ochtends nooit geweest. Ik begon me af te vragen of ik onkundig was geweest van zijn bezoeken aan ons huis en stelde mij een geheim complot voor, compleet met verborgen luiken en ontsnappingen via het dak. Ik had vanaf mijn zolderkamer een goed zicht op de voordeur en het dak van de veranda. Ik kon elk woord horen dat drie verdiepingen lager onder aan de trap gezegd werd. Hij had hier nooit een maaltijd bereid. Hij kon onze keuken niet kennen. Maar hij kende hem wel.

We schilden de aardappelen en staken het gas aan. Vervolgens maakten we een *mousse au chocolat* voor het dessert. Roehm gebruikte vier eieren. Zij gebruikte er altijd maar drie. Hij fronste zijn voorhoofd toen hij de staat zag waarin de koelkast verkeerde.

'Ontdooi je dat ding nooit, Toby? Er zitten levende wezens voor altijd in dat ijs gevangen.'

Ik keek naar de ijssculpturen in het vriesvak. Die lieten niet veel ruimte meer over. IJs hing in vreemde blauwe vouwen, als dubbele kinnen onder een open mond. Het geheel was besprenkeld met een raar, wit, sneeuwachtig poederlaagje. Roehm gooide wat uitgedroogde curry weg en maakte ruimte voor de mousse. Toen keek hij nog eens naar de keiharde lagen blauw ijs.

'Wacht er niet te lang mee. Haal het hele vriesvak leeg en zet er dan bakken met heet water in. En blijf kokend water bijschenken. Dat zal die ijsblokken die zich aan de wanden hebben vastgezet wel loskrijgen. Als je hem alleen maar uitzet en het deurtje openlaat duurt het een eeuwigheid.'

Ik was ontzet, niet zozeer vanwege het huishoudelijke advies, maar omdat Roehm mij zei wat ik doen moest alsof ik een van zijn laboratoriumassistenten was. Hij ging ervan uit dat ik verantwoordelijk was voor het welzijn van de koelkast.

Hij vertrouwde erop dat ik hem zou gehoorzamen. Toch was zijn houding autoritair noch heerszuchtig. Hij was gezaghebbend als een prins: 'Ik hoef maar te spreken, en het zal geschieden.' En ik, op mijn beurt, was zijn bereidwillige onderdaan geworden. Zijn macht omgaf mij, en maakte een eind aan alle zorg en angst. Ik voelde mij op mijn gemak en thuis en geborgen.

'Je hebt nog helemaal geen wijn gehad,' zei Roehm, en gaf me mijn glas.

We werkten vredig samen aan de maaltijd, zonder veel te spreken, alsof het ons vertrouwde ritme was. Mijn hoofd werd verwarmd door de wijn. Roehm ruimde op tussen de verschillende productiefasen door. Ik was mij tot in het obsessieve bewust van al zijn bewegingen. Hij was een van die koks die methodisch te werk gaan en ophopingen van groenteafval in de gootsteen vermijden.

'Hier, jij mag de schaal uitlikken.' Roehm overhandigde mij met een glimlach en een blik van verstandhouding de chocoladeresten. Toen deed hij de achterdeur open om nog een sigaret te roken. Kou en duisternis drongen naar binnen, maar hij leunde tegen de deurpost en blokkeerde de nacht. Ik ging in de tocht bij de deur zitten, en lepelde daar de chocola uit de schaal, om maar dicht bij hem te zijn.

'Je tante Luce is niet blij met onze relatie, of wel?'

Ik bleef halverwege de gootsteen staan. Kennelijk had Iso het met hem over de ruzie gehad. Maar dat was het niet. Het was zijn gebruik van het woord 'onze'. Bedoelde hij daar Iso én mij mee? Of had hij het alleen over mij, over mij alleen? Ik wilde dat hij alleen op mij doelde, míjn relatie met hem, maar besefte dat hij dat niet kon bedoelen. De film draaide door en ik draaide de kraan open.

'O, maakt u zich geen zorgen, dat waait wel over.'

Roehm had de roestige knoflookpers, die hij klaarblijkelijk als een gevaar voor onze gezondheid beschouwde, in de afvalemmer gemikt en begon de geschilde teentjes met snelle, rake bewegingen tot een fijne, dichte massa te hakken. Hij had zijn hemdsmouwen opgestroopt. Ik staarde naar het gewicht van zijn witte armen.

'Ik denk dat je de oppositie onderschat, Toby, om mijn gevoelens te sparen.'

Ik dacht aan de terugweg vanaf het vliegveld, met een zwijgende, kettingrokende Luce. Iso had gereden als een onderbetaalde gangster die de verantwoordelijkheid had voor de vluchtauto, met een wezenloze blik in haar ogen, opeen geperste lippen en een grote mate van onbetrouwbaarheid. Liberty en ik zaten achterin te kletsen en zij liet mij haar nieuwste speeltje zien, een Psion-Revo-palmtop, waarmee ze overal in het buitenland kon e-mailen. Liberty en Luce waren e-mailjunks die op de gekste momenten van de dag digitale roddels konden uitwisselen; beiden hadden een flitsende envelop rechts onder op hun beeldscherm die begon te gloeien en te piepen zodra er een mailtje binnenkwam. Wij hielden het wel aan de praat op de achterbank, maar voorin werd geen woord gewisseld.

'Nou ja, het is gewoon... eigenlijk denk ik dat Luce u te oud vindt voor Iso.'

Roehm lachte en prikte in alle uien in de mand, op zoek naar een ui die niet aan het uitlopen of zwart worden was. De rest gooide hij weg.

'Daar heeft ze gelijk in. Ik ben ook veel te oud. Duizenden jaren te oud. Luce ziet een mooie jonge vrouw met een oude man voor zich.'

'Hoe oud bent u?'

Roehm lachte weer. Hij had een vreemde warme lach, een lach die dieper was dan zijn stem, alsof hij ergens anders vandaan kwam.

'Oud genoeg om je grootvader te kunnen zijn. Ik ben nog ouder dan ik eruitzie, Toby. Mijn werk brengt me naar talrijke landen. Ik ben versleten van het vele reizen. Ik overschrijd tijdzones en datumgrenzen. Dat maakt een mens jaren ouder.'

Hij zuchtte. Hij wekte opeens een kwetsbare indruk. Ik overhandigde hem een handjevol verse bieslook. Toen hij het aannam raakten onze vingers elkaar even. Ik sloeg mijn armen om hem heen. 'Het maakt ons niet uit dat u oud bent. Wij zien u graag. Ik zie u graag.'

Hij beantwoordde mijn omarming. Zijn kille grijze ogen waren gruwelijk dichtbij. Ik was over de schreef gegaan. De ontzetting spoot door mijn lijf als een uitbarstende geiser. Maar ik geneerde mij ook om de onbeschaamdheid van mijn eigen gebaar, het risico dat ik genomen had. Ik trok me terug.

'Niet doen,' zei Roehm, zacht. 'Ik vind het fijn om je zo vast te houden.'

Maar ik was weer een beetje bang voor hem. Zijn directheid deed niets af aan zijn ambiguïteit. Ik wilde dat eerdere moment weer terughalen, de ongedwongenheid, de vertrouwelijkheid van het samen koken, het samen iets doen. Ik realiseerde me dat ik niet erg vast op mijn benen stond, alsof ik net was teruggedeinsd voor de rand van een afgrond. Ik begon in het wilde weg naar excuses te zoeken.

'Zal ik de bieslook snijden?' vroeg ik. Hij liet me los.

'Nee, dat doe ik wel. Ik heb het enige scherpe mes dat je moeder schijnt te bezitten.'

'Er was nog een ander, maar dat heeft ze in het atelier gebruikt en nou zit het onder de verf.'

Roehm waste de bieslook, legde die op de snijplank en begon de gootsteen schoon te schrobben. Ik glimlachte om zijn enorme gebogen schouders. Hij deed alles wat ik gewoonlijk in huis deed, zonder iets te vragen of gevraagd te worden. Het was zowel geruststellend als vreemd. Ik vond het prettig om bevestigd te zien worden dat mijn obsessie met hygiëne zowel gerechtvaardigd was als gedeeld werd, en dat mijn schoonvoedselfetisjisme nog niet wilde zeggen dat ik een oud wijf was. Maar het onaangename gevoel dat hij mijn plek innam vond ik niet prettig. En toch was ik verrukt over zijn komst. Zijn aanwezigheid maakte alles anders. De keuken, voorheen een smerig maar knus vertrek, was opeens een soort zenuwcentrum. Eenvoudige voorwerpen, die ik elke dag zag, werden geladen, opwindend. Mijn eigen waarnemingen en gewaarwordingen werden intensiever. Ik zag de dingen duidelijker, ik rook de sissende knoflook alsof ik het al op mijn tong proefde. Roehm stak kaarsen aan in de ramen en op de tafel. De gesloten rolgordijnen waren niet langer bevlekt met verf en weervlekken, maar versierd met springerige schaduwen. Haar cactussen in de vensterbank leken groter, ze leken tot leven te komen, en rationele wezens te worden. De wijn maakte me spraakzaam. Ik begon met hem te praten alsof hij er altijd geweest was, en helemaal bij ons hoorde.

Roehm wierp een blik in de oven en richtte zich hoofdschuddend weer op.

'De inspecteur van de volksgezondheid zou deze keuken hebben gesloten, Toby. Moet je kijken. Het lijkt wel of ze haar verven in de oven heeft bereid.'

Hij haalde een van de paletten van Iso onder de grill vandaan. We moesten allebei lachen om het gebarsten glas en de uitgeharde verfvlekken.

'Die lag daar gisteren nog niet. Wacht, ik zal hem eerst schoonmaken, anders kan die vis er niet in.' Ik pakte een schuursponsje.

'Nee, maak je niet druk. We roosteren de vis wel buiten, boven een open vuurtje. Hebben jullie nog houtskool voor de barbecue?'

Wonderbaarlijk genoeg hadden we dat. Maar de barbecue,

een geval dat we een keer ergens in de aanbieding hadden gekocht, was gaan roesten en helde over naar één kant, zodat het te riskant was hem nog te gebruiken.

'Maakt niet uit,' zei Roehm, 'het enige dat we nodig hebben zijn vier bakstenen.'

Die haalde ik uit de archeologische resten van de gekapseisde schuur, waarna we in de stille vochtige avond een klein oventje bouwden. Het buitenlicht was er niet meer, maar als we de keukendeur openhielden konden we in de lange baan van licht die naar buiten viel best zien wat we deden. De houtskool was vochtig, maar het brandde zodra Roehm het vlammetje van zijn aansteker erbij hield. Het leek wel een tovertruc. Ik keek hoe de vlammen zich uitbreidden. Het was alsof hij de houtskool een teken had gegeven, een commando.

'Hoe deed u dat?' vroeg ik verbaasd.

'Ik heb in het leger vuur leren maken,' zei Roehm kalm.

'Maak het rooster goed schoon, Toby, en scharrel wat aluminiumfolie op. Ik wil de vis inpakken.'

Even later stonden we buiten naar de zilveren vispakketjes te kijken die in de gloed van de kolen lagen. Zoals gebruikelijk rookte Roehm een sigaret. Ik zag zijn gezicht verlicht van onderen, zwaar, zonder een glimlach, machtig, maar toch zachter in de nu en dan oplaaiende vlammen. Hij keek ingespannen naar mij toen ik op mijn hurken bij het vuur ging zitten en zei: 'Dit is niet genoeg om al die keren dat ik niet bij je ben geweest goed te maken. Er zijn te veel jaren die missen. Maar als ik nu begin kunnen we tenminste iets van de schade inhalen.'

'Hoe bedoelt u?'

Ik hoorde de voordeur dichtslaan. En haar stem die riep: 'Toby? Roehm?'

Ze riep onze namen in de zekerheid ons samen aan te treffen. Toen stond ze daar, een silhouet in de achterdeur, jas nog aan en sjaal om. Ze nam het tafereel in ogenschouw: wij tweeën bij dat vuur, de geur van vis die werd geroosterd. Roehm wachtte een ogenblik, zonder zich te verroeren, en ze glimlachten naar elkaar. Toen, zo langzaam dat het een beetje vreemd begon te lijken dat hij zo lang wachtte alvorens op haar toe te lopen, nam hij haar in zijn armen en kuste haar. Het was niet zomaar een kusje om haar te begroeten. Hij kuste haar alsof ik er niet was. Hij kuste haar zoals een man een vrouw kust wier hele lichaam bekend is en zijn bezit is. Hij kuste haar alsof ze zijn eigendom was. Ik wendde me af, bang en vernederd. Roehm had grote afstand genomen, en haar meegesleept, ver bij mij vandaan. Een kloof opende zich in de aarde tussen ons. Ik haatte hem om zijn komst. Toen, net zo plotseling als hij afstand had genomen, stond hij weer naast me, en trok me overeind. Hij keek naar Isobel, geamuseerd, en deelde haar impliciet mee dat de bereiding van het diner een joint venture van ons was.

'Je bent net op tijd om ons te helpen met tafeldekken,' zei Roehm.

Een paar dagen later vond ik een bruine envelop op de deurmat toen ik thuiskwam van school. Hij was gericht aan Toby en Iso in een merkwaardig schrift dat ik niet herkende. Ik maakte hem meteen open. Hij bevatte één velletje papier, met daarin gevouwen drie kaartjes.

Hebben jullie zin om bij wijze van kerstcadeau met mij naar de opera te gaan?

Roehm

De kaartjes hadden honderdvijftig pond per stuk gekost. Ik bestudeerde zijn handschrift. Het was opmerkelijk ouderwets en met inkt geschreven, het soort zorgvuldig leesbare schrift dat suggereerde dat hij het zich had aangeleerd door overschrijven, door regel na regel te kopiëren van een gedrukt model. De vraag was moeilijk te rijmen met de bijgevoegde kaartjes. Hoe konden we dat nou weigeren? De opera was *Der Freischütz* van Weber. Wij waren nog nooit naar de opera geweest. Ik had nog nooit van Weber gehoord, noch van zijn Freischütz. Was dat een kasteel? Een edelman? Zoiets als de Pruisische jonkers? Of een soort jager? Iso was net zo verbijsterd over de prijs van de kaartjes als ik was geweest. 'Mijn god! Hij smijt wel met geld, zeg. En hij heeft al geboekt. We zullen wel moeten.'

Ze bleef in de hal staan zonder haar jas uit te trekken, als verlamd door de kosten.

'Wat is een Freischütz, Toby?'

'Weet ik niet. Ik heb het nog niet opgezocht.'

'Doe dat dan. Jij bent degene die Deutsch sprecht.'

Luce belde op om ons uit te nodigen voor een etentje. Het was een gebaar, een vredesaanbod. Maar ze vroeg ons uitgerekend voor de avond van de opera. Iso sloeg haar uitnodiging af en vertelde Luce wat we gingen doen. Ze sloeg een hooghartige toon aan en er volgde een ijzige woordenwisseling. Ik keek naar Iso toen ze de hoorn neerlegde en zag dat ze twee akelige rode vlekjes hoog op haar jukbeenderen had. De prijs van haar vervreemding van Luce was hoger dan Roehm ooit met enig geschenk zou hebben kunnen goedmaken. Ze was diepbedroefd en stond met lege handen. Maar ze weigerde hem op te geven. Noch zou ze ooit zwichten voor de boosaardige chantage van Luce.

Ik betrapte haar erop dat ze bij het aanrecht haar ogen afveegde.

'Je houdt je mond tegen mij,' snauwde ze. Ik droop af.

De dag dat we naar de opera zouden gaan brachten we de hele middag door met kijken wat voor kleren we aan moesten. Ze had een fantastische garderobe, allemaal kostuums die Luce gemaakt had. Ze kon eruitzien als een modieuze, vrijgevochten jonge vrouw uit de jaren twintig in oranje tafzijde met kralen van amber en glas, bekroond met een pergola van veren, of als een zigeunerin met munten die van haar borsten afhingen. Ze had gladde zwarte jurken die haar billen en dijen nauw omsloten, een effect dat enigszins getemperd werd met lange Indiase sjaals in paars en groen. Ze had een dieprood fluwelen gewaad dat tot op de grond hing, en dat ze die middag voor de spiegel voor het eerst aanpaste. Mij doste ze uit als een androgyne verschijning in een flitsende smoking van Liberty, met een lila vlinderdasje en een groene anjer van zijde. Vervolgens schoof ze me in een William Morrisvestje en een paar slobkousen die knelden. We paradeerden voor haar met tinfolie gecoate spiegels als filmsterren uit de jaren veertig die zich voorbereidden op een auditie.

Ik bekeek haar lichaam in de spiegel. Ze was eerder slank dan mager. Haar borsten schudden als ze de jurken over haar hoofd uittrok. Het haar in haar oksels en op haar geslacht was donker, net als het mijne, maar niet zo dik. Toen ze de zwarte zijden onderjurk uittrok die ze onder die jurken gedragen had kon ik het tere gleufje van haar kut zien. Het was voor het eerst dat ik haar naakt zag sinds die avond dat ik het tuinafval verbrand had. Ze ving mijn blik op in de spiegel. Ik dacht dat ze boos zou worden, maar ze lachte alleen maar en maakte een vrolijke pirouette. Haar haar viel telkens in haar gezicht en haar buik schudde terwijl ze voor me danste. Ze was net een schoolmeisje dat een obsceen gebaar maakte naar een van haar klasgenoten, gewoon omdat ze daar toevallig even zin in had. Een beetje showen. Ze pakte een van de gewaagdere avondjurken van Luce en hield die tegen haar witte naaktheid.

'Nee, deze kan echt niet. Als ik deze aantrek ben ik net de bruid van Dracula. We zouden nog gearresteerd worden.'

De volgende zwarte jurk was een van de prototypes voor de modellen die we op de laatste show hadden gezien. Hij was gemaakt van ambachtelijk geweven zijde en versierd met glanzende zwarte lovertjes. De kraag welfde zich met een zekere stugheid om haar nek en de mouwen eindigden in een punt op haar polsen. Maar de diepe V-hals met Keltische knoop liet haar borsten vrijwel bloot, en onthulde behalve hun warme gewicht ook de zachte blonde haartjes die doorliepen tot haar onderbuik en alleen te zien waren als ze in een bepaalde hoek ten opzichte van het licht stond. Ze had een zwart slipje onder die jurk kunnen dragen, maar verder niets. 'Prachtig,' zei ik, 'heel sexy. Alleen het zou wel eens op een onbedoelde striptease kunnen uitdraaien.'

Ze begon ter plekke op en neer te huppelen, alsof ze aan het touwtjespringen was, en inderdaad, de stof werd strakgetrokken onder haar oksel en haar linkerborst sprong opeens te voorschijn als een heks in een poppenspel. Die jurk was gemaakt voor een vrouw die minder te verbergen had. We zegen hysterisch lachend op haar matras neer.

'Dat moet Luce expres hebben gedaan! Om zich aan die jonge tietjes te verlustigen!'

Ik trapte de slobkousen uit en trok de riem om mijn Fred Astairebroek nog wat strakker aan, een broek die Luce voor haar had gemaakt, en die helemaal perfect was, met plooien en omslagen. Toen drong tot mij door dat ik haar jurken ook makkelijk zou hebben kunnen dragen. We leken zo verbazingwekkend veel op elkaar. We waren net twee houten poppen, zelfde maat, zelfde vorm, zelfde kleuren. Ze hing achterover, haar borst lag nog steeds bloot. Ik leunde over haar heen, lonkend als een geile verleider. Ik was mij ervan bewust dat ik een spelletje met haar probeerde te spelen dat te ver ging.

'Madame, mag ik uw borst kussen?'

'Ja, hoor, als je wilt.'

Ik had verwacht dat ze zou lachen en mij te verstaan zou geven dat ik mijn handen en mijn lippen thuis moest houden. Maar ze rekte zich uit, één been onder zich gevouwen, en deed haar ogen dicht. De jurk rook naar naftaleen. De fonkelende lovertjes krasten over mijn wangen. Mijn haar viel voor mijn ogen toen ik mij langzaam vooroverboog en haar tepel in mijn mond nam. Ik liet mijn tong in een trage, rondgaande beweging over haar donkere kring gaan. Het topje werd hard en rees op naar mijn tong. Ik voelde haar hand op mijn achterhoofd, ze drukte mijn gezicht tegen haar borst. Ik zoog hard, en besefte opeens dat mijn penis in brand stond, en tegen de gulp van Fred Astaire aan duwde. Ik ging met een hand naar de naakte spleet waar haar schaamhaar donker werd en tussen haar benen afdaalde, een plek die ik nooit bewust had aangeraakt. Voorzichtig pakte ze mijn hand en hield hem stevig vast. Haar ogen waren nog altijd gesloten. Ik drukte mijn lippen steviger op haar borst. Ik voelde haar gewicht onder mij verschuiven terwijl haar benen uit elkaar gingen. Ze trok de jurk op tot boven haar dijen, zodat haar spleetje blootlag. Zachtjes kuste ik nog een keer haar borst, en liet hem toen los. Ze duwde mijn hoofd naar beneden, op haar buik. Ik hield even mijn adem in. Ik zag het fijne dons van haar schaamhaar, donkerder aan de rand waar haar lichaam zich spleet en haar roze gleuf zich opende. Ik durfde niet te snel te gaan. Ik durfde niet te spreken.

Maar dit was mijn beurt, mijn moment. Ik hoefde het niet meer te ontkennen of te onderdrukken, de hevigheid van alles wat ik voor haar voelde: mijn verlangen, mijn fascinatie, mijn hunkering. Ik verschoof mijn gewicht voorzichtig boven haar en keek in haar open geslacht. Ze hief haar heupen om mij te begroeten. Ik was verbaasd hoe donker de plooien van dat zachte vlees bleken te zijn. Ze was helemaal opgezwollen. Ik schoof met mijn vingertoppen de huid over haar clitoris naar achteren en begon haar oprijzende heuvel te likken. Mijn mond werd meteen nat van een weelderig, zoutig vocht. Haar benen gingen nog verder uit elkaar en ze duwde zich tegen me aan. Ik verhoogde druk en snelheid van mijn bewegingen.

Maar ik nam de tijd. Ik wilde dat haar verlangen naar mijn aanraking zo groot werd dat ze niet in staat zou zijn weerstand te bieden. Ik wilde dat ze me smeekte om de liefde met haar te bedrijven. Ik wilde dat ze ja zei. Ze smaakte ziltig en vreemd. Langzamerhand veranderde en verdiepte zich haar ademhaling, en haar buik deinde. Ze kwam snel in mijn mond, en riep mijn naam. Mijn penis klopte en brandde terwijl ik op haar opengesperde geslacht zoog. Nog nooit eerder had ik zo naar haar verlangd. Het deed gewoon pijn.

Ik was ervan doordrongen, zelfs op dat moment was ik ervan doordrongen, dat ik moest wachten tot ze wilde dat ik haar aanraakte, haar uitkleedde, haar lichaam binnendrong met het mijne. Maar ik was er nu zeker van dat het een spelletje was dat we speelden, en de enige spelregel was wachten. Ik hoefde alleen maar te wachten.

Ze ging langzaam zitten, aarzelend en berouwvol. Haar ogen waren zwart en vreemd. Nu niet, nog niet.

'Het is wel de bedoeling dat we gaan uitzoeken wat we aan moeten trekken,' zei ze op verwijtende toon.

Ik legde een hand om de bevrijde borst, pakte met mijn andere hand haar pols en liet haar de vorm van mijn penis voelen, die nog gevangenzat in de plooien en vouwen van mijn dansbroek. Ze streek met haar vingers liefdevol over de hele lengte ervan, pakte vervolgens mijn beide wangen en kuste me hard op de mond, waarbij haar tong tussen mijn lippen gleed. Ze smaakte naar verf en knoflook. Ik haalde diep adem, beantwoordde haar kus, en kneep met mijn duim en wijsvinger in haar tepel. Ik was boos dat ze me had tegengehouden.

'Waarom niet?' vroeg ik.

'Als we daaraan beginnen zijn we nooit op tijd klaar.' Ze stond op. De jurk viel op de grond in een stortvloed van lovertjes.

'Iso, hebben we dit ooit eerder gedaan?'

Ik begon me iets te herinneren wat onherroepelijk verloren was, klanken die waren weggestorven onder mijn schedeldak maar die er nog wel waren, als klokken die onder water werden geluid. Er was een huis aan het strand, met zand op het linoleum, en de vochtige geur van verzamelde schelpen, natte zwembroeken in verfrommelde hoopjes, en een stormachtige nacht dat de branding tot aan de duinen reikte. Ik herinnerde mij het geluid van golven die stuksloegen op het strand, een geraas dat steeds dichterbij klonk. Ik sliep in haar armen, mijn mond omringde om beurten allebei haar tepels, haar zoute huid schrijnde op de mijne, haar kussen smaakten naar de zee. Ik voelde mijn kleine haarloze piemel naar binnen zinken, begraven in de warme afgrond tussen haar benen terwijl zij onder mij deinde als een zachte golfslag.

'Ja, hè? Dat hebben we wel. Toen ik nog klein was en we op vakantie waren.'

'We sliepen altijd samen in een heel groot bed,' zuchtte ze, terwijl ze in de kast keek en er een sober pak uittrok van groen laken.

'Vond je het fijn toen we het deden?'

Ze keek me recht in de ogen, haar gezicht een en al tederheid.

'Ik houd van jou, lieve schat. Jij bent mijn eerste en enige liefde. Ik zal altijd van je houden.'

Ik lag plat op mijn rug en staarde naar de Indiase beddensprei die in vouwen en kronkels als een tent boven mij hing. Ik zag een grote geborduurde witte olifant, en Krishna en Rada. Om de een of andere reden die hemzelf het best bekend was, was Krishna helblauw. Ik voelde mij verrukt en gerechtvaardigd. Mijn erectie kwam tot bedaren. Ik was niet bedrogen. Ik was degene die radicaler was veranderd dan ooit met haar het geval was geweest. Toch accepteerde ze mij terug in haar lichaam, wanneer ik maar tegen haar buik, haar dijen, haar borsten leunde. Zij was de open deur. Ze had me nooit van zich af geduwd, me gedwongen haar te verlaten, iemand anders te zoeken, volwassen te worden. De zijden draad die ze voor me had neergelaten was nooit gaan rafelen of gebroken. Hij hield, strak en sterk.

Ze trok het pak aan.

'Hoe zie ik eruit?'

'Als Robin Hood. Heb je ook rode schoenen? Je ziet er altijd prachtig uit in primaire kleuren.'

Ze pronkte en draaide voor de spiegel. Ik staarde naar haar. Ze zag er ouder uit, eleganter.

'Je bent zo mooi. De schoonste van allemaal.'

Daar stond ze, in de spiegel, omlijst en vastgelegd in rood en groen, als een negentiende-eeuws portret van een aristocraat in jachtkostuum. Zij was de moeder van de Wolfman, klaar voor de bossen en de grote sneeuwvlakte. De figuur in de spiegel maakte een diepe buiging.

De loge in de opera was bekleed met dieprood fluweel. Het pak van Iso glansde helder bij al dat rood, Ze zag er buitengewoon levendig uit in al haar weelderig groene kwetsbaarheid. Ze zag eruit alsof ze deel uitmaakte van het decor. Roehm hield zijn bleke grijze blik onafgebroken op haar gezicht gericht. Ik zag hem geërgerd in zijn zak naar de sigaretten tasten die hij in de zaal niet mocht roken. Ik leunde met mijn ellebogen op de gecapitonneerde rand van de loge en bekeek de binnenkomende meute. Sommige mensen, zelfs in de stalles, waren veel informeler gekleed dan wij. Ik volgde een jongen in T-shirt en spijkerbroek die aan een reep liep te knabbelen. Het was een beetje teleurstellend. Ik liet mijn blik met hartstochtelijke instemming over de witte das en zijden revers van Roehm gaan. Ik wilde dat ze er allebei elegant en rijk uitzagen.

'U ziet er geweldig uit. Net een van de schurken van James Bond.'

Roehm glimlachte flauwtjes.

'Ik heb geen witte kat.'

'Nee, maar wel de sigaret en de ogen.'

'Over sigaretten gesproken...' Roehm stond op om buiten op de trap een sigaret te roken. Toen hij opstond vulde hij meteen de hele loge. Hij overhandigde mij het programma. 'Vertel jij je moeder waar het allemaal over gaat,' droeg hij mij op.

Terwijl hij de loge uit liep ving hij nog mijn blik op. Ik herkende een plotselinge glinstering van tevredenheid in zijn ogen. Hij weet het, dacht ik. Op de een of andere manier weet hij het.

Het programma was zo'n dik informatiepakket dat wordt samengesteld voor de niet-ingewijden, waar alles in stond over de premières, compleet met reproducties van onleesbare plakkaten in gotisch schrift. Ik begon de tekst te lezen die Roehm officieel aan mij had overgedragen.

'Weber heeft vijf jaar over het componeren van *Der Freischütz* gedaan. Hij werkte aan de opera van 1817 tot 1821, in de tijd dat hij Koninklijke Saksische Kapelmeester te Dresden was. Maar hij koos Berlijn, de intellectuele hoofdstad van Duitsland, om zijn meesterwerk voor het eerst te presenteren. Bij de première op 18 juni 1821 werd de ouverture gebisseerd en het eerste bedrijf ontvangen met geïnteresseerde verbijstering. Maar na de climax van de scène in de Wolfskloof kwam het publiek als één man overeind en barstte uit in een hevig triomfgeschreeuw. Dit was nu eens een opera die uitdrukking gaf aan de artistieke ambities van Duitsland. Hier braken de donkerste regionen van de menselijke geest door de oppervlakte heen en traden aan het licht.'

Er stonden afbeeldingen bij van de eerste decors. Die onwaarschijnlijke façades, die alle kanten tegelijkertijd op bewogen, waren kennelijk immens geavanceerd voor hun tijd. De scène in de Wolfskloof was een krachttoer. Een windmachine deed alle geschilderde takken zwiepen en dat eerste ontstelde publiek verrukt naar adem happen. De gepassioneerde ontboezemingen van de eerste recensenten waren buitensporig, hysterisch, bizar. Ik las ze voor aan Isobel, die onrustig begon te draaien.

'Weber heeft de ziel van de Duitse natie raak getroffen. Al onze dromen en verlangens worden hier ten tonele gevoerd. Dit is de muziek die het vuur van ons patriottisme zal aanwakkeren en doen oplaaien, zodat wij onszelf er eindelijk in zullen herkennen.'

'Ik had niet gedacht dat het een politieke opera was,' zei ze.

'Duitsland was toen voor het eerst bezig één land te worden.' Ik herhaalde een van mijn politieke geschiedenislessen over de negentiende-eeuwse Duitse eenwording. 'Er was een gemeenschappelijke taal en tot op zekere hoogte een gemeenschappelijke cultuur. Intellectuelen trokken altijd met een zekere vrijheid van het ene prinsdom naar het andere. Maar sommige staten kenden een strenge censuur en andere niet. Hier staat dat Weber in opstand kwam tegen de overheersing van de Italiaanse opera. Het Pruisische hof had een officiële Italiaanse componist genaamd Spontini, die ooit reusachtige opera's had geproduceerd voor Napoleon, gebaseerd op klassieke mythen. Van geen ervan heb ik ooit gehoord. Het waren enorme stukken, een groot keizer waardig. En heel duur. *Freischütz* was gebaseerd op een Duits volksverhaal en ontstaan vanuit het "Singspiel", dat een inheemse Duitse traditie was. Dus misschien was het goedkoper. Weber werd begroet als een nationale componist die de eerste nationale opera had gecomponeerd. Een politieke opera was het niet echt, het werd alleen op die manier uitgelegd.'

Iso begon de plot door te nemen.

'Wat een afgrijselijke onzin, Toby. Moet je horen. Max is een jager die een schietwedstrijd moet winnen om het recht te verwerven met Agathe in het huwelijk te treden. Hij schiet alleen telkens mis. De boosaardige Kaspar stelt hem voor om mee te gaan naar de Wolfskloof en eens te gaan praten met de satanische zwarte jager Samiel, die een aardig handeltje in toverkogels drijft. Je móét er zeven kopen. Met zes leg je neer wat je maar wilt, maar de zevende kogel is van Samiel. Max koopt die kogels. Hij heeft er alles voor over om Agathe in handen te krijgen. Intussen ziet de schone maagd zich geconfronteerd met allerlei dwaze voortekens en angstige vermoedens, schilderijen die van de muur vallen en melancholieke gedachten. Er wordt een sfeer van dreigend onheil opgebouwd, slechts haar vertrouwelinge zorgt voor een vrolijke noot. Zeker een komische rol. Ze sturen haar per ongeluk een grafkrans in plaats van een bruidskrans. *Totenkranz*. Dat is toch een grafkrans? Ze haalt een Heilige Heremiet over om een krans van witte rozen voor haar te maken. Heb je dat in je oren geknoopt? Je moet die verdraaide Heremiet niet vergeten, want die maakt aan het eind ook nog zijn opwachting. Max en Kaspar gaan gewapend met die toverkogels naar de schietwedstrijd. Wat je nu ook nog moet weten is dat Kaspar een soort pact met de Duivel heeft gesloten: die moet op de grote dag de ziel van iemand krijgen, maakt niet uit van wie. Agathe kan hij niet krijgen want die is zo heilig als het maar kan, en bovendien in de greep van de Heremiet. Maar Kaspar en Max komen wel in aanmerking. Kaspar vuurt zes kogels af, en laat de laatste voor Max over. Ik neem aan dat hij denkt dat die tegen een boom zal ketsen en de bruidegom in spe zal treffen. Hoe dan ook, de prins en alle jagers komen op het toneel. Eén groot koor van boerenkinkels. Max krijgt te horen dat hij de witte duif moet schieten. Zware symboliek, vat je 'm? Witte duif! Dat kan maar één ding betekenen! Kijk niet zo wezenloos, schat. Ik vergeet de hele tijd dat jij genadiglijk postchristelijk bent. Agathe stormt op hem toe, "Max, niet schieten!" roept ze nog. Dus zij heeft het kennelijk door van die kogel. Pang! Ze stort neer. Maar Kaspar eveneens. Samiel moet dus ook wel op het toneel zijn. Alle anderen zijn er ook. Chaos. Climax. Schok. Afgrijzen. Daar komt de Heilige Heremiet weer aan, hij brengt Agathe weer tot leven. Zeker een soort wederopstandingsthema. Hij berispt iedereen om zijn zonden. Veroordelingen alom. Kaspar is dood. Samiel heeft de benen genomen, waarschijnlijk met de ziel van voornoemde zondaar. De Heremiet schaft de traditie van de *Freischütz* af en roept iedereen op om berouw te tonen. De hele cast gaat op de knieën en bidt God om vergeving.'

Ze sloeg met het programma op haar knieën. Ik was enigszins geïrriteerd.

'Oké, Iso, heb je even mooi bewezen dat niemand naar de opera gaat voor de geloofwaardigheid van de plot.'

'Ja, nou ja. Ik heb wel opera's gezien op televisie, we hebben nog naar die verfilming van *La Traviata* zitten kijken. Maar ik ben er nooit heen geweest omdat Luce liever naar toneel gaat.' Ze strekte haar lange groene benen uit. 'Ze zegt dat de muziek destabiliserend werkt, terwijl het gesproken woord veiligheid biedt, hoe verontrustend op zich ook.'

'Maar een heleboel opera's zijn gebaseerd op stukken van Shakespeare.'

'Ja, dat is ook zo. De figuren van Shakespeare zijn ook meer dan levensgroot. Denk maar aan Othello en lady Macbeth. Die staan al voor het voetlicht hun solo's uit te schreeuwen. Het enige wat je hoeft te doen is hun tekst op wat donderende muziek te zetten.'

Ze raapte het informatiepakket van de grond.

'Moet je het kostuum van die gast eens zien. De Heilige Heremiet. Wat een smeerlap. Heel gek.'

De bel ging: nog één minuut. Roehm keerde terug in de loge. Het huis was vol gedempt geritsel, gefluister en gekuch. We keken op van het programma. De ogen van Roehm glinsterden een beetje toen hij op ons beiden neerkeek. Toen boog hij zich voorover en kuste ons allebei, de een na de ander. 'Ik ben blij dat jullie gekomen zijn,' zei Roehm, 'ik hoop dat jullie van de opera zullen genieten.' Jullie. Hij bedoelde ons, Isobel en mij. Hij ging zitten en de stoel sidderde. We waren buitensporig tevreden met onszelf. Wij waren de uitverkorenen, wij waren gekozen, en ondergedompeld in zijn sinistere tederheid. Wij behoorden hem toe. De verlichting werd langzaam gedoofd en de dirigent verscheen in de orkestbak, begroet door een warm en verwachtingsvol applaus. De voorstelling begon.

Iso zei na afloop dat het wel iets weg had van het kijken naar een western waarin alle figuren voorzien waren van een veelzeggende aanduiding en waarin de slechterik, in dit geval Kaspar, een zwarte hoed ophad. De Heilige Heremiet kwam op gekleed als Jezus, met lang haar en sandalen, in een sjofele witte hemdjurk. Opdat de boodschap ons niet zou ontgaan. Hij heeft religieuze autoriteit. Ja toch? Agathe ging gehuld in het smetteloze wit van kuisheid en onschuld, en haar doornenkroon van witte rozen is de garantie dat ze weer zal opstaan, net als Jezus, naar ieders tevredenheid, zodra de schoten wegsterven. Het was belachelijk, bespottelijk. Toch keken we geboeid. De pauze duurde ons veel te lang, we wilden niets liever dan dat het verhaal verder ging en eindeloos opnieuw verteld werd. De muziek was de sleutel. Die had precies die invloed die Luce altijd onderkend en diepgaand gewantrouwd had. De muziek was meeslepend, mysterieus, verleidelijk. We dachten niet meer na, we oordeelden niet meer. En één figuur was er die ons meer betoverde dan alle andere.

'*Ihr seid begeistert, meine Kinder,*' zei Roehm, die moest lachen om onze naïeve betrokkenheid bij die traditionele sprookjesfiguren. We hadden alleen oog voor Samiel.

De duivelse jager ging gekleed in groen laken. Hij was

enorm, groter nog dan Roehm. Hij droeg een donkere, wervelende cape die afhing tot op de grond, groene jachtlaarzen en valkeniershandschoenen van een afgrijselijk formaat, alsof zijn handen groter waren dan zijn armen. Een donker lapje bedekte één oog, het andere oog gloeide bionisch rood. Sporen van een ontbindend skelet waren zichtbaar door het gehavende groen van zijn kostuum. Hij dwaalde op cruciale momenten zonder iets te zeggen langs de donkere rand van het podium en als hij sprak werd zijn stem versterkt tot een holle echo.

Bij de scène in de Wolfskloof werd gebruik gemaakt van met de computer geproduceerde beelden die zich aftekenden op de achtergrond. We zagen en hoorden de satanische honden die werden losgelaten in het bos. De beesten stortten zich door een langgerekte tunnel vol groene schaduwen naar voren, op ons toe. We hoorden de stem van de duivelse jager, die ze aanspoorde, en de roep van zijn jachthoorn. Ik realiseerde mij huiverend van angst dat het helemaal geen honden waren, het waren wolven.

Maar dit was het griezeligste aspect van zijn vermogen ons mateloos te fascineren, het aspect waarin hij zich onderscheidde van alle andere figuren: Samiel was geen gezongen rol. Zijn stem, van muziek ontdaan, tartte de regels van de opera. Met zijn gesproken teksten onderscheidde hij zich van alle andere figuren in het stuk, wat hem een afgrijselijk soort griezeligheid gaf en hem onvergetelijk maakte. Samiel stond voor macht, macht in zijn zuiverste vorm, opgeroepen en ontketend.

Een siddering trok door ons heen bij zijn dreigement dat hij een ziel moest hebben voor het ochtendgloren, een dreigement dat werd uitgesproken boven het aanzwellende gedonder van trommels en cimbalen uit: '*Morgen, Er... oder Du!*'

'Hij is de meest erotische verschijning die ik ooit heb gezien,' fluisterde Iso. Ik besefte dat ze hem onmiddellijk wilde tekenen, voor de details weer vervaagden.

'Volgens mij heeft hij enorme plateauzolen,' zei Roehm.

Een en al verrukking, in ware jubelstemming, liepen we door de straten van Covent Garden, op weg naar ons diner en champagne. Ik vroeg waarom *Der Freischütz* indertijd beschouwd werd als de essentie van de Duitse ziel. Roehm knikte grimmig.

'Het is een versie van de Faustsage. Begrijp je dat niet? Je kunt je ziel wel aan de duivel verkopen, de Heer zal toch wel tussenbeide komen door middel van de liefde van een goede vrouw, en uiteindelijk zal verlossing je deel zijn.'

'Nee, dat begrijp ik niet.' Ik wilde met hem in discussie gaan. 'Waarom zouden de Duitsers geobsedeerd moeten zijn door Faust als een soort nationale mythe?'

Maar we kwamen net bij het restaurant aan.

Roehm had al besteld zodat we niet op ons eten hoefden te wachten. We vielen aan op onze halfrauwe dampende biefstuk en machtige saus met port en champignons. We waren kwijlende, halsstarrige carnivoren. We likten onze borden zowat schoon. Roehm at niet veel. Hij wachtte met roken tot we uitgegeten waren. Ik zag hoe Iso tegenover hem zat, verlicht van binnenuit, als een adventskaars, telkens wanneer hij naar haar keek. Zij was de dienares van de Heer, bereid en onderworpen aan zijn wil. Ik was jaloers en ergerde me rot.

Toen we goed en wel op onze chocola zaten te smakken kwam ik terug op het duivelse pact dat het onderwerp van de opera was geweest.

'Waarom is de Faustsage zo speciaal voor Duitsland?'

De bleke ogen van Roehm werden op mijn gezicht gericht. Hij gaf geen rechtstreeks antwoord op mijn vraag.

'De uiteindelijke verlossing van Faust is essentieel voor de sage, omdat dat goedmaakt dat hij verdoemd is om zijn verlangen, het verlangen om de tijd op te schorten en het paradijs binnen te treden. *"Wenn Ich zu Augenblicke sage, Verweile doch, Du bist so schön…"'*

'Wat betekent dat?' wilde Iso weten.

'Ben je al je Duits vergeten?' vroeg Roehm op milde toon. Toen vertaalde hij de woorden voor haar, maar zijn blik gaf er een heel andere draai aan.

'Als ik tegen het voorbijgaande moment zeg blijf bij mij, je bent zo mooi…' Iso zette als een pauw haar veren overeind.

'Jij hebt altijd beweerd dat je helemaal geen Duits kent!' Mijn toon was agressief en beschuldigend. Roehm richtte zich weer tot mij en doofde mijn boosheid met zijn volle aandacht.

'Moeten wij verdoemd worden om onze verlangens? Om ons verlangen naar meer dan de wereld ons ooit bieden kan? Om onze nieuwsgierigheid? Hunkering naar kennis? Of omdat wij terug in de tijd willen om ons verloren leven over te doen? Faust spendeert zijn jonge jaren aan zijn pogingen wijsheid te bereiken door studie, door boeken. Het leven gaat aan hem voorbij, hij drinkt niet, reist niet, hij vrijt niet Wat Mefistopheles hem geeft is zijn jeugd, en de kans om opnieuw te leven. En denk eens aan die arme Max. Zijn verlangen naar Agathe is zo sterk dat hij zijn ziel wil riskeren om haar te bezitten. Dat is de originele zonde, niet ambitie, niet nieuwsgierigheid, maar verlangen. Dat is de zonde van Satan, Eva, Faust, het verlangen naar meer dan ons deel. Meer leven, meer liefde, meer tijd.

We zijn bereid te worden verdoemd om onze verlangens. En wie zal het ons euvel duiden?

Verlangen is wat ons uittilt boven onszelf en ons veilige, oersaaie leven. Ons verlangen maakt ons groter dan we in werkelijkheid zijn.'

'Ja, maar…' Hij had mijn vraag nog steeds niet beantwoord.

'Luister Toby,' onderbrak Roehm me, 'de Duitse volksverhalen waren angstaanjagend. Herinner jij je Grimm nog? Die je gelezen moet hebben toen je nog klein was?'

'Hij had de vrolijke versie,' bracht Iso in het midden, terwijl ze het laatste chocolaatje pakte.

'Dan,' zei Roehm vreemd genoeg, 'heb je je zoon bedrogen en hem het belangrijkste deel van de waarheid onthouden. In de originele versie van de gebroeders Grimm van *Rotkäppchen* bijvoorbeeld, worden Roodkapje, het kleine meisje, en haar grootmoeder opgegeten door de wolf. Er is geen knappe jager, geen redding, geen verlossing. Wij houden van de Faustsage omdat Faust gestraft wordt, net zoals Max, maar uiteindelijk toch gered. Onze verlangens mogen dan gevaarlijk zijn, vergeving en verlossing zijn nabij. Dat is troostrijk, maar de waarheid is het niet.'

Iso sloeg de laatste wijn achterover.

'Dus de waarheid is dat we worden verzwolgen en voor eeuwig verdoemd?'

Roehm zei niets.

'Nou,' zei Iso, en ik wist dat ze van het erotische groene kadaver van de duivelse jager droomde, 'er moeten ergere lotsbestemmingen zijn.'

Toen ik die zondagochtend naar beneden kwam voor het ontbijt was Roehm niet meer in huis en was de pantserwagen weg. Iso lag nog diep in slaap. Maar op de ezel in de keuken stond haar grootste schetsboek en daar, gereproduceerd in al zijn griezelige glorie, was de figuur van Samiel, die mij aanstaarde terwijl ik water in de ketel liet lopen. Zijn cape raakte de grond, en Iso had met nauwgezette aandacht voor alle details zijn reusachtige holle borst getekend, en de spookachtige ribbenkast van zijn levende lijk. Zijn gezicht was een beetje afgewend, slechts één oog keek mij aan, en de enorme koepel van het ontzagwekkende hoofd dat daarboven uitstak was volmaakt van proporties. In de bovenhoek van het blad, mooi donker gemaakt met kruisarcering, stak de dubbele loop van een jachtgeweer uit het blad, rechtstreeks op de borst van de kijker gericht. Ik zette het koffiezetapparaat aan en ging in een hoek ten opzichte van haar tekening zitten. Maar ze was me te slim af geweest. Waar ik ook zat, het ene oog van de duivel volgde mij, en de dubbele loop van het geweer draaide rustig mee en bleef op mij gericht.

Het was nu helemaal donker om halfvijf. Ik kwam zoals afgesproken naar haar school toe, in de veronderstelling dat we kerstinkopen gingen doen. Maar in plaats daarvan reed ze regelrecht naar het park. Het park was gesloten. Iso stopte even voorbij de ingang en sprong uit de auto.

'Wat doe je?' Ze zocht in de kofferbak van de Renault. Een vochtige wind blies om mijn oren.

'Onze kerstboom ophalen. We willen een grote en dat kunnen we niet betalen. Heb je gezien wat ze kosten dit jaar? Ik heb al een maand een oogje op die boom.'

Ze trad snel op me toe, zwaaiend met een bijl. Ik begreep de hint en klom op het hek. De pijlpunten erbovenop waren roestig en gevaarlijk. Ik bleef op mijn hurken op het hek zitten, er niet zeker van of ik de sprong moest wagen.

'Kunnen we Luce niet gewoon om wat poen vragen?'

'Ik vraag Luce helemaal nergens meer om, Toby. En onze kerstboom wordt groter dan die van haar ooit geweest is.'

Ze gaf me de bijl aan door het hek. Ik voelde de snijkant. Die was koud en glad en scherp.

'Hoe heb je hem geslepen?' Het laatste dat ik ervan gezien had was dat hij als een stuk oud vuil tussen de houtblokken lag. De steel zat toen los en het blad was helemaal verroest.

'Op de metaalafdeling op school.'

'Heeft niemand je daarmee bezig gezien?'

'De jongens hebben hem voor mij geslepen, suffie. Hier, hou vast. Ze zullen me echt niet betrappen op illegaal kappen. Ik heb ze wijsgemaakt dat ik mijn minnaar ging onthoofden.'

Ik zag haar over het hek glijden, soepel als een atleet. Ze zwaaide haar benen in de leegte en sprong keurig over de gesnoeide stompjes van de rozenstruiken heen. Het park was een spookachtig oranje in het halfdonker. We waren meer op onze hoede dan we buiten het hek waren geweest. Er werden af en toe razzia's gehouden in het park om de zwervers, flikkers en drugsverslaafden te verdrijven die soms met zoveel bijeenkwamen rond het zomerhuis en de fontein dat ze een ware informele gemeenschap vormden. We gleden van schaduw naar schaduw, fluisterend, af en toe stilstaand, op de uitkijk voor de politie en stilletjes over de lege paden rennend. In de verte hoorde ik het geraas van auto's op de oprit naar de snelweg. Er stond een standbeeld van Edith Cavell, somber in brons, haar verpleegstersuniform om lijf en leden gedrapeerd, de stoutmoedige blik op een betere toekomst voor vrouwen gevestigd. We verscholen ons achter haar rokken en wachtten tot de kust helemaal veilig was. In de winter werd er soms twee tot drie keer per nacht in het park gepatrouilleerd. De heimelijke homoseksuelen werden in deze tijd van het jaar in aantal overtroffen door de dealers en hun klanten. Tussen zeven en tien was gewoonlijk een veilige tijd.

De boom die Iso op het oog had was een cruciaal element in de geometrisch aangelegde tuin. Lage buxushagen omlijstten zijn zilveren elegantie en keurig aangelegde bloembedden vormden een zwierige krul rond de stam, als het tierlantijntje dat een handtekening onder een officieel document bekrachtigt. Een andere ornamentele pijnboom van ongeveer hetzelfde formaat aan de andere kant van de tuin bracht het patroon in evenwicht. Ik zag dit alles in een bleke oranje gloed, door duisternis omringd.

'Iso! Je bederft in één klap die hele tuin.'

'Onzin. Volgend jaar nemen we die andere boom. Dan is het weer mooi symmetrisch.'

Ze sloeg met de bijl op de slanke pijnboom in, onder aan de stam, met het blad neerwaarts gericht. Meteen gaapte er een wond in de bast, en kwam een vage, maar sappige harsgeur vrij. Een siddering trok door de boom bij iedere klap, en het gedreun van de bijlslagen moest wel in het hele park te horen zijn. Ik smeekte haar ermee op te houden. Ik was ervan overtuigd dat we gepakt zouden worden. 'Bomen kun je niet geruisloos omhakken,' snauwde ze terug. Ze trok haar jas uit. Het was zwaar werk. Ik keek naar haar ovale gezicht, wit en geconcentreerd, terwijl ze de bijl richtte. De boom wankelde, en begon opeens slagzij te maken.

'Vang jij hem op,' siste Iso. Ik sprong in het bloembed, waar ik enorme voetsporen achterliet.

'Je kunt zien waar ik gestaan heb.'

'Verbrand je schoenen dan als je bang bent gepakt te worden.'

De boom viel om, en schaafde mijn gezicht en armen. Mijn knieën knikten onder het gewicht. We ploeterden over de verlaten gazons met de dode boom die een lang sleepspoor door de dauw trok. Zij klom als eerste over het hek en deed alsof ze bij de auto stond te wachten toen een man en een vrouw langsliepen. Toen ze gebaarde dat ik nu wel dichterbij kon komen duwde ik de boom rechtop tegen het hek. We waren nu duidelijk zichtbaar in het licht van iedere auto die voorbijreed. Mijn handen en gezicht waren nat van de zachte regen.

'Toe maar, eroverheen.'

Onze poging om de boom op de imperiaal van de Renault vast te binden bracht aan het licht dat het eigenlijk een veel te groot gevaarte was voor de auto. De afgehakte stam stak ver vooruit, over de motorkap heen als een middeleeuwse stormram. Iso zette er meteen de sokken in. Ik keek naar de fijne zilveren takken die aan de chauffeurskant tegen de ramen zwiepten: de boom lag niet helemaal stil.

'Joepie! Wij hebben onze kerstboom. Luister, Toby, we vieren Kerstmis bij ons thuis. Ik heb Luce en Liberty uitgenodigd en ik heb tegen Liberty gezegd dat ik met geen van beiden ooit meer een woord wissel als ze niet komen.'

Ik keek achterom om te zien of we ook gevolgd werden.

'En ik heb Roehm ook uitgenodigd.'

Ik voelde de boom deinen op het dak.

'Iso, was dat wel verstandig? Luce is nog steeds verontwaardigd over Roehm.'

'En dat zal ze blijven ook zolang ze hem nooit ontmoet. Jij zou hem ook gehaat hebben als hij niet vriendelijk tegen jou was geweest.'

Maar mannen als Roehm haat je niet. En Roehm was nooit belangeloos vriendelijk tegen wie dan ook. Ik zette grote ogen op bij dit verontrustende vertrouwen van haar in de hele situatie. Ze bediende zich louter van de verkeerde woorden. Hoe reageer je op een man als Roehm? Je hebt twee keuzes. Ofwel je volgt hem als de discipel die zojuist de blijde boodschap heeft ontvangen door een religieuze ervaring in Damascus, of je vreest hem tot in je vezels. Ik had mijn keuze nog niet gemaakt. En ik wilde het gevoel hebben dat ik nog tot kiezen in staat was.

Luce vatte het voorstel om Kerstmis Bij Ons te vieren helemaal niet goed op. Ze rook een complot om haar voor ons en onze zienswijze te winnen. Maar van de coup d'état die Iso zo duivels gepland had, had ze geen flauw vermoeden. Ik voerde telefonische onderhandelingen met Liberty alsof we tweederangs diplomaten bij topbesprekingen waren: de mannen in de grijze pakken met de inwisselbare gezichten, die gestuurd werden om hun voelsprieten uit te steken en de hardnekkigste standpunten van de andere partij af te tasten.

'Ze komt wel, Toby. Maar ze is er niet blij mee. En het staat haar ook niet aan dat er met de traditie gebroken wordt.'

'Dat is dan jammer. Iso is nu eenmaal zo obstinaat. Heb je er veel gedonder mee?'

'Yep.'

'Wat doe je eraan?'

'Naar haar luisteren. En dan weer naar kantoor om door te gaan met voorbereidingen en papierwerk. Ze stuurt me elke dag wel vijf mailtjes.'

'Nee toch!'

'Ja, en die beginnen allemaal met dingen als: "En dan nog iets, ze heeft nooit haar verontschuldigingen aangeboden voor haar beledigende uitspraken over mijn seksuele voorkeuren..."'

'Ik neem aan dat ze ons maar gemeen en ondankbaar vindt.'

'Ik vrees van wel. Luce is helemaal lijp, Toby. Ze denkt dat jij bent overgelopen naar de vijand en dat Roehm het vleesgeworden kwaad is.'

'Wat een flauwekul! Het enige wat er aan de hand is, is dat Iso een chique buitenlandse vriend heeft, die iets ouder is dan de vorige, haar werk mooi vindt en veel meer geld heeft.'

Dat was wel een heel spectaculaire simplificatie van wat er aan de hand was, maar het was mijn officiële versie en het was de versie waarin ik het liefst wilde geloven.

'Ik weet het,' zei Liberty. 'Ik kan ook nauwelijks geloven dat Luce zo tekeergaat. Ze klinkt soms als haar duivelse zuster Katie. We zijn allemaal dégénérés die naar de verdommenis gaan, en van je kef kef kef.'

'We zullen een cordon sanitaire rond de strijdende partijen moeten leggen.'

'Doen we. Succes ermee, en tot kijk, hè.'

We gaven veel meer uit dan we gewoonlijk deden met Kerstmis. Iso bakte zelfs een hele armada aan pasteitjes. We gingen twee keer naar de supermarkt en zij stond erop dat we allemaal aardappelen van dezelfde grootte insloegen zodat ze

145

allemaal tegelijk gaar zouden zijn in de oven. Roehm was verdwenen. Ik vroeg niet één keer waar hij uithing. Ik ging ervan uit dat hij in het buitenland was. Er werden geen boodschappen ingesproken op het antwoordapparaat en haar haar bleef paradijselijk vrij van sigarettenrook. Toen werd het eerste van de pakjes bezorgd.

Ik lag op de bank Stephen King te lezen toen er werd aangebeld. Ik moest tekenen voor de ontvangst van een enorme vierkante doos, die ontstellend zwaar was en aan ons beiden geadresseerd. Een van de bezorgers hielp mij de doos naar de keuken te sjouwen. Hij liet de deur openstaan en een windvlaag joeg de kou door het huis. Toen ik weer alleen was zette ik de thermostaat hoger en begon het gevaarte uit te pakken. Het was een ondoordringbare doos van Pandora. In de buitenste doos, die was verzegeld met zwarte tape, zat een in stro verpakte houten kist. Ik zag geen scharnieren en niets dat aan een deksel deed denken. De bovenkant leek op de kist vastgeniet te zijn. Ik ging op zoek naar een schroevendraaier. Pas toen kwam ik op het idee de vrachtbrief te bekijken. Er stond geen adres van een afzender op, maar de doos was verstuurd met een transportbedrijf uit Bern. Hij moest van Roehm zijn.

Glimlachend en opwonden versplinterde ik het hout en dook in de schat. De inhoud van de doos was stuk voor stuk verpakt in fijne, gescheurde reepjes gekleurd papier, die ik met handenvol uit de kist schepte en weggooide. Er zaten flessen gemberlikeur in, marrons glacés, Turks fruit, exotische aromatische chocolaatjes, een liter kirsch, en een sinister groen flesje grande chartreuse. Er zaten zelfs twee verrukkelijke kleine vaatjes in met krullende spuiten en glazen stoppen, verzegeld in was, met olijfolie en azijn, beide met walnoten bereid. Zorgvuldig begraven in de verpakking waren broze glazen en houten engeltjes die voor onze ontvreemde boom waren bestemd. Alle verfijndheid en overdaad van de kerst waren in

die magische doos verpakt. Ik danste op de gescheurde kurktegels van vreugde om dit geschenk, triomfantelijk als een ver-
wend kind. Ik stopte zoveel als ik kon weer terug in de doos
en belde Iso op haar werk. Het was de laatste dag voor de vakantie, ze moest toezicht houden bij de schoonmaak van het
atelier en rapporten schrijven.

'Raad eens wat hij gestuurd heeft...'

'Nee toch, hè? ... O, Toby, dat had hij niet moeten doen.'

'Hij komt toch, hè?'

'Hij zegt van wel.'

'Luce zal wel groen en geel zien.'

'God! Denk je dat ze op ruzie zal aansturen?'

'Als ze dat doet is het haar probleem. Kom snel naar huis.
Ik wil je alles laten zien.'

Voor Kerstmis werden nog twee pakjes bezorgd. Eén bevatte twaalf flessen voortreffelijke champagne. Het laatste
pakje was slank en oogde officieel. Dat werd niet door dat
transportbedrijf in Zwitserland bezorgd, maar was in Londen op de post gedaan. De doos in de doos was verpakt in
kerstpapier, een woud van zilveren sterren. En hij was aan
mij geadresseerd, in dat merkwaardige gotische schrift van
Roehm. We legden het pakket eerbiedig onder de kerstboom.

Luce en Liberty arriveerden vroeg op kerstavond. Ze waren uitgenodigd om bij ons te eten en aansluitend te over-
nachten. Luce raasde over de drempel, gehuld in zwart en wit.
Ze leek sprekend op Cruella Deville. Het hele huis had een
transformatie ondergaan. Iso had overal gestofzuigd en al onze troep in het rommelhok gezet. De luxe uit Zwitserland was
her en der uitgestald op dienbladen. In de kerstboom brandden echte kaarsen. Naast de cadeautjes stond een groot blus-
apparaat dat illegaal van school was geleend. De koelkast lag
vol champagne. Het leek wel alsof het schip met geld eindelijk was binnengekomen. Luce begon te ontdooien.

'O, Iso,' zei ze, en de oude tederheid sloop weer in haar

stemgeluid, kennelijk zonder dat ze er weerstand aan kon bieden, 'je had niet zoveel moeite hoeven doen en zoveel geld hoeven uitgeven.'

Ik trok Liberty mee en sleepte haar de trap op.

'Wist je dat Roehm ook komt? Heb je het aan Luce verteld?'

'Iso heeft me gewaarschuwd, ja. Maar ik durfde het niet tegen Luce te zeggen.'

'Shit! Wat moeten we nou?'

'We doen gewoon alsof onze neus bloedt. En als ze het huis uit stormt ga ik niet mee. Waar heb je al die spullen vandaan?'

Maar ze zag het al aan mijn blik en ze barstte in lachen uit toen ze besefte dat Luce was gepasseerd in haar hoedanigheid van gulle geefster. Liberty was niet naïef. Ze wist dat Luce haar giften gebruikte om ons onder controle te houden en ervoor te zorgen dat we bij haar in het krijt bleven staan. Het was een complexe uitwisseling van liefde en geld. En nu waren de gebruikelijke voorwaarden van hun overeenkomst met voeten getreden.

'Schitterend!' Liberty en ik giechelden de hele weg naar beneden.

We waren net bezig de tweede fles van Roehm open te maken toen ik het gebrul van de pantserwagen in de stille straat hoorde naderen. Hij parkeerde niet op zijn gebruikelijke plek, maar reed door tot aan de voordeur. Ik trok het gordijn open zodat het monsterlijke voertuig vanuit de kamer te zien was. Iso barstte in lachen uit. De voorruit van de wagen was versierd met veelkleurige kerstverlichting. Ik gooide de voordeur open en daar stond de vreemde reusachtige man die ons allebei verleid had, zijn armen vol glinsterende, met linten dichtgebonden pakjes.

'Vrolijk kerstfeest allemaal,' zei Roehm.

Wat echt buitengewoon was aan de hele situatie was dat niemand begon te schreeuwen, boos werd, of juist ijzig koel, dan wel naar buiten stormde. Luce werd iets bleker onder haar masker van elegante verf en haar pupillen vernauwden zich tot spleetjes, alsof ze een kat was die zich met een dodelijk gevaar geconfronteerd zag, of een junk die de eerste rush voelde. Maar het is moeilijk vernietigend onbeschoft te zijn tegen iemand die twee keer zo groot is als jij en die net is komen aanzetten met armenvol dure cadeaus. Roehm was griezelig thuis in ons huis. Hij wist waar alles was, zelfs dingen waarvan wij dachten dat we ze kwijt waren. Hij was net zo ongedwongen met mij als met Iso. Hij schudde mijn tante en haar vriendin de hand alsof hij het een eer vond hen beiden te ontmoeten. Hij was genereus in zijn hoffelijkheid, maar niet op het overdrevene af. Hij wachtte tot wij allemaal zaten alvorens zijn eigen dreigende gewicht op een van de rechte stoelen te laten zakken. Hij nam de fles over en maakte hem open zonder knal. Hij liet de damp uit de groene mond opstijgen alvorens het lange glas in de hand te nemen. Hij zei heel weinig. Hij nam overal de tijd voor. Hij ging naar buiten om te roken, maar gaf Luce het ene vuurtje na het andere. Hij leun de achterover en wachtte tot wij allemaal naar hem toe kwamen.

Iso loerde triomfantelijk naar Luce. De perfecte manieren van Roehm hadden mijn tante helemaal in verlegenheid gebracht. Evenals zijn hartelijke zwijgzaamheid en zijn gigantische afmetingen. Ik keek hoe ze hem observeerde, en zag wel dat hij haar was begonnen te fascineren, alsof zijn hoofd langzaam heen en weer deinde op zijn hals, haar fixerend met een vaste, ondoorgrondelijke blik, een en al concentratie, ogen bleek en glinsterend.

We merkten niet dat het middernacht werd. We hoorden de klokken niet luiden. Kerstmis kwam over ons, maar wij gingen helemaal in onszelf op, in het kleine drama van ons huiselijk leven en de zorgvuldige herschikking van onze persoonlijkheden rond de stille Roehm.

Het viel me op hoe weinig hij bewoog en hoe aandachtig hij luisterde. Het kabinet in Wenen verscheen weer voor mijn geestesoog. En ik vroeg me af of de dokter ook zo gezeten had, ontspannen, geconcentreerd, roerloos, luisterend naar zijn ongelukkige slachtoffers die hun verleden uitbraakten in flarden van zinnen. Want dat was precies wat we aan het doen waren. Roehm leverde het podium, de belichting, het orkest, en wij begonnen onze levens voor hem op te voeren. Elke zin die begon met 'Weet je nog toen...' maakte dat er, uit pure beleefdheid, eerst nader uitleg moest worden gegeven over de omstandigheden en de tijd waarin het gebeurde was voorgevallen. Figuren die erbij betrokken waren geweest moesten worden beschreven, de gebeurtenis moest in een landschap worden verankerd. We schilderden eerst de achtergrond, en dan het verhaal waar het om ging. We legden ons verleden aan Roehm voor.

Hij schonk ons zijn volledige aandacht, rustig en bemoedigend. Zijn houding jegens ons, vertroostend en gereserveerd, deed denken aan de priester wiens vergeving, hoezeer ook gewenst, slechts die van de bemiddelaar is. We raakten ervan overtuigd dat we werden aangehoord door iemand die groter was dan de boodschapper zelf. En in zijn aanwezigheid waren wij niet langer triviaal en egocentrisch. Onze verhalen werden geestiger, en raker, onze observaties treffender. We werden betere mensen dan we waren.

Het was al diep in de nacht toen we opstonden. De cadeautjes besloten we tot de volgende dag te laten staan. We waren warm vanbinnen, dronken, verzadigd en voldaan. We sliepen de slaap der rechtvaardigen en op die zeldzame kerstochtend hadden we nu eens vrede met elkaar en onszelf.

Ik hoorde Luce Iso vermanend toespreken in de keuken. Ik rook haar sigaretten.

'Je bedoelt dat hij gisteravond naar huis is gegaan? Dat geloof ik niet. En krijgen we hem vandaag ook nog te zien?'

'Nou, ik vind hem nog steeds te oud voor jou. Maar ik kan nog wel de billijkheid opbrengen om toe te geven dat hij charmant is.'

'Stort je er nou niet helemaal in...'

'Ik moet zeggen dat hij heel royaal is geweest...'

'Hij moet wel heel erg op jullie allebei gesteld zijn...'

'Ik moet eerlijk zijn, Isobel, niet veel mannen zijn bereid het bijna volwassen kind van een andere man aan te nemen.'

'En er is één ding dat ik wél prettig aan hem vond. Hij was heel fatsoenlijk tegen Liberty. Daar ben ik altijd gevoelig voor. Ze is zo verlegen dat mensen haar vaak over het hoofd zien.'

'Luister, meisje, ben je er absoluut zeker van dat hij niet getrouwd is? Hij moet op enig moment in zijn leven getrouwd zijn geweest. Hij draagt een trouwring. Nogal wát ringen zelfs. Aanvankelijk vond ik zelfs dat het er iets te veel waren voor een heer, maar ik ben geen snob en academici zijn wel vaker excentriek. Niettemin, geen vrijgezel weet zo zonder enige moeite zijn weg in een keuken te vinden.'

'Nou, dat zou ik dan verdomme maar eens uitzoeken. Vraag het hem op de man af.'

'En wat heb jij hem gegeven voor Kerstmis? O, een van je grotere ijsschilderijen? Had je dat niet voor de volgende grote expositie moeten houden?'

'Goedemorgen, Toby, lieve schat. En gelukkig kerstfeest. Ik ben bang dat jullie charmante onderzoeker ons weer heeft verlaten, zodat we al die cadeautjes zonder enige hulp zullen moeten openmaken.'

De kerstboom reikte hoger dan het Victoriaanse lijstwerk, en raakte het plafond. We hadden hem klem gezet in een grote kist gevuld met houtblokken, maar het bleef een beetje een instabiel geheel en het regende werkelijk naalden, op de cadeautjes, de televisie, de stoelen, het tapijt en het brandblusapparaat. Iso dweepte met haar gestolen boom, de eerste die we ooit hadden gehad. De Zwitserse versiering draaide en glansde in het licht van de kaarsen. We gingen er in pyjama en ochtendjas bij zitten en inspecteerden hebzuchtig de schat aan cadeaus onder de boom. We maakten de cadeaus van Roehm een voor een open. Ik denk dat ik de enige was wie het opviel dat die cadeaus ambigu waren, griezelig, ontregelend zelfs. Ze waren te persoonlijk, te goed gekozen. De dure olieverven en penselen in een fraaie houten kist die Iso kreeg oogden dan misschien vrij conventioneel, maar ik kende haar te goed om geen oog te hebben voor de intense aard van haar vreugde. De verven waren van een merk dat zij begeerde maar zich zelden kon veroorloven. Elke tube kostte meer dan twintig euro. En daar, uitgespreid in overvloed, lagen de substanties waar zij naar smachtte: goud, lazuur, indigo, kobaltblauw, vermiljoen. Liberty ontdekte een boek van een beroemde Amerikaanse rechter over de Hoge Raad, dat ze al graag had willen lezen en van plan was geweest het volgende jaar aan te schaffen zodra de Engelse editie uitkwam. Maar dit was de Amerikaanse hardcover-editie, gesigneerd door de schrijfster zelf. Ze kraaide bijna toen ze de krabbel onder de gedrukte naam in het oog kreeg.

'Mijn God, jongens, hoe wist hij dat?'

Ik tastte mijn geheugen af op gesprekken die ik wellicht met Roehm had gehad, en waaruit hij misschien hun voorkeuren had kunnen opmaken. Ik keek Iso doordringend aan en verdacht haar van medeplichtigheid, maar ook zij bladerde vol verbazing in het boek.

'En het is precies wat jij wilde? Is dat niet heel raar?'

Voor Luce had hij een doos met Rotring-tekenpennen gekocht. Exact dezelfde als ze altijd gebruikte. Zijn cadeaus voor de vrouwen waren duur, maar niet overdreven. Er was niets bij dat als vleierij kon worden uitgelegd, niets dat ze niet minzaam in ontvangst konden nemen.

Ik maakte het pakje open dat voor mij was gekomen. Het was een iBook-computer in doorschijnend wit en lichtblauw, het inwendige zichtbaar als een ontleed dier. Dit was verreweg het duurste geschenk. Het moest wel bijna tweeduizend pond hebben gekost. We schaarden ons er verbaasd en tevreden omheen. Het was net alsof Roehm eindelijk besloten had een formeel gebaar naar ons allemaal te maken en zich verwijderd had zodat wij zijn geste konden decoderen. Ik smeerde hem naar boven en deed de computer aan. Het ding bracht een pompeus akkoord voort terwijl het zwarte scherm lichtblauw werd, als het gloren van een nieuwe dag. Toen verwelkomde het ding mij in zijn systeem. Het zwarte pijltje verscheen linksboven in beeld terwijl een dieppaarse golf het scherm overspoelde. De pictogrammen verschenen het een na het ander aan de rechterkant, klik, klik, klik. Outlook Express, Netscape Communicator, Navigator 5, Microsoft Internet Explorer, Sherlock 2. Ik dubbelklikte op de harde schijf. Ik begon me te verkneukelen over mijn nieuwe speeltje.

Toen verstijfde mijn hand op de muis terwijl een voor een mijn eigen bestanden verschenen. Mijn essays voor school, mijn geheime aantekeningenbestand, mijn vertalingen van Camus en Pascal, mijn eerste schrijfsels, mijn bestandje met kaartspelen. Roehm had alles van mijn oude computer gedownload op de nieuwe. Ik haastte me van bestand naar bestand om te checken of mijn informatie veilig en onaangetast was.

Ik ging staan, opeens bang en boos tegelijk. Wanneer had hij dit gedaan? Wanneer was hij op mijn kamer geweest? Hoe lang was hij hiermee bezig geweest? Had Iso hem geholpen? Wat had hij gelezen? Ik ging als de sodemieter terug naar mijn eigen schrijfbestand om te kijken of ik ook gevoelens jegens hem, of jegens iemand anders, aan het scherm had toevertrouwd. Maar er stond niets dat mij had kunnen verraden. Nog niet.

De meest verborgen gedachten die ik koesterde golden niet Roehm, maar mijn moeder. Ik had mijn eigen beveiligde bestanden op de oude computer waar hij vast niet bij had gekund. En nu ging ik naar die bestanden op zoek, bestanden die schuilgingen achter een wachtwoord. Dubbele klik. Maar de bestanden gingen meteen open, als de geheime grot van Ali Baba, en het dialoogvenster dat gewoonlijk om mijn code en wachtwoord vroeg verwaardigde zich niet eens te verschijnen. Hij was me gevolgd naar mijn geheimste plekken. Hij had nonchalant alle deuren geopend, en ze op een kier laten staan om mij te laten weten dat hij er geweest was. Ik zat naar mijn eigen woorden te staren, die nu als een hopeloos rommeltje op mij overkwamen, infantiel en naakt in hun geschonden privacy. Ik voelde me alsof ik was toegetakeld door een insluiper. Het leek wel of hij me had aangerand. Al mijn blijdschap om zijn geschenk was verdwenen. Ik zat voor het lichtende scherm en vocht tegen de tranen.

De keuken rook naar kaneel en kruidnagels, baksels en rode wijn, de broze glazen bal van Kerstmis. Alleen Liberty merkte dat er iets was.

'Wat is er, Toby?'

'Niets, niets.'

Ik glimlachte apathisch.

5

Gerechtigheid

Ik stond in het ijs en staarde in die vreemde substantie. Ik had het ijs nooit eerder zo nauwlettend bekeken. Het was niet statisch en gestold in witte vlakken, zoals ik mij had voorgesteld, maar vol strepen van bewegend blauw, holtes gevuld met gruis, belletjes. Het was gevarieerd en dynamisch, als een onstabiele lucht. Ik wilde getuige zijn van die steelse beweeglijkheid en bleef in de donkere gang staan. Ik kreeg het steeds kouder. Er lag grind en jute op de ijsvloer om te voorkomen dat bezoekers van de grot uitgleden. Alles moest ieder jaar opnieuw worden uitgehakt, opnieuw ontworpen en geciseleerd, terwijl de gletsjer, steels en stijf, langs de uitgeholde hellingen naar beneden schoof. Ik keek naar de luchtige, met spotjes verlichte sculpturen van honden, leunstoelen, een ijsbed, een heus hemelbed met kunstig geplooide draperieën en opgevouwen lakens. Waar het ijs fijn bewerkt was, was de substantie puur, helder, vrij van onzuiverheden en op de een of andere manier merkwaardig steriel. Alleen in de wanden van de grot, waar de halogeenlampen in het vlees van de gletsjer drongen, waren de spieren duidelijk te zien. En daar leek de gletsjer opeens een levend wezen. Ik stond te staren in de ambigue diepten van vastgevroren kou. Ik streelde de vochtige stevigheid van de gletsjer. Het voelde griezelig intiem aan.

Ik was de enige bezoeker in de ijsgrot. Vreemd genoeg wekte de berg in het winterseizoen een verlaten indruk. Het hotel was gesloten. De treinen, die vanuit Chamonix knarsend de vallei uit kwamen kruipen over hun tandradbaan, reden minder regelmatig. Alleen de stationsrestauratie was open. Ik liep naar beneden, naar het openluchtcafé waar we de afgelopen zomer een hele middag hadden zitten giechelen om het contrast tussen de toeristen in hun ongepaste kledij, van wie sommige zelfs met poedels liepen te sjouwen, en de alpinisten die waren omhangen met rinkelende ijskrappen en -bijlen. De helft van de enorme, half cirkelvormige houten vloer die over de gletsjer heen was gelegd was afgebroken, zodat ik nu in de diepte kon turen, door een netwerk van ijzeren liggers heen tot aan de met sneeuw bedekte rotsen en pijnbomen tientallen meters lager. De trap naar het café was afgesloten met een houten versperring en afschuwelijke waarschuwingen over het dodelijke gevaar dat daarachter op de loer lag. Ik klom verder, voorbij de Kristalgalerij, die ook gesloten was, om uit te kijken over de Mer de Glace. Ik was de enige op het panoramaterras dat als een adelaarsnest aan de bergwand hing.

Maar in het dal zag ik honderden piepkleine houterige figuurtjes die het ijs overstaken. De gletsjer was geribbeld als de golvende rug van ecn draak. Enorme spleten openden zich waar de rivier steeg, zijn geweldige rug kromtrok en de adem inhield. Waar het ijsoppervlak in een gladde uitholling verdween trokken de gaten weer dicht. Het was alsof er een voorwereldlijk monster tussen de bergen lag dat één keer in de tweehonderd jaar ademhaalde, en voortdurend in beweging was maar er goed op lette dat elke beweging voor het oog verborgen bleef. Ik keek naar de figuurtjes die in kleine groepen over de gletsjer schoven en af en toe opeens in zijn plooien en troggen verdwenen.

Ik herinnerde mij een reusachtig rotsblok, bijna kubusvormig, dat de afgelopen zomer op de vuile ijstong gelegen had en de hele gletsjer domineerde. We hadden het ontdekt met de verrekijker. We hadden ons verwonderd over zijn bedrieglijke schaal. Ik keek, en keek nog eens naar de nu wit geworden ijsmassa. Het rotsblok was verdwenen. Het was teruggezogen in het gletsjerijs. Even geloofde ik mijn ogen niet. Volgens mijn berekeningen was het gevaarte zeker dertig meter hoog geweest, zelfs als je de bedrieglijke afstanden hier in aanmerking nam. Ik schoof onbehaaglijk met mijn voeten, die kouder en kouder werden.

Een zwerm alpenkraaien vloog in rondjes boven de trap naast de stationsrestauratie, op zoek naar weggegooide *pochettes* vette patat. Ze riepen naar elkaar, een melodieus, hoog gekrijs dat opklonk in de koude lucht. Ik smeerde nog wat zonnebrandcrème op mijn neus en zag de vogels neerstrijken op een tafeltje waar kennelijk een paar mensen gezeten hadden. Ik nam plaats tussen het plunderende troepje en keek op naar Les Grands Montets, die nu tegenover mij oprezen. Ik ving een glimp op van de rode pakken van skiërs in de verte, vlak bij de hut op de top. Achter hen daalden steile rotswanden af naar de Mer de Glace. Het viel me op hoe drastisch de lichtval veranderde in de loop van zo'n korte dag. Nu de zon aan het ondergaan was, daalden blauwe schaduwen neer over enorme kloven en ravijnen. De verse sneeuw glinsterde en sprankelde niet meer, en een sinister blauw kwam aansluipen over de gletsjer. De donkere vormen van rotsen en bomen werden opgeslokt en uitgespuwd door het kruipende ijs.

'Wil je iets bestellen? Ik ga sluiten.' De ober was verkleumd en verveeld.

Ik staarde naar mijn natte bergschoenen.

'*Non, merci.*'

Hij haalde zijn schouders op en ging naar binnen. Ik hoorde gekletter van stoeltjes die niet bepaald zachtzinnig op tafels werden opgestapeld.

Ik nam de laatste trein naar de vallei. Vier skiërs en snowboarders klommen in de trein toen er al gefloten was, hun gevaarlijke uitrusting tegen zich aan klemmend en zwaar hijgend. Ze waren te moe om te praten. Ze keken alleen maar naar buiten, naar het felle witte licht dat de toppen bescheen terwijl wij langzaam de berg af ratelden, de ontmoedigende vloed van blauwe mist in waar Chamonix in was ondergedompeld.

Het was 29 december. Ik was zonder haar begraven in de vreemde wereld van de wintersport. Het was de bedoeling geweest dat we het nieuwe jaar in Frankrijk zouden begroeten. Françoise had ons de beschikking gegeven over haar chalet in de bossen bij Les Praz. Maar op het allerlaatste moment had Roehm haar uitgenodigd in Parijs. Ze had haar koffers gepakt en was zonder aarzeling of verontschuldiging vertrokken. Wat ik ervan vond werd niet gevraagd. Ik had niets in te brengen.

Luce en Liberty lieten zich meteen meedeinen op hun winterritme van laaiende haardvuren, pannen warme wijn, *ski de fond*-expedities met een zeer geduldige instructeur die, voor zover ik het kon beoordelen, betaald werd om niet tegen hen te schreeuwen, onnozele horrorromans en zappen. Het chalet was van hout. De wanden bestonden uit op elkaar gestapelde boomstammen, maar het hele bouwwerk moest op de een of andere manier geïsoleerd zijn, want het was heel warm. Françoise had een fikse verzameling oude bedienden die onze vuile sneeuwsporen in de hal opruimden en onze dekbedden in telkens andere, zachte katoenen hoezen staken die roken naar lavendel. We konden geen van die trouwe bedienden verstaan vanwege hun duistere plaatselijke dialect. Daarom liet Luce altijd stapeltjes bankbiljetten van honderd francs onder de spiegel in de eetkamer liggen, met briefjes erbij waarop *Merci pour tout* stond. De bankbiljetten verdwenen en het huis werd elke dag schoongemaakt met een overdreven fanatisme.

Er was niet zo heel veel te doen. Daarom bracht ik de avonden weggezakt in de kussens van de bank door met een van de horrorboekjes die de vrouwen uit hadden. Luce was gespecialiseerd in sinistere verhalen met een religieuze invalshoek. Ik had twee favorieten: *De voetsporen van Satan*, een sage over demonische bezetenheid waarin niets te gek leek, en een bijna stukgelezen speurdersroman vol godsdienstige openbaringen die *Als het zo was, zouden we Jezus zien* heette, en waarin een jong jochie zijn geloof verloor toen zijn moeder stierf, maar troost vond bij een pederastische priester die werkte met een Twaalf Stappen Plan om Uw Geloof in God Weer Terug te Krijgen. De jongen bezweek uiteindelijk voor de verleiding van de priester en werd er in één moeite door van overtuigd dat God hem geholpen had om een roeiwedstrijd te winnen. Aan het eind zaten ze met gevouwen handen, omarmd door de Ware Broederschap van Christus, en vormden een Heilig Tableau van Openbaring. De laatste woorden van de priester vertoonden een griezelige gelijkenis met de slotpassage van een boek van Rider Haggard, al kon ik me niet meer herinneren welk. 'Voorbij de nacht reizen de Koninklijke Zonnen door, en omspant de regenboog de regen met zijn glans. Hoewel ze als gesmolten sneeuw door onze vingers glippen zullen de levens die wij verliezen onsterfelijk worden bevonden, en uit het gedoofde vuur van onze menselijke hoop zal een hemelse ster verrijzen. Geloof is noodzakelijk, want wij hebben niet De Aanwezigheid. Gezegend zijn zij die niet hebben gezien en toch hebben geloofd.'

Luce was helemaal betoverd.

'Vreselijk geleuter eigenlijk,' gaf ze toe, 'maar het doet me denken aan mijn jeugd. Je moeder houdt er niet van als ik over de Heiligen begin. Vooral niet tegen jou. Maar wij zijn opgegroeid in een sekte waar ze nog gekker waren dan de Moonies. Als de wet het niet verbood zouden ze homoseksuelen met het grootste plezier op de brandstapel hebben ge-

zet. Zit je nog steeds te chagrijnen omdat je moeder weg is?'
Luce klonk geïrriteerd. 'Echt, Toby, je moet eens ophouden
je zo afhankelijk op te stellen. Je bent nu achttien. Ik had verwacht dat jij nu degene zou zijn die met een vriendje thuiskwam.'
Ik dook nog dieper in de bank weg en sloop vervolgens stilletjes naar bed.

Ik had het bedreigende iBook meegenomen. Ik had een dag
of wat nodig gehad om een continentale adapter op te sporen die mij in staat zou stellen het ding aan te zetten zonder
dat de batterijen meteen leeg liepen. Ik was ervan overtuigd
geraakt dat Roehm een boodschap voor mij in die computer
had gezet. Waarom zou hij anders de moeite hebben genomen mijn wachtwoord uit te schakelen om mij vervolgens al
mijn geopende geheimen terug te geven? Ik zat me af te vragen waarom hij, als hij me iets belangrijks te vertellen had,
het niet gewoon meteen zei. Het sloeg allemaal nergens op,
zelfs mijn gevoelens niet. Iso zou nooit in mijn computer hebben gekeken, net zomin als ze ooit op de gedachte zou zijn
gekomen mijn uitwerpselen of de inhoud van mijn ingewanden te bestuderen, noch, zei mijn intuïtie mij, zou ze Roehm
daar ooit toestemming voor hebben gegeven. Daarom had ik
een andere tactiek gekozen. Wist zij hoe Roehm het voor elkaar had gekregen om mijn oude bestanden op de nieuwe
computer te zetten? Ze had verbaasd gekeken, misschien een
beetje bevreemd. Maar ze had er niet meteen kwaad achter
gezocht. 'O, heeft hij dat gedaan dan? De slimmerik! Maar
hoe heeft hij dat gedaan dan? Hij is toch nooit boven op jouw
kamer geweest? Heb je hem je computer laten zien? Jij bent
er altijd bij geweest als hij bij ons thuis was.'

Nee, dacht ik, niet altijd. Eén keer heb ik naar jullie gekeken van achter uit de tuin.

Maar ik zei niets.

In plaats daarvan begon ik op internet te zoeken. Het antwoord kwam moeiteloos. Telkens als ik naar mijn lege e-mail-box ging verscheen er een pictogram met MIJN FAVORIETE SITES. De meeste daarvan waren links naar Yahoo-winkelaanbie-dingen, annonces en het Internet Job Centre. Maar er stond één site op die tendentieuze lijst die ik nog nooit had bezocht. Die stond daar, verscholen als een valstrik.

http://www.hautmontagne.irs.org.ch

Het handje in de witte handschoen klopte twee keer op de deuren. Ik keek naar het blauwe vakje onder op het scherm dat langzaam volliep. Het zwart-witte balletje tolde in de ruimte. Toen ging het venster voor me open.

Een alpine gletsjer is een ijsmassa die vanaf een neerslaggebied of sneeuwveld door een vallei naar beneden glijdt. Ze komen op elk continent voor behalve Australië, vooral op hoge geografi-sche breedte, maar ook in hoge bergen dicht bij de evenaar. Som-mige alpine gletsjers zijn tamelijk dun en hebben een oppervlak-te van nog geen vierkante kilometer. Veel grote alpine gletsjers zijn driehonderd meter tot negen kilometer dik. *De volgende dag dwaalde ik door de vallei. Ik stond bij de bronnen van de Aveiron, die hun oorsprong vinden in een gletsjer die in een traag tempo van de toppen afdaalt om het dal te barricaderen. Bergen rezen abrupt voor mij op; de ijzige wanden van de gletsjer staken over mij heen; een paar versplinterde pijnbomen lagen her en der; en de plechtige stilte van dit glorieuze audiëntievertrek van de machtige natuur werd slechts verbroken door de bruisende golven of de val van een afgebrokkeld stuk ijs, het donderende geraas van de lawine of het gekraak, aan alle kanten door bergen weerkaatst, van het opge-stapelde ijs dat door de stille werking van onwrikbare wetten altijd en eeuwig werd verscheurd en gekloofd, alsof het een speeltje in hun handen was.* Een gebied dat alpine ijsvorming heeft ondergaan vertoont een karakteristieke alpineachtige topografie en zou ge-corrodeerd hoogland kunnen worden genoemd. Het landschap wordt steiler en woester en wordt gekenmerkt door arêtes (scherpe bergkammen), cols (zadelvormige holtes in bergkammen), hoorns en andere uitsteeksels, en glaciale troggen en keteldalen (diepe, half komvormige bassins).

Het is de *anticyclone d'hiver*, min veertien graden om acht uur. De lucht staat stijf van de vorst. De trap voor het huis is uitgerust met geribbelde rubberen treden, net autobanden, maar ook die zijn nu verraderlijk glad. Ik klamp me aan de leuning vast terwijl ik naar beneden loop. De auto's langs de weg staan erbij als verstarde dinosaurussen, wit uitgeslagen van de kou. Ik haal langzaam adem, want de hele wereld is tot kou gestold. Dan staan we in de gondel van de kabelbaan, met onze ski's en snowboards. De parkeerplaats staat vol busjes van allerlei skischolen. Ik lees onwillekeurig de namen op de portieren: *Evolution 2, Fresh Tracks* en *Chalet Snowboard.* Er zijn diverse stijlen te onderscheiden in de uitrusting van de wintersporters. De snowboarders zijn origineler, in wijd vallende kleren met gekke mutsen. Ze doen denken aan straatrappers of breakdancers. Daar staat een hele groep, ze houden schijngevechten en staan allemaal kauwgum te kauwen. De skiërs zijn ranker in hun strakke pakken in heldere kleuren. Ze zijn allemaal blank, machtig en jong, als een vreemd ras, te volmaakt en te mooi om net als de rest met pijn te zijn geboren. De mannen en de vrouwen zien er hetzelfde uit. Hun haar is met olie ingesmeerd, hun gezichten zijn vet. Regenbogen flikkeren in hun donkere sneeuwbrillen. Alle materialen van hun kleren zijn synthetisch, licht en winddicht. De *moniteur* propt ons op elkaar als dieren in een vrachtwagen. Iemand begint meelijwekkend te blaten, iedereen grinnikt en mengt zich in het koor. De gondel werpt zich met een schok van het betonnen platform.

ALPINE OROGENESE Dit is de term die wij gebruiken voor het proces van gebergtevorming dat heeft plaatsgevonden in een groot deel van zuidelijk Europa en het mediterrane gebied. Het proces voltrok zich in het Midden-Tertiair. Dat is de periode die 65 miljoen jaar geleden begon en tweeënhalf miljoen jaar geleden eindigde. De alpine orogenese produceerde een intense metamorfose van rotsen, ineenstorting van rotslagen, en bodemopheffing vergezeld van zowel gestage als stootsgewijze verschuiving. Dat is de directe oorzaak van de hoogte van de Alpen zoals wij ze zien en waaraan hun naam is ontleend.

We vallen stil als de bovenstad onder de gondel wegvalt. Opeens scheren we over steile afgronden van sneeuw en hoge pijnbomen die zich aan kleine stukjes aarde vastklampen. We stijgen snel. De wereld verschrompelt. Mijn oren exploderen van de plotselinge verandering in hoogte. Het licht wordt anders. Vanuit de sombere duisternis in de schaduw die over het hele dal valt rijzen we op door een mistbank om opeens te baden in zonlicht, een helwit licht dat de besneeuwde hellingen doet schitteren. De wereld is een zee van licht. We schreeuwen het allemaal uit van vreugde, gulzig naar warmte, licht, het glinsteren van witte kristallen en de kraakheldere witte vlakken van verse sneeuw. En dan strijk ik neer op de top van Le Brévent. De wolken hangen nu tientallen, misschien wel honderden meters beneden mij. De toppen zijn in zonlicht gehuld. Ver weg zie ik hun rotsachtige zwarte ruggen zich krommen en wegduiken in de witte zee. Ik vestig mijn blik op de rij van scherpe pieken van het Mont Blanc Massief en zie de zacht gewelfde rug van de hoogste top, simpel, zonder enige dramatiek, behoedzaam, uitdagend noch bedreigend. Ik ben verblind door het felle witte licht en de vloeibare stilte. Want ik hoor niets. Er is verder niemand op het terras, niemand die over de hekken leunt, niemand die in de leegte staart. Ik tuur naar de gladde rotswanden die zich in mistbanken verliezen.

Wie heeft mij naar deze hoogten gebracht? Waarom ben ik hier, eenzaam en koud?

Het antwoord moet ergens te vinden zijn in die enorme, bedrieglijke afstanden, het bevroren drama van een woeste leegte, die kobaltblauwe immensiteit.

Gedurende periodes van helder zonnig weer kunnen zich zonnekommen ontwikkelen, komvormige uithollingen van gewoonlijk tussen de vijf en de vijftig centimeter diepte. Op sneeuw- en ijsvelden op grote hoogte en lage geografische breedte kunnen die uitgroeien tot spectaculaire smalle ijsplaten die een hoogte van verschillende meters kunnen bereiken en die *penitentes* of *nieve penitentes* heten. Regen die op het sneeuwoppervlak valt of relatief hoge temperaturen kunnen smeltwatergootjes vormen: ondiepe geulen waardoor het water naar beneden stroomt.

Ik dwaal over het oppervlak van de Mer de Glace. De schittering is zo verblindend dat ik geen afstanden kan schatten. Ik ben volkomen gedesoriënteerd door de schuivende schaal. Mijn jas is niet bestand tegen de snijdende wind, die vanaf de Glacier Géant komt aanrazen. Er ontstaat hier een corridor van winden, vlagen ijskoude lucht die de sneeuw om mij heen tot mijn middel doen opstuiven. Ik loop over de rug van de draak. Er staan geen bakens in de sneeuw. Links en rechts van mij is een rotsader zichtbaar in het witte vlees van dat levende ding dat beweegt onder mijn voeten. Het beest spant voorzichtig, steels, zijn lijf, dat wit is als een duif, subtiel als een slang. Zijn witte schild ligt voor mij uitgespreid. De huid van de gletsjer gaat sneller dan het gevlochten ijs in de diepte. Het ding verschuift een meter per dag, een behoedzaam, onzichtbaar, gestadig kruipen, waarin rotsen en stenen en bomen meeschuiven. Ik voel de diepten die tussen het ijs gapen, en de onzekerheid van mijn tred.

Spleten en kloven komen veelvuldig voor in ijsvelden en alle gletsjertypen, zowel in de accumulatie- als de ablatiezones. Transversale spleten, loodrecht op de stroomrichting in het centrum van valleigletsjers, worden veroorzaakt door de voorwaartse stuwing van het gletsjerijs. Spleten parallel aan de stroomrichting daarentegen worden veroorzaakt door transversale expansie van het gletsjerijs. Het schuren langs de valleiwanden produceert marginale spleten, die de marge kruisen onder een hoek van 45 graden. Bij de rand van een valleigletsjer maken transversale en parallelle spleten een bocht en worden marginale spleten. Parallelle en transversale spleten kunnen samen voorkomen, waarbij het gletsjeroppervlak in afzonderlijke blokken of torens wordt gehakt die seracs worden genoemd. Gletsjerspleten worden steeds dieper, tot de snelheid waarmee het aardoppervlak splijt wordt geneutraliseerd door de snelheid waarop de spleet zich in de diepte weer sluit. De diepte van een spleet is derhalve een functie van de snelheid van de splijting en de temperatuur van het ijs. Spleten dieper dan vijftig meter zijn zeldzaam in gematigde luchtstreken, maar in poolgebieden kunnen spleten voorkomen van meer dan honderd meter diep. De spleten gaan vaak schuil onder een sneeuwbrug, ontstaan door een accumulatie van door de wind opgestoven sneeuw.

Ik zie de wereld door haar kleuren: licht cadmiumgeel, Paynes-grijs en ongebleekt titanium. Plotseling realiseer ik me dat ik kleuren zie die zijn afgebroken tot hun chemische elementen: titaniumdioxide met een laag ijzeroxide, een complexe verbinding van sodium alumino-silicaat met zwavel, gehydrateerd aluminiumsilicaat en kobaltaluminiumoxide. De toppen sidderen in het zonlicht. De wereld maakt zich los van zichzelf...

... en dan smelt alles samen. Ik stort in de vloeibare kristallen, doodsbang, en trek de stekker eruit. Het computerscherm laat een boer en wordt dan zwart. Ik laat me achterover zakken in de veilige houten stoel, misselijk en duizelig van de felle zon in de bergen.

Wat is dit?

Ik sta op, wankel naar de badkamer en kijk in de spiegel. Mijn neus en wangen branden, ze zijn vuurrood, en mijn ogen zijn bloeddoorlopen, gegeseld als ze zijn door de koude lucht en de schittering van de sneeuw op die grote hoogte, die je ogen kunnen beschadigen als je geen zonnebril draagt of zo'n skibril die aansluit op je gezicht. Mijn handen waren verstijfd van de kou en beginnen te tintelen en te prikken in de hitte van de centrale verwarming. Ik had niet de goeie kleren aan. Ik heb geen gevoel meer in mijn voeten.

Ik laat me weer voor het boosaardige beeldscherm zakken. Ik kan het niet geloven. Het enige dat ik gedaan heb is een onbekende website bezoeken. Het is donker buiten en stil in huis. De vorst, steels en sinister, laat zijn sporen na op de ramen. Ik zit meer dan een uur stil, wezenloos en roerloos.

Dan poets ik mijn tanden en klim in bed, huiverend.

De volgende morgen neemt Luce me nauwlettend op boven onze kommen koffie met veel melk.

'Toby! Je moet meer crème op je gezicht doen als je naar buiten gaat. Het is waanzin om geen voorzorgsmaatregelen te treffen. Heb je je neus al gezien? Die is knalrood en de vellen hangen erbij. Isobel vermoordt me nog als jij het slachtoffer wordt van een kwaadaardig melanoom. Ga naar boven en doe meteen zonnebrandcrème op of ik krijg een woedeaanval.'

'O, God, is mijn neus ook aan het vervellen?' vraagt Liberty geschrokken. We hebben dezelfde bleke huid.

'Nee, schat. Ik smeer jou helemaal dicht met een ondoordringbare pleisterlaag. Het is nog een wonder dat je geen standbeeld bent geworden.'

Het ritme van januari zette in: opstaan in het donker, hout en kolen sjouwen, voorbereidingen voor allerlei proeftentamens, moeilijke Duitse prozavertalingen, Luce die met een reeks gruwelijke verkoudheden worstelde, Iso die haar studenten de techniek van het frescoschilderen bijbracht, de geur van gips in de keuken. De dagen marcheerden voorbij als een optocht van grijze, in gebed verzonken boetepriesters. Ik kreeg rijles van een zwijgzame instructeur die er overigens geen misverstand over liet bestaan dat hij, zodra zijn band ook maar enigszins succesvol werd, zijn baan als rij-instructeur zou opgeven om popster te worden. Hij droeg zware gouden ringen. Ik betrapte mezelf erop dat ik naar die ringen staarde en in gedachten verzonk. Ik raakte vervuld van een gevoel van verwachting waar geen eind meer aan kwam. Ik wachtte.

Er begon iets in mij te veranderen. Het was net of de parameters van mijn wereld grillig en onstabiel waren geworden. Ik was altijd solitair, eenzelvig en onafhankelijk geweest. Maar Isobel had me altijd op mijn plaats gehouden. Wij waren net als het kwik in de buitenthermometer; als het steeg in het ene buisje daalde het in het andere, en andersom. Nu was ze afwezig, teruggetrokken, ook al was ze fysiek aanwezig. Ze was meer tijd in haar atelier gaan doorbrengen. Ze was aan het werk voor een nieuwe expositie. 's Avonds verdween ze vaak, zonder kennisgeving, commentaar of uitleg, en ik ging ervan uit dat ze dan met Roehm had afgesproken. Als ze er niet was sliep ik slecht, onrustig. Er werd minder gebeld. Ik kon hun geheime afspraakjes niet langer volgen. Ik maakte de balans op.

Ik had Roehm precies zeven keer gezien in drie maanden tijd, en had drie keer in zijn gezelschap verkeerd. Ik begon me hem voor te stellen, zonder dat ik dat wilde. Hij vulde mijn dagen, en mijn dromen. Hij wachtte, geduldig en onontkoombaar, aan de randen van mijn bewustzijn. Ik zag zijn zware witte gezicht, de gigantische handen en polsen bleek boven de zwarte handschoenen. Ik zag zijn vingers met de versleten, vervaagde cirkels van goud en de nagels met die nagelriem die helemaal doorgroeide tot aan de rand. Een griezelig besef van zijn aanwezigheid hield hardnekkig stand in mijn dagelijks leven, hoe weinig hij ook aanwezig was in het vlees.

Na mijn terugkeer uit Chamonix had ik mijn iBook uitgeschakeld en gebruikte ik mijn oude computer weer. Die ene website zocht ik nooit meer op. Toch kon ik de griezelige sensatie die het geweest was om die virtuele wereld van ijs en sneeuw te betreden niet vergeten. Ik waagde het om een andere website te bekijken, die er tamelijk onschuldig uitzag, maar aan de Alpen leek te refereren.

http://www.alpinoinfo.com

Maar daar waren geen gletsjers of bergen. In plaats daarvan was er een man wiens leven een griezelige symmetrie vertoonde.

PROSPERO ALPINO geboren 23 november 1553 in Marostica, Italië – gestorven 23 november 1616 te Padua.

De informatie suggereerde ook dat hij misschien gestorven was op 6 februari 1617. Maar dat was geometrisch weinig bevredigend. Dus dat negeerde ik.

Hij was arts en botanist en zou degene zijn geweest die koffie en bananen in Europa introduceerde. Hij was medisch adviseur van Giorgio Emo, de Venetiaanse consul in Cairo, en naar verluidt de eerste die dadelpalmen kunstmatig bevruchtte. Hij werd in 1593 professor in de botanie in Padua, waar hij oosterse planten cultiveerde die beschreven staan in zijn *De plantis Aegypti liber* (1592). Hij bestudeerde ook Egyptische ziekten en zijn levenswerk was een studie van de tekenen van de naderende dood, *De praesagienda vita et morte aegrotontium* (1601) dat in het Engels werd vertaald als *The Presages of Life and Death in Diseases* (1746).

Het genot van het internet schuilt in de lukrake verbanden. Het is net alsof je zomaar wat in een encyclopedie of woordenboek zit te lezen, en je blik toestaat om zich als een wesp op alles wat glinstert te storten. Maar deze versie van het net die onder mijn vingers verscheen was eng vanwege de grote innerlijke samenhang. Niets leek toeval te zijn. Want Prospero Alpino had gewoond op de vlakten van Padua, in dezelfde stad waar de H. Antonius had gepreekt, met de Alpen ineengedoken achter zijn rug, dromend van de overstromende Nijl, afbrokkelende piramides en palmbomen bij een ondergaande zon.

Ik zie een vreemde figuur, hij zit op een stenen bankje in een tuin. Ik staar naar zijn grote, schone, witte handen.

Terwijl ik boos naar de beeltenis van Prospero Alpino zat te kijken, een foto van een portret door een tijdgenoot, voelde ik een griezelige tinteling van herkenning. Waarom is dit beeld zo vreemd? Omdat het beschenen wordt door zuidelijk licht. Ik heb Roehm nooit bij daglicht gezien. Hij is altijd uit het donker komen aanzetten.

Haar schilderijen begonnen te veranderen. Dat maakte dat ik op mijn qui-vive was. Meer dan twee jaar had ze gewerkt aan haar ijsgiganten, enorme grijze en witte monolieten in pasteuze massa's. Ze bestonden niet uit vormen maar uit lagen, monumentale structuren in wit, vreemde, dikke verfblokken. Ze had olieverf gebruikt voor die monolieten, zodat ze altijd aan drie of vier schilderijen tegelijk werkte. Ze liet ze langzaam drogen en bewerkte de oppervlakken telkens opnieuw. Toen ze terugkwam uit Parijs legde ze die grote doeken weg, op een verwijtende, dreigende stapel helemaal achter in haar atelier. Een hele zondagmiddag zat ze beneden te hameren en spande ze een hele batterij kleinere doeken op, misschien iets meer dan een meter in het vierkant. Ze stapte van olieverf over op sneldrogende acrylverf. Dat was goedkoper dan olieverf en makkelijker in het gebruik. Ze begon bochten af te snijden. Ze wilde onmiddellijk resultaat zien. Ik zag haar de doeken prepareren met een doorschijnende, halfglanzende verflaag. De nieuwe kleuren waren een belediging van mijn gewenning aan wit. Het waren lumineuze vierkante blokken in rood en groen. Ze schilderde niet langer de pure hoge flanken van de berg maar de complexe ambiguïteit van de bossen.

Ik begon de veranderende kleuren in het atelier te bespioneren. De oppervlakken waren zoals gewoonlijk dicht bewerkt, maar aan de randen was de afwerking scherper, glaziger. De texturen losten niet meer op in onderling gefluister. Ze vlakte meer van haar werk uit dan ze gewoonlijk deed. Besmeurde vuilwitte doeken stonden in een hoek als onnozele schoolkinderen die het helemaal fout hadden gedaan.

Ze had altijd figuren getekend, in houtskool, potlood, pastel; naakten in haar modeltekenklas op de academie, en zelfs zelfportretten: die had ze heel vaak getekend, starend in de spiegel met een obsessieve intensiteit. Er waren eindeloze schetsen van mij waarop ik televisie keek, een boek las, aardappelen schilde boven de gootsteen, de kozijnen van het atelier schilderde, dan wel gebogen over de narcissen in de tuin stond. Maar buiten haar academieprojecten had zij, dat wist ik heel zeker, nooit eerder figuren geschilderd. Of althans niet met zoveel professionele zorg, niet als onderdeel van haar werk, niet voor een expositie. Dit was volslagen nieuw.

Er loerde iets in die donkere groene blokken, een schaduw, een kolossale gedaante.

Ik verwachtte de geweldige contouren van Roehm te kunnen ontcijferen.

Maar toen de gedaante langzamerhand, over een periode

van weken, vorm begon te krijgen, ontwaarde ik niet het witte en bleekgrijze gezicht van haar minnaar, maar het gloeiende rode oog van de demonische jager. Het was Samiel. Ik vond de nieuwe schilderijen niet mooi. Ze boeiden wel op de een of andere manier, maar ze waren ordinair en sensationeel, als een horrorstrip. In mijn ogen waren ze domweg bizar. Er school ook een merkwaardige, duistere dreiging in de schilderijen die in de opera geheel had ontbroken. Samiel was oppermachtig in het woud, maar hij bleef daar ook. Als je moeilijkheden zocht, of satanische kogels, kon je hem opzoeken in de Wolfskloof. Deze demonische figuur was losgeslagen, deze dwaalde rond, op zoek naar een prooi om te verslinden. Ik schrobde de groene en rode vlekken uit de gootsteen in een demonstratieve opwelling van rancune.

Begin februari gaf ze mij het eerste voltooide schilderij van de reeks. Ik had een forse lasagneschotel bereid, genoeg voor twee dagen, en stond hem op te dienen toen ik haar door de deur van het atelier zag komen, er angstvallig voor wakend dat ze niet met het doek langs de deurpost schaafde.

'Kijk eens. Als je hem mooi vindt is deze voor jou.'

Ik had de avond daarvoor, voor zij thuiskwam, uren naar dat ding zitten staren. Dus ik nam niet eens de moeite om op te kijken, ik ging gewoon door met het oplepelen van de saus.

'Ik vind je nieuwe werk niet mooi.'

Ze stond een ogenblik stil en haar boze teleurstelling trof me als een plotselinge vlaag van kou. Ze zette het doek tegen de koelkast, achterstevoren, zodat ik alleen de latten van het lijstwerk kon zien. Toen ging ze aan tafel zitten en trok haar bord naar zich toe. Na een poosje zei ze:

'Waarom vind je ze niet mooi?'

'Dat vind ik gewoon. Ik vind het er vulgair uitzien.'

'Vulgair?' Haar stem sloeg over.

'Ja. Net als een horrorfilm. Vulgair en eng.'

We aten in stilte. Toen zei ze:

171

'Nou ja, ik schilder tenminste niet met mijn eigen bloed zoals de nieuwe winnaar van de Turner Prize.'

Ik zei niets. We zaten spinnijdig tegenover elkaar in een lange, suizende stilte. Toen schoof ze haar lege bord van zich af, stond op en liep kwaad de trap op. Ik hoorde de radio in de badkamer aangaan. Het schilderij stond nog tegen de koelkast. Ik transporteerde het terug naar haar atelier zonder naar het doek te kijken en zonder de vochtige rand aan te raken. Toen ging ik met het hoofd in de handen op de trap zitten luisteren naar haar bewegingen op de planken boven mij. Ik kon de boosheid tussen ons niet laten woekeren.

Ik volgde haar naar boven. Ze had de badkamerdeur op een kier laten staan. Ze liet het bad vollopen en had de radio nog harder gezet.

'Iso?'

Ze hoorde me niet. Ik duwde de deur een stukje verder open en zag net hoe ze voorzichtig haar blouse van haar schouders liet glijden. Ze stond met haar rug naar me toe. Mijn adem stokte.

De hele bovenste helft van haar rug was bedekt met opgezwollen striemen die samen een blauwig rood patroon vormden dat aan kruisarcering deed denken. De huid was kapot en glinsterde hier en daar van het vocht. Het patroon was volkomen symmetrisch, alsof ze met precisie-instrumenten was opengesneden.

Ik stoof de trap af en zakte sidderend in de keuken neer. Mijn wreedheid was zichtbaar geworden in haar vlees. Ik had haar nooit aangeraakt, en toch was het mijn eerste opwelling om mijzelf de schuld te geven. Toen herinnerde ik mij Roehm.

Ik stond op en zwaaide de achterdeur open. De koude lucht, die naar vochtige, omgespitte aarde rook, hing als een laken in de deuropening. Ik kotste de lasagne weer uit in het dichtstbijzijnde bloembed en liet me toen op het vochtige trapje voor de keukendeur zakken, huiverend en ontsteld. Ik had weer diezelfde wankele sensatie zo dun als papier en volkomen onecht te zijn die ik ook had gehad toen ik die griezelige website had bezocht. Ik wachtte verlamd tot de koude lucht bij me binnen zou dringen. Mijn maag kwam tot rust. Ik wierp een blik over mijn schouder. De vuile borden en de restanten van het eten stonden nog op de tafel, maar het zag er nu allemaal even geel uit, spookachtig en surrealistisch, als een verlaten woonwagenkamp na een uitzetting, een braakliggende ruimte vol troep waar nog de echo klinkt van het geweld. Mijn vingers en mijn gezicht tintelden en prikten van de winterse kou. Ik deed de achterdeur dicht. Toen ik nog eens nauwlettend naar de keuken keek besefte ik dat ik geen controle meer had over wat er in huis gebeurde.

Ik belde Liberty de volgende dag vanuit de telefooncel voor de school. Die was helemaal volgehangen met obscene stickers en rook nog vaag naar urine van afgelopen zomer. Er stonden nog achtentwintig eenheden op mijn telefoonkaart: opgeslagen, opgepot. Voor het eerst realiseerde ik mij dat ik nooit iets uitgaf. Ik schafte niets aan. Ik gaf niets weg. Ik luisterde naar de telefoontjes van mijn moeder, maar belde zelf nooit. Liberty was op haar kantoor. Ze hoorde meteen dat ik in de rats zat.

'Laat mij je terugbellen.'

'Wat heeft jou zo verschrikkelijk de stuipen op het lijf gejaagd, Toby?'

'Een website?' Ongelovig.

'Heb je ruzie gehad met Iso?'

'Nou ja, je hoeft niet al haar werk mooi te vinden.'

'Je hoeft niet zo tekeer te gaan. Ze komt er wel overheen. Ik vind wat Luce maakt ook niet allemaal even mooi en daar wordt zij ook kribbig om.'

'Hoe bedoel je: er zijn nog andere dingen? Wat voor andere dingen?'

'Toby – heeft dit met Roehm te maken? Ja? Wat dan?'

'Je hebt hem op een andere website in Egypte gezien??! Toby, schat, dit slaat allemaal nergens op. Heb je te veel zitten studeren?'

'Nee, ik doe niet uit de hoogte. En ik denk ook niet dat je gek wordt. Ik heb alleen geen flauw idee wat er nou precies aan de hand is...'

'Luister, schat, ga niet naar huis. Stap op de metro en kom naar de stad. Je kunt hier om vier uur zijn. Dan breng ik of Luce je wel weer naar huis. Je bent helemaal opgefokt en ik heb nog steeds niet goed door wat er nou aan de hand is...'

'Oké. Ik zie je heel gauw.'

Ik rende naar het station.

Liberty was juist aangenomen als jongste advocaat bij 10 Court Steps in de Temple. Ze had toegang tot een gigantische iMac G4 en een parkeerplaats die ze deelde met een andere junioradvocaat. Ze was ook lid van een informeel clubje waarmee ze geregeld naar de pub ging: het Gebefte – een club alleen voor vrouwen, bedoeld om elkaars loopbaan te stimuleren. Ik vond het hartstikke leuk om Liberty op haar kantoor op te zoeken. Ze waren gevestigd in met klimop begroeide, oude gebouwen rond een tuin met keurig onderhouden gras en bloembedden. Court Steps deed denken aan het *college* in Cambridge waar ik geweest was en er leek ook hetzelfde slag mensen rond te lopen. Liberty had toegang tot de nodige informatie. Ik besloot haar om hulp te vragen. Er waren aan haar kantoor ook twee voormalige politieagentes verbonden die nu als privédetective opereerden. Als ze niet ontrouwe echtgenoten aan het opsporen waren, richtten ze honden af in Essex.

Ik stelde mij de twee ex-agentes voor, jagend op Roehm met een stel pitbulls.

Liberty stond al op de uitkijk en ze had de beveiliging gewaarschuwd dat ik eraan kwam. Een van hen kende mij al van gezicht, zodat ik haar juridische koninkrijk zonder problemen kon binnentreden.

Maar toen ik dan eindelijk veilig op haar kamer zat, met een beker kruidenthee in mijn handen, en ik mijn relaas was begonnen, klonk het allemaal even krankzinnig, zelfs in mijn eigen oren. Ik kon mezelf er niet toe zetten Liberty te vertellen over de littekens die ik op mijn moeders lichaam had gezien. Ik voelde me te schuldig en beschaamd. In plaats daarvan smeekte ik haar om die website te bezoeken.

http://www.hautmontagne.irs.org.ch

We wachtten tot de computer ons verzoek had ingewilligd. Liberty nam mij intussen argwanend op.

'Toby, is er ook iets concreets – en daar bedoel ik een zichtbaar bewijs mee – dat erop wijst dat deze website verband zou kunnen houden met Roehm?'

Maar voor ik daar antwoord op kon geven kwam het beeldscherm opeens tot leven.

Voor zover ik kon zien was het er allemaal. De beelden waren hetzelfde. Daar waren ze weer, de bossen, de met ijs bedekte bergtoppen. Maar de tekst was onleesbaar. Het was niet eens een schrift dat ik herkende. Er stonden krachtige dikke strepen boven ieder woord, waar hele rijen punten en krullen aan hingen.

'Heb je dat gelezen?' vroeg Liberty.

'Nee. De tekst was in het Engels en Frans. Die heb ik gelezen.'

'Wat voor taal is dit?'

'Weet ik niet. Het is geen Arabisch. Het zou een Indiase taal kunnen zijn. Hindi misschien? Urdu?'

'Urdu!'

We staarden naar de ondoordringbare woordenmassa. Liberty fronste haar wenkbrauwen en haalde haar hand door haar korte haar. Ze zag eruit als een begrafenisondernemer.

'Toby, ik heb geen idee wat dit betekent, al suggereren de

beelden dat het over gletsjers en gemzen gaat. En jij zegt dat het allemaal geleiachtig werd en dat het net was of je erdoor werd aangezogen.'

Ik schrompelde voor haar weg, opeens in tranen, infantiel.

'Je gelooft me niet.'

Liberty knuffelde me en kuste me hartelijk. Ze rook naar muskus en fris linnen.

'Luister goed naar mij, en concentreer je. Ik wil dat je me alles vertelt wat je is bijgebleven van Roehm. Maakt niet uit hoe onbeduidend. Hoe je voor het eerst over hem gehoord hebt. Wanneer je hem voor het eerst gezien hebt. Alles wat hij gedaan heeft, alles wat hij gezegd heeft. Ik weet nog niet wat precies van belang is voor ons. Dus vertel gewoon, Toby. Probeer je alles te herinneren. Ik maak aantekeningen. Laat je niet afschrikken. Stel je voor dat ik je advocaat ben en dat jij me jouw kant van het verhaal over een scheiding vertelt. En je moet me alles vertellen. Neem rustig de tijd.'

Ze belde haar chef en haar secretaresse. Even later zaten we in de beslotenheid van haar kantoor, vertrouwelijk en onder ons, terwijl ik door een moeras waadde van schuldgevoelens en angst. De belangrijkste momenten liet ik onvermeld: de pub waar ik had afgesproken met Roehm, mijn angst dat hij mijn moeder had afgeranseld – met haar toestemming. De lacunes in mijn relaas deden mijn geloofwaardigheid teniet, zelfs tegenover mezelf. Maar er was één ding dat ik tot in de details kon beschrijven, omdat er verder niemand bij betrokken was, en dat was mijn tocht over het ijs. De muren van blauwe kou die voor me oprezen waren echt. De stilte en de uitgestrektheid van het berglandschap kwamen steeds duidelijker naar voren en, naarmate de dagen verstreken, steeds dichterbij. Toen ik was uitverteld keek Liberty me een hele tijd aan. Het was alsof ze precies wist wat ik verzwegen had.

'Ik weet dat er iets afgrijselijk fout is en dat het iets met die man te maken heeft. Luister, lieve schat, ik zal met mijn chef gaan praten. Laat het allemaal maar aan mij over. En wees niet zo gedemoraliseerd. Ik geloof je echt.'

De volgende dag belde ze me aan het eind van de middag.

'Toby?'

'Hoi, Liberty.'

'Is je moeder daar?'

'Nee.'

'Mooi. Luister. Ik heb wat inlichtingen ingewonnen. Maar ik wil niet dat zij daarachter komt.'

'Wat voor inlichtingen?'

Maar ik wist wat ze ging zeggen.

'Over Roehm.'

'Bel je van je werk?'

'Ja.'

'Ik heb het Academisch Medisch Centrum gebeld,' vervolgde Liberty, 'die kennen het lab, maar de mensen die er werken staan niet op hun loonlijst. Het is een project dat door de overheid gefinancierd wordt, samen met een Zwitserse stichting waar ik helemaal niets over kan vinden. En de naam Roehm zei hun niets toen ik vroeg of hij misschien de directeur was.'

'Hij had zijn eigen sleutel. Hij liet zichzelf binnen.'

'Dan moet hij een sleutel van de beveiliging hebben gehad.'

Ik kon me niet herinneren dat er van enige beveiliging sprake was geweest.

'Er waren allemaal dieren in het lab. Levende dieren. Apen, ratten, vogels.'

Ik herinnerde mij de treurige en angstige ogen van de dieren die wegdoken zodra de duistere gedaante van Roehm voorbijkwam.

'Daarom is het waarschijnlijk ook zo geheim. Ze zijn bang voor de dierenrechtenbrigade.'

Liberty zweeg even.

'Zou je de ingang weer kunnen vinden?'

'Ik zou denken van niet. Het was donker. Ik was licht beschonken.'

We zuchtten allebei in de hoorn.

'Ik heb de telefoons geprobeerd. Alle nummers waar hij vandaan gebeld heeft lopen via de centrale van het Medisch Centrum. De mobiele telefoon gaat via Europhone, een van de kleinere groepen, Plutophones. Maar hij heeft geen vast privé-nummer. Ook niet geheim.'

'En de website?'

'Ah, jouw beroemde ontdekking – www.hautmontagne.irs.org.ch?'

Liberty klonk ironisch en gefrustreerd tegelijk.

'Wat dan?'

'Die is verdwenen. Er staat een mededeling in het Engels. Deze website wordt gereconstrueerd. Komt u een andere keer terug a.u.b.'

'Hij was toch niet meer in het Engels of Frans. Waarschijnlijk zouden we er niks aan gehad hebben.'

'Maar het zou wel handig zijn geweest om te weten wat voor taal dat was toen wij keken.'

'Het was in elk geval geen taal die ik herkende. En zeker geen taal die ik ooit op het internet gezien heb.'

Er viel een stilte op de lijn.

'Liberty. Ik heb een idee.'

'Wat dan?'

'Laat hem schaduwen.'

'Daar heb ik al aan gedacht. De meisjes zijn er klaar voor. Ik heb ze gebeld. Maar ik zou er zelf voor moeten betalen. Ik kan het niet tegen Luce zeggen. Die begint net bij te draaien. Ze denkt dat Roehm uiteindelijk misschien toch wel oké is. En we zouden wel heel erg voor lul staan als hij helemaal in orde blijkt te zijn.'

'Maar dat is hij niet.'

'Waarom zeg je dat?'

'Waarom ben je zo achterdochtig? Waarom geloof je mij?
Ik kon mezelf bijna niet geloven.'

Ze haalde diep adem.

'Dat zal ik je zeggen, Toby. Omdat hij geen sporen nalaat.
Je zult hier misschien van schrikken, maar ik had al eerder
onraad geroken. En ik heb hem maar één keer gezien. Het
kenteken van zijn auto staat nergens geregistreerd. Ik heb het
nagetrokken. Het belastingplaatje is vals. De verzekering ver-
wijst terug naar die verdwenen website. Het zijn on-line-ver-
zekeraars, gevestigd in de Haute-Savoie. De labels in zijn chique kleren zijn niet van enig bekende ontwerper, noch van
een privékleermaker. O ja, ik heb zelfs in zijn zakken gekeken, en afgezien van zijn sigaretten had hij niets. Niet eens
een papieren zakdoekje. Zijn aftershave herken ik niet en hij
betaalt altijd contant. Dat moet hij ook wel. Toby, die man
heeft chequeboekje noch creditcard. Derhalve kan hij onmogelijk een betalend lid van het patriarchaat zijn. Iemand die
zijn sporen zo zorgvuldig uitwist, dat is nooit zuivere koffie.'

'Dus jij denkt dat hij een oplichter is? Of een spion?'

'Ik heb geen idee. Ik denk niet meer. Ik ben alleen bang dat
Iso zich misschien wel met iets heel geheimzinnigs inlaat. Of
iets heel gevaarlijks. Toby, die man is zo wazig als een geest-
verschijning.'

Maar Roehm leek mij te echt, te lichamelijk en te stevig om
aan een dergelijke beschrijving te voldoen. Hij voelde echter
aan dan ikzelf. En dat was het wat mij het meest benauwde.
Ik had hardnekkige gevoelens van onwerkelijkheid, alsof mijn
vertrouwde omgeving fake was. Ik woonde temidden van een
stel eendimensionale façades die aan een filmdecor deden denken. Ik was gemaakt van beschilderd papier, ik was vals.
Maar Roehm was echt, net als de schutter in *Westworld*; de
klapdeurtjes van de saloon konden elk moment openzwaai-
en en hem doorlaten.

Iso bewaarde een enorme afstand gedurende de grijze dagen dat het vroor. Ik speurde naar krokusjes in de tuin, of iets anders dat haar plezier zou kunnen doen. Ik probeerde maaltijden te bereiden die meer inhielden dan een kwak junkfood omringd door patat. Ze gedroeg zich beslist niet onprettig, maar ze ontweek elke vorm van vertrouwelijkheid. Ik voelde de afstand tussen ons groter worden, onontkoombaar als een uitdijende gletsjer. Ik zweefde door het huis als een gier, eenzaam, kwaad, verveeld. Als ik meer moed had gehad, zou ik andere mensen hebben opgezocht, maar mijn kruidje-roer-me-niet-beleid op school was maar al te effectief geweest. Ik had geen echte vrienden. De enige die ik vertrouwde was Liberty.

Voor Valentijnsdag kocht ik een onbeschaamd, gecapitonneerd rood hart voor Iso, dat ik onder haar brieven verstopte, tussen de aanbiedingen van Luxe Glazen Kassen en uitnodigingen voor Gordijnenshows. Ik zag haar de envelop verbaasd omdraaien. Toen pakte ze haar mes van de ontbijttafel en sneed de ongeadresseerde envelop open. Een dun streepje boter bleef langs de rand zitten. Ik zag haar bleke gezicht veranderen, opklaren.

'O, kijk eens!' Ze glimlachte. Toen zei ze: 'Hij is van jou, hè, Toby, of niet?' Ze probeerde niet eens haar teleurgestelde onverschilligheid te verbergen. En ze nam niet de moeite de boodschap te lezen.

Ze had de lont aangestoken. Ik verschrompelde, zakte in elkaar, en vlamde op. Maanden van jaloezie en onderdrukte doodsangst dat ik haar uiteindelijk helemaal kwijt zou raken detoneerden in mijn binnenste als een landmijn. Zowel mijn gevoelens als mijn gedrag waren tamelijk onwaardig. Ik sprong op van mijn stoel en smeet mijn beker koffie tegen de koelkastdeur. Het resultaat was spectaculair. Veel meer koffie dan ooit in die beker kon hebben gezeten droop van de koelkast en op de kurktegels. De beker zelf spatte in duizenden stukjes uiteen, die als granaatscherven door de keuken vlogen. Eén knalde tegen mijn wang aan. Het leek wel alsof er een bom ontplofte in een vuilnisbak.

Ik was op slag veranderd in een gigantisch groen monster, een reusachtig beest, en ik krijste:

'Jij vuile slet! Jij smerige stinkende sloerie! Is dat alles wat je tegen me te zeggen hebt? Ik woon hier. Met jou. Weet je nog? En ik stuur je al een Valentijnskaart sinds ik op de basisschool zat. En jij hebt ze allemaal bewaard. Dus wat is er nou opeens zo anders dan? Jij bent anders. Jij bent degene die veranderd is. Jij bent...'

Ik was buiten adem en stond bleek weggetrokken en bevend bij de tafel.

'Houd je mond, Toby, en ga zitten,' riep ze, haar mond verstrakt. De adrenaline kwam opeens weer terug.

'Nee, ik ga godverdomme niet zitten. Ik hoef niet meer naar jou te luisteren.'

'Nee, dat hoef je ook niet. Je bent achttien jaar, al gedraag je je als een kleuter, en het staat je vrij om die deur uit te lopen wanneer je maar wilt.'

'Wou je mij eruit gooien?' Mijn stem sloeg over, ik voelde me net een operazangeres die niet goed bij stem was. Ik was doodsbenauwd om mijn gezicht te verliezen en in tranen uit te barsten. Ze ging zitten en liet mij uitblazen. Toen nam zij het woord, en ze klonk dodelijk.

'Luister, Toby. Ik weet donders goed waar deze jaloerse scène eigenlijk over gaat. Ik zie die pruillip en die boosheid van jou al maanden door de vingers. Ik heb al je stiltes en al je stiekeme speurneuzerij genegeerd. Ik heb geen aandacht besteed aan het feit dat je je gedragen hebt als de eerste de beste gluurder. Ik heb gewacht tot je volwassen zou worden en bij zinnen zou komen. Maar aangezien het nu wel zo ongeveer duidelijk is dat dat er bij jou niet in zit, kan ik net zo goed al mijn kaarten op tafel leggen. Ik heb een minnaar en ik wil hem. Dringt dat tot je botte hersens door? Of kun je daar niet bij? Ik wil met hem naar bed en ik wil gewoon bij hem zijn. Als hij vraagt of ik met hem trouwen wil zeg ik ja.' Tegen de tijd dat ze aan het eind van deze toespraak was sloeg ze met haar vuist op de tafel en schreeuwde ze als een dementerende veilingmeester die nog één nummer te verkopen had.

'Heb je mij begrepen? Ik heb voor Roehm gekozen.'

Eén seconde van bleek weggetrokken aarzeling hing tussen ons in. Toen greep ik haar flanellen overhemd van voren vast en trok haar met een ruk overeind. Twee knoopjes sprongen eraf. Ze was zo verbijsterd dat ze geen weerstand bood. We stonden recht tegenover elkaar. Ik scheurde haar oude schildersshirt open en het zo vaak gewassen materiaal begaf het onmiddellijk. Haar borsten trilden onder mijn handen toen ik haar omdraaide en het overhemd langs haar rug omhoogtrok. Ze vocht nu terug als een in het nauw gedreven hermelijn, ramde haar elleboog tussen mijn ribben en smeet een van de stoelen omver. Een bord gleed van de tafel; het viel niet kapot maar bleef op de kurken vloer liggen schudden. Toen gaf ze me een klap in het gezicht. Ik duwde haar van me af.

'Is dat wat je wilt? Wil je een man die dat met je doet?'

Ze wankelde tegen de koelkast aan en schuurde met haar bovenarm langs de kleverige koffielaag op de deur.

'Godverdomme, Toby.'

Ze was bang voor mij. Maar nu was ik ook bang voor haar. Ik had een glimp opgevangen van haar rug. Die was glad, bleek, met lichte sproeten, haar schouderbladen elegant en perfect. Geen spoor van een litteken te bekennen. Ze stond bevend, halfnaakt voor me. Mijn penis drukte heet en opgezwollen tegen de knopen van mijn gulp.

'Ik ben… het was…'

'Ga weg. Wegwezen,' gilde ze. Haar hele lichaam verstrakte en kromp ineen. Ze was buiten adem.

Ik pakte een minimum aan spullen en vertrok naar de andere kant van de stad. Ze hoefde me niet het huis uit te sturen. Ik wilde zelf zo ver mogelijk bij haar weg. Ik kon haar niet meer zien. Ik kon geen woord uitbrengen en ik kon ook niet huilen. De dag was somber en grijs, het daglicht karig. Ik zat in de trein en de metro met mijn verhalenbundel van Thomas Mann voor mijn neus zonder helder te kunnen zien. Mijn benen gehoorzaamden niet langer aan mijn hersenen. Ik moest om de honderd meter gaan zitten om op adem te komen, alsof ik een rotswand beklom. Ik zag spierwit van de kou. Ik wankelde zowat over de stoep naar het huis van Luce. Ik zag dat er licht brandde in haar atelier, maar ze was waarschijnlijk aan de telefoon. Het duurde enkele ogenblikken voor de deur openging.

'Mijn God, Toby! Waarom ben jij niet op school? O, lieve jongen toch, wat is er in godsnaam met jou gebeurd?'

De schaafwond op mijn jukbeen was rood en aan het opzwellen. Haar klap gloeide na in mijn vlees.

Ik geloof niet dat een van ons beiden ooit precies heeft uitgelegd wat er gebeurd was. Luce zat verscheidene uren met haar aan de telefoon en kwam de trap af met een vastberaden blik in de ogen en dito trek om de mond: woest en onverzettelijk als een kannibaal. Liberty maakte een ijszakje voor me om de zwelling tegen te gaan. Zij stelde ook niet al te veel vragen.

'Het lijkt erop dat je even bij ons blijft, kiddo.'

Ik kwam aan de weet dat Iso elke avond met Luce belde om te vragen hoe het met me ging. Maar ze vroeg niet of ze mij mocht spreken en ik had ook niets te zeggen. Mijn fraaie blauwe oog sprak duidelijke taal. Liberty was onder de indruk.

'Ze heeft je wel een flinke knal gegeven, hè? Zelfs Luce heeft niet zoveel impact. Je moet er wel zo ongeveer om gebedeld hebben.'

En in de weken die volgden drong tot mij door dat ik in een staat van beleg had geleefd. Ik wachtte niet langer in de keuken, boos en nukkig, op haar dagelijkse thuiskomst. Ik gedroeg me niet langer als een amateurspion die alle post en telefoontjes controleerde. Ik lag niet meer wakker 's nachts, met gespitste oren. Ik doorzocht de prullenbakken niet meer in mijn pogingen bewijsmateriaal te verzamelen. Het deed niet langer pijn om gescheiden te zijn van de vrouw van wie ik altijd te veel had gehouden, mateloos en zonder enige reserve. Ik had van ons leven een hel gemaakt van claustrofobische spanning, zonder te beseffen wat voor monster ik was geworden. Ik ging de rest van die eerste week dat ik van huis was niet naar school en sliep bijna drie dagen achter elkaar. Ik was uitgeput, bekaf.

Bij ontstentenis van gedetailleerde verklaringen ging Luce ervan uit dat we een huiselijke crisis achter de rug hadden, heel begrijpelijk onder de gegeven omstandigheden, en dat we gewoon tijd nodig hadden, Iso om haar evenwicht te hervinden en ik om het allemaal een beetje in perspectief te kunnen plaatsen. Ik mocht niet koken in de keuken van Luce en bracht mijn tijd boven door, met studeren voor mijn tentamens en televisie kijken. Liberty was argwanender. We waren zelden alleen, maar na een week of zo kwam ze boven om mij voor het eten te roepen en maakte van het moment gebruik.

'Dit was allemaal om Roehm, of niet?'

'Ja.'

'Wanneer heb je hem voor het laatst gezien?'

'In levenden lijve? Kerstavond.'

'Nou, luister. Ik heb de meisjes op hem gezet, koste wat het kost. En ze hebben helemaal geen fuck kunnen ontdekken. We kunnen er goddomme niet eens achter komen hoe hij van voren heet. Het lijkt wel alsof hij niet eens bestaat. Alsof hij een product is van onze verbeelding.'

'Dat is belachelijk.'

'Weet ik wel. De meisjes denken dat hij voor MI6 werkt. Het probleem is dat we niet eens een foto van hem hebben.'

'Maar hij ziet er zó vreemd uit. Je hoeft hem alleen maar te beschrijven.'

'Maar Toby, zelfs de manager van L'Escargot had moeite hem te plaatsen.'

'Dat begrijp ik niet. Iedereen kende hem toen we daar kwamen.'

'Nou, kennelijk dus niet meer.'

Stilte.

'Liberty. Er is één andere tent waar je zou kunnen vragen. In Old Compton Street. Een nachtclub die Veritable Cuir heet.'

'Een flikkertent? Hij is toch geen flikker?'

'Volgens mij wel.'

Ze hapte naar adem. 'Dat slaat werkelijk alles,' zei ze uiteindelijk. 'Heeft hij je daar mee naar toe genomen?'

'Nee. Maar hij zei dat hij dat misschien nog wel een keer zou doen.'

'Heeft hij ooit avances in jouw richting gemaakt?'

'Nee. Nou ja, een beetje.'

'ETEN!' We hoorden Luce beneden staan schreeuwen. 'Wat spoken jullie daar toch uit?'

Liberty luisterde aan tafel nauwelijks naar Luce. Ze zat maar naar mij te staren.

Ik moest dwars door Londen en dan nog een eind in westelijke richting om op school te komen. Dat kon wel meer dan twee uur duren. Als mijn lessen op lastige tijden waren kwam ik vaak te laat of miste ze helemaal. Luce las mij de les over opleidingskansen en Mijn Toekomst, waaruit ik concludeerde dat de school kennelijk begonnen was Iso te bellen. Het was bijna drie weken na onze ruzie en mijn boosheid en vervreemding begonnen af te nemen. Ik had elke nacht negen uur droomloze slaap genoten. Liberty had mij elke dag mee op sleeptouw genomen naar de Heath voor straftrainingen. Ik was aangekomen. Ik zag er beter uit, gelukkiger. Maar ik miste mijn moeder. Ik miste mijn kamer, mijn computer, de alledaagse geuren in huis, mijn cd's van Django Reinhardt en Stephane Grappelli. Luce en Liberty woonden in een kiemvrije habitat, gepoetst en geschrobd met de agressiefste schoonmaakmiddelen, wat mij het gevoel gaf dat ik smerig was, en al te eenvoudig gekleed. Ik besprak mijn zetten niet met hen. De timing was toevallig. Ik maakte geen plannen. Ik besloot opeens om naar huis te gaan.

Het was een akelige, koude dag op school. De leidingen op de jongenstoiletten waren bevroren en er werd een stel verbaasde loodgieters opgetrommeld die met een brandertje probeerden een verbindingsstuk te ontdooien. Voor die avond werd er sneeuw voorspeld. Onze lerares Frans stuurde ons eerder naar huis. Zij moest zelf een eind rijden en ze had ons helemaal volgepropt met Gide en zijn Arabische jongetjes. Ik glipte de keukendeur uit, langs de afvalcontainers, om te voorkomen dat het personeel me zou zien weggaan, en ging op huis aan. Dat is te voet ongeveer veertig minuten. Aanvankelijk marcheerde ik vrolijk door, ervan overtuigd dat de spanning tussen Iso en mij als een opengesneden steenpuist was: alle pus was er nu wel uit gelopen. We konden de draad weer oppakken. De akelige en griezelige aspecten van mijn laatste dagen thuis onderdrukte ik gewoon. Ik was overspannen geweest, over mijn toeren, uitgeput. Iets had mij in een duistere gang van hysterische jaloezie gezogen en de dagelijkse schaal der dingen verwrongen. Ik had mij de striemen op haar rug ingebeeld. Kon niet anders. Want toen ik weer gekeken had waren ze weg. Roehm was gewoon een grote man met een druk leven die veel reisde. Waarschijnlijk zou hij binnen afzienbare tijd geen deel meer uitmaken van haar leven. En de iBook kon uitgeschakeld en ingepakt onder mijn bed blijven liggen. Als het weer wat beter werd zou ik een advertentie plaatsen in *On Line*, al mijn bestanden deleten en het ding verkopen. Hoefde ik er nooit meer in te kijken.

Ik sloeg de hoek om en liep onze weg in. De takken aan de bomen hingen af in broze, bevroren staat. Ook het gras in de tuinen was stijf bevroren. De wereld was ijzig en stil. Ik zag een zwart bosje dode herfstasters die nooit waren afgeknipt lamlendig op een wit uitgeslagen composthoop liggen. De winter hield de adem in. Er brandde nergens licht in huis.

Ik merkte dat er iets niet klopte zodra de deur met een dreun achter me dichtviel. Er hing een vreemd soort spanning in de lucht. Het rode lichtje knipperde op het antwoordapparaat. Twee boodschappen. Het huis was steenkoud. De centrale verwarming had het ofwel begeven of was uitgezet. Ik drukte op de lichtschakelaar in de hal. Er gebeurde niets. Ik liep regelrecht door naar de keuken. Er zaten ijsbloemen op de ramen. Ik staarde naar het spinnenweb van kou dat in cirkelvormige patronen uitwaaierde vanaf de dikste stukken bevroren condens. Mijn adem bleef in witte wolkjes hangen. De gestolde restanten van een of andere maaltijd lagen als een lijk op tafel. De gootsteen stond vol vuile vaat. De wasmachine had zichzelf uitgeschakeld maar was niet leeggehaald. Het oranje schakelaartje gloeide. Einde programma. Zonder erbij na te denken zette ik het schakelaartje uit. Dat was het tweede wat ik aanraakte in het lege, stille huis. Het was ijskoud.

Een vreemde kilheid, die erop wees dat ik op mijn hoede moest zijn, tintelde opeens in mijn vingertoppen. De auto was weg, maar ze kwam nooit voor zes of zeven uur thuis, ook al kwam ze meteen van de academie naar huis. Ik zag het donker van de winter over de witte tuinen kruipen. Toen liep ik terug naar de hal om de boodschappen op het antwoordapparaat af te spelen.

Dit is een boodschap voor Isobel Hawk. Zou u alstublieft zo snel mogelijk contact willen opnemen met de afdeling schilderen van de Kunstacademie. Dank u.

Klik. Volgende boodschap. Zelfde stem.

Dit is een dringende boodschap voor Isobel Hawk. Neem alstublieft contact op met de Kunstacademie. Als u ziek bent moeten wij dat zo snel mogelijk weten.

Ik stond in het halfdonker van het koude huis. Geschokt. Ik pakte de telefoon om Luce te bellen. Wanneer had Iso haar voor het laatst gebeld? Maar toen ik de hoorn oppakte zag ik iets in het handschrift van mijn moeder in de kleine blocnote naast de telefoon staan. Een naam. Meersburg. Een half adres. Bismarckplatz. Een nummer. 0 75 32 43 11 12. Toen ik nog in huis was had ik dat bloknootje verscheidene keren per dag gecontroleerd en alle nummers opgeschreven die ik niet kende. Als zij dan naar haar werk was belde ik inlichtingen. Zonder aarzelen scheurde ik het velletje papier van de blocnote en stak het in mijn zak. Toen begonnen de implicaties van de boodschap van haar werk langzaam door het waas in mijn hoofd heen te dringen. 'Als u ziek bent moeten wij dat zo snel mogelijk weten.' Ik stormde met twee treden tegelijk de trap op en vloog haar kamer in.

Slechts de verlichte plastic banaan deed het, en het was inmiddels helemaal donker. Ik stond in de griezelige lichtbundel die van de overloop naar binnen viel, als een op heterdaad betrapte moordenaar.

Er lag iemand in haar bed.

Ik deed twee stappen naar achteren. Mijn hiel raakte de plint. Ik stond even stil en luisterde. De gedaante in het bed deed denken aan zo'n reusachtig, omvergetrokken standbeeld van het communisme dat na de grote ommezwaai in het park

188

was blijven liggen, een stenen Lenin, niet langer gevreesd, niet langer geliefd.

'Roehm?' Mijn stem klonk kwetsbaar in de muffe koude lucht. De logge, roerloze figuur lag op zijn zij, gigantisch en hulpeloos als een aangespoelde walvis. Ik hoefde niet dichterbij te komen. 'Alles goed? Word wakker.' Het ding bewoog niet. Ik durfde niet dichterbij te komen. Ademde hij? Was hij dood? 'Roehm?' Mijn stem klonk veel te hoog. Hij verroerde zich niet en kreunde ook niet.

Ik tuurde naar het lichaam in het bed. Het was erg donker, maar ik kon zien dat hij onder haar dekbed lag, en nog een zwart overhemd en een zwart jasje aanhad. Zijn gezicht was in haar kussen gedrukt. Ik schoof weg uit het licht. De ogen waren een klein beetje, een heel klein beetje open. Ik draaide me om, liet de slaapkamerdeur op een kier staan en rende de trap af. Ik pakte de telefoon. Maar ik had geen idee wie ik bellen moest. 112? De politie? Ambulance? De hulpdiensten? Welke dan? Luce? De kunstacademie?

Ik wilde mijn moeder. Waar ben je, Isobel?

Ik haalde het velletje papier uit mijn zak en belde Meersburg. Er werd meteen opgenomen.

'*Grüss Gott. Zum wilden Jäger. Rezeption?*'

Ik stortte mij erin.

'*Darf Ich mit Frau Isobel Hawk sprechen, bitte?*'

'*Moment mal, bitte.*'

Er klonk geritsel van papieren. Toen klonk de stem weer.

'*Sie kommt erst morgen Abend an.*' De vrouw moet mijn accent hebben opgepikt want ze stapte over op Engels.

'*Can I help you?* Wilt u misschien een boodschap achterlaten?'

'*Nein, danke. Aber geben sie mir bitte Ihre Adresse in Meersburg.*'

Een moeizaam spellen van plaats en postcode volgde. Iso

was op weg naar het Bodenmeer aan de zuidgrens van Duitsland.

Opeens stond mij helder voor ogen wat me te doen stond. Ik stampte weer de trap op, niet langer bang voor de aangespoelde haai in het bed. Ik stak mijn spaarbankboekje en mijn paspoort bij me. Ik pakte een tas met warme kleren. Ik liet mijn schooltas naast mijn bureau vallen. Ik pakte mijn Franse en Duitse lectuur. Toen zette ik alles klaar in de donkere hal beneden.

Het was niet gepland. Ik ging te werk alsof ik een rol speelde in een toneelstuk. Maar het was wel opzettelijk. Ik wilde het zo en niet anders. Ik rende de trap weer op met een moersleutel in mijn handen. Ik haalde een stapel handdoeken uit de droogkast in de badkamer en maakte ze nat onder de kraan in de badkuip. Onbevreesd en snel liep ik terug naar haar slaapkamer. Ik keek nauwelijks naar de kolossale gedaante en propte de natte handdoeken in de vensterbanken, zodat de ijzige tocht buiten bleef. Toen trok ik met twee krachtige rukken de radiator los van de leiding en draaide de gaskraan open.

6

Vlucht

De nachttrein, zo midden in de week, was niet vol. Ik wilde mijn kostbare en slinkende voorraad contanten niet verspillen aan een couchette, dus kroop ik languit op een bank onder mijn jas. Mijn voeten bungelden in het pad. Niemand legde me een strobreed in de weg. Maar toch kon ik niet slapen. Ik staarde maar in de zware duisternis en luisterde, verstard, naar elk station dat werd omgeroepen op onze reis naar het oosten, richting Duitsland. Ik was op de vlucht, maar ik wist niet eens zo heel zeker wat ik gedaan had. Was dit hoe het was om op de vlucht te zijn? Mensen die grote misdaden pleegden maakten vast verstandiger plannen alvorens tot actie over te gaan. Maar toen ik dacht aan de schurkenstreken die de kolommen van de *Mail on Sunday* vulden, leek het merendeel daarvan mij toch spontaan gepleegd, willekeurig, alsof wij allemaal, op enig moment, in de greep konden raken van een plotselinge opwelling van moordlust, die regelrecht tot wreedheden van een onvoorstelbare schaal kon leiden. Ik had doelbewust geprobeerd iemand van het leven te beroven. Er was iets gebeurd met die grote man die ons leven zo ongeveer kapot had gemaakt: zonder het ziekenhuis te bellen, of de huisarts, of zelfs mijn familie, had ik hem willens en wetens vergast.

Of zou het gas gewoon opraken? Zouden de buren het buiten ruiken? Ik had niemand gewaarschuwd. Wat zou er gebeuren? Stiekem hoopte ik dat het huis de lucht in zou vliegen en dat er alleen een enorme puinhoop zou overblijven. Het lichaam zou nooit gevonden worden, wij zouden het geld van de verzekering opstrijken en de draad van ons leven weer oppakken. Zelfs de afzichtelijke groene schilderijen van de demon in zijn bomenrijk zouden door de vlammen verteerd worden. Ik lag ineengedoken op de smalle blauwe zittingen van de bank en kleurde mijn fantasie, alsof ik een catastrofe schilderde door de vakjes aan de hand van cijfers met de juiste kleur verf in te vullen. Als Roehm geen spoor van zijn herkomst had achtergelaten toen hij in ons leven kwam, zou hij bij zijn verscheiden ook geen sporen nalaten. Had hij ook personeel op zijn onderzoeksinstituut? Zouden die verrukt zijn over de plotselinge bevrijding? Alsof het juk van een tiran van hen afviel? Of zouden ze gaan bellen? En vragen gaan stellen?

Een donkere dageraad diende zich aan in de winterse lucht. Ik hoorde mijn eigen jachtige ademhaling boven het ritmische gesis van de ICE-trein uit. Ik had naar de soepele witte lijnen aan de buitenkant gekeken, genadiglijk van graffiti gevrijwaard, en was verbijsterd geweest toen ik het schuine logo zag. Op mijn kaartje stond de banale uitdrukking verklaard: ICE – Inter City Express. Toch had ik één paranoïde moment zelfs hierin de hand van Roehm vermoed. De metafoor lag te zeer in zijn aard, stemde te zeer met zijn koude adem overeen. Hij was mij voor, ergens langs de lijn: hij wachtte in tunnels, in de bergen, waar hij over het ijs dwaalde.

Een donkerder reeks beelden drong zich op. Als de buren gas roken, de politie belden en vervolgens het huis binnendrongen, zouden wij de hoofdverdachten zijn. Wij allebei. Het was ons huis, en wij waren verdwenen, terwijl er een lijk in het bed op de eerste verdieping lag.

Ik sloot mij af voor de beelden. Het verhaal was te beangstigend geworden. Wie zou er naar ons gaan zoeken? Waarschijnlijk de Duitse politie. Eerst iemand in burger met een bobbel onder zijn arm en vervolgens de geüniformeerde agenten in het groen, met hun lichte geweren met nachtvizier. Het was derhalve geboden dat wij naar hen toe gingen voor zij naar ons toe kwamen. En toen realiseerde ik mij, lang na de daad, dat ik wel degelijk iets van een plan had gehad. Of een intentie. Ik had mijn moeder willen beschermen tegen alles wat haar bedreigde. Als zij tegen Roehm was opgetreden was het van cruciaal belang dat ik hem de genadeslag gaf en de schuld op me nam. En ik moest haar per se zien te vinden en een bekentenis afleggen, eerst tegenover haar en dan tegenover de politie. Het was normaal voor een jongen van achttien om de minnaar van zijn moeder te vermoorden. Mijn zaak zou de voorpagina's niet eens halen. Ik stond stijf van de makkelijke oedipale motieven die iedereen zou herkennen. Zelfs in onze cultuur was die fantasie immers een gevierde. Ik riep Sophocles, Hamlet en Freud voor de geest. Toen begon ik mij het drama voor de rechtbank voor te stellen, en de verzachtende omstandigheden die konden worden aangevoerd. Ik zag Luce in het zwart en Liberty die naast me zat, tegenover de rechter. Er hoeft zich geen jury over te buigen als je schuld bekent. Gewoon alle omstandigheden uitleggen en de uitspraak afwachten.

De trein remde een beetje af in het sombere, grauwe licht. Ik hoorde een vreemd, schokkend gesis. De enige andere passagier in het compartiment was een man van middelbare leeftijd in een sjofele jas die sterk naar alcohol rook. Er lag een waas van stoppels over zijn wangen. Ik ging overeind zitten en keek naar buiten.

De bomen waren versierd met rijm. Aan alle dakranden hingen ijspegels. Een laagje wit bedekte de pijnbomen. In heel de wereld was geen wintergroen meer te bekennen. We waren omzwachteld met wit ijs, een knerpende agressieve vorst die in je keel brandde en afzichtelijke druppels van je neus liet sijpelen. Ik trok mijn jas om me heen en luisterde naar de rinkelende bel van een spoorwegovergang. Het enige dat ik wilde was haar opsporen.

Ik sloeg mijn verhalenbundel van Thomas Mann open. De boekenlegger lag nog op de bladzij die ik had voorgewend te zitten lezen, op mijn hurken naast een koffiemachine, twaalf uur eerder op Waterloo Station: 'Mario und der Zauberer' – Mario en de magiër. Dat was een merkwaardig verhaal over hypnotisme en vernedering in een Italiaans vakantieoord. Een sinistere hypnotiseur selecteerde mensen uit het publiek en dwong hen zichzelf belachelijk te maken. Hij was wreed en schaamteloos. Hij zwolg in zijn macht. Zijn slachtoffer, de ongelukkige Mario die als kelner werkte in het Grand Hotel, joeg het monster uiteindelijk een onberispelijke kogel door het hoofd.

Niemand kon dat een misdaad noemen.

Een griezelig gevoel van herkenning ontplooide zich in mijn achterhoofd toen ik het verhaal uitlas en het boek weer neerlegde. Wat ik had gelezen was geen samenvatting van wat ik gedaan had, maar een waarschuwing. Het verhaal was een allegorie van het fascisme. Het ging ook over het doden van de vader. En het had een open einde.

Ik drukte mijn gezicht tegen het raam. We waren bijna in Keulen. Tijd om over te stappen.

Ik nam eenvoudige voorzorgsmaatregelen. Ik trok mijn wollen skimuts over mijn blonde haar. Blond haar is van een afstand makkelijk te zien. Ik bleef telkens in de buurt van de dichtste drommen mensen. Of tussen karretjes waarop de bagage hoog lag opgestapeld. Ik verschool me achter mensen die met ski's liepen. Ik bleef uit de buurt van de mensenmassa achter de hekken die alle gezichten afspeurde. En bovenal: ik aarzelde niet. Zelfs al wist ik niet goed wat mijn volgende zet zou zijn, ik bleef de pas erin houden en hield mijn rug recht... Iedereen die aarzelt of in elkaar gedoken loopt wekt een schuldige indruk. Ik was mij de technieken van de verdwijning aan het eigen maken. Ik was op de vlucht. Op de een of andere merkwaardige manier was het stimulerend. Na weken van gedeprimeerdheid, verwijdering en passiviteit, van wegzinken onder mijn onderdrukte verlangen naar haar, was ik eindelijk weer vrij. Bizar als de situatie was, het voelde in elk geval als een avontuur. Als de treinverbindingen in orde waren zou ik bij donker Offenburg bereiken. Vervolgens moest ik naar Konstanz, en dan met de ferry het Bodenmeer oversteken naar Meersburg. Op het station wisselde ik nog een bedrag om in Duitse marken en keek onbehaaglijk toe terwijl de lokettiste mijn paspoortnummer intikte in de computer.

Het kwam geen moment bij me op dat onze gangen verbijsterend makkelijk waren na te gaan. Alle telefoontjes vanuit huis, en vanaf elk ander nummer in Engeland, waren gegenereerd door computers. De politie hoefde de nummers van de laatste twee telefoontjes maar op te roepen, die ik bij wijze van voorzorgsmaatregel nog zo grondig van het scherm had gewist, om het hotel aan het Bodenmeer te vinden. Iso had er haar intrek genomen onder haar echte naam. We waren niet verdwenen op het winterse continent. We hadden nauwelijks een gordijn voor onze beoogde bestemming getrokken.

Ik dacht voor het eerst aan Roehm, aan de man, veeleer dan aan de dode kolos in bed, toen de ferry de donkere wateren van het Bodenmeer opvoer. De boot zat vol mensen die in hun auto naar de radio bleven zitten luisteren, en arbeiders die naar huis gingen van hun werk in de grote stad. Reusachtige schijnwerpers verlichtten ons pad over het ijskoude water. De winden die vanaf het grote meer kwamen aanrazen sneden als ijsbijlen door je vlees. Iedereen keerde de windvlagen de rug toe. Ik voelde me naakt en bang. Roehm kwam weer bij me op in die ijzige wind, zijn koude, witte gezicht, zijn hagedissenhuid, zijn verkillende aanraking. Hij was van kou gemaakt. Hij was bij ons gekomen toen de bladeren verkleurden en de dagen korter werden, terwijl het jaar wegzonk naar de langste nacht. Het was opeens net alsof hij heel dichtbij was op dat uitgestrekte meer van zwarte kabbelende kou, onder het geklots van de golfjes tegen de romp van de veerboot. Het was net of hij naast me stond, voor me, alsof ik door een schaduw ging maar toch altijd, altijd zijn kant uit. Het was een verontrustend gevoel, maar echt bang was ik niet. Eigenlijk voelde ik me op de een of andere rare manier getroost, want de doden laten hun moordenaars niet in de steek maar worden een deel van hen.

Als hij daar geweest was zou ik tegen hem gesproken hebben, zonder jaloezie of rancune. En hij zou geluisterd hebben, aandachtig, peinzend, in beslag genomen door mijn verhalen en mijn gezichtspunten, maar niet opdringerig nieuwsgierig. Hij verstond de kunst van het luisteren. Wie bent u? Waarom bent u bij ons gekomen? Ik had het bizarre gevoel dat Roehm eigenlijk twee mensen was. Er was een reusachtige man, machtig, aristocratisch, en royaal in zijn manier van doen, een prins die incognito reisde, zonder zijn entourage, en die ander, de ambigue, erotische persoonlijkheid wiens verleidelijkheid een voorproefje was van de verdommenis. Hij had aspecten van mijzelf aan mij onthuld met de sinistere scherpzinnigheid van de psychoanalist die het allemaal al eens eerder gehoord heeft. Maar dat waren de verhalen die ik niet wenste te horen, waarvan de consequenties mij verschrikkelijk bang maakten. De verraderlijke wetenschap die mij de keel dichtsnoerde was dat hij me gedwongen had te kiezen tussen mijn moeder en wat het maar was dat hij eigenlijk vertegenwoordigde. Ik had haar gekozen, in de veronderstelling dat ik voor liefde koos, de geborgenheid van haar lichaam tegen het mijne, continuïteit van ons gedeelde verleden, een veilige wereld voor ons beiden. Maar als ik haar niet gekozen had zou de enige optie die ik ooit gehad zou hebben, in alle jaren die nog volgen zouden, Roehm zelf geweest zijn. Verder was er niets.

Waarom was mijn leven tussen die twee zo uitgekristalliseerd? Andere mensen werden volwassen, gingen het huis uit en lieten hun ouders of andere volwassenen in hun leven achter. Maar Isobel was afhankelijk gebleven van haar tante Luce, de vrouw die haar had onderhouden, haar had opgeleid, haar denken had gevormd, haar talenten had gestimuleerd, haar had opgevoed. En Luce had zich aan Isobel vastgeklampt als een wanhopige teek, bang voor iets onbepaalds dat in onze omgeving op de loer lag, altijd aanwezig, maar buiten ons gezichtsveld. Luce had Isobel altijd dagelijks gebeld. Waarom? Waarom was dat nodig? Werden we beschermd of in de gaten gehouden? Waarom waren we niet bij machte elkaar los te laten?

Ik had geweigerd ieder ander leven dan het hare te delen. Ik had indringers weerstaan als een ineengedoken panter. Ik had toezicht gehouden op haar komen en gaan. Ik had haar nooit toegestaan aan mijn greep te ontkomen.

Toch was ze rustig de dansvloer overgestoken om met een andere man te gaan dansen. En had ze niet één keer naar mij omgekeken.

Staand op die nachtboot, starend naar de lange bundels van licht die gestaag over het water schenen, de grillige kou en de duisternis die zich uitstrekte, voor mij, boven mij, onder mij, klauterde ik terug door de afgelopen vijf maanden van spanning en verraad. Ik herinnerde mij alle nachten dat ik wakker had gelegen, wachtend tot ze thuis zou komen, al mijn stiekeme gesnuffel dat een spion van me had gemaakt, de driehoek van onze begeerte naar elkaar, het moment dat hij haar aan mij had aangeboden, het moment dat hij mij naar hem had doen verlangen. Maar bovenal herinnerde ik mij de griezelige sensatie, die kwam en ging als het gefladder van een mot, dat het niet de vrouw was die hij wilde maar de jongen, en dat hij de moeder had verleid om de zoon te bezitten. Ik fluisterde zijn naam in de vreemde nachtwind met zijn snerpende kou: waar bent u? Wat wilde u? Het gedreun van de motoren, het vage getingel van muziek en nieuws uit een stuk of vijf autoradio's, het gestamp van iemand anders die over het dek liep om warm te blijven, dat was het enige dat ik hoorde in die ijskoude nacht.

Zum wilden Jäger was een vierkant, oranje palazzo, pal aan de waterkant. Er was een tuin bij met in Italiaanse stijl aangelegde terrassen en fonteinen, allemaal bevroren tot winters ijs. De schijnwerpers die her en der in de tuin stonden beschenen de groene luiken en de witte gemodelleerde krullen die zich langs de ramen omhoog slingerden, de grimmige elegantie van de vroege barok. Een gehavende wisteria kronkelde om het bouwwerk heen als een dode slang. Iemand had zand op de traptreden gestrooid. De stad verhief zich op de helling achter mij. Overal tussen de villa's zag ik steile wijngaarden: rijen wijnstokken langs ijzerdraad gespannen waar ze nu bladerloos aan hingen, als slachtoffers van foltering. De Renault was nergens te zien. Ik keek één keer om me heen, en marcheerde toen recht door de dubbele deuren naar binnen.

Het was een duur hotel. Wij zaten nooit in dure hotels. Ik paradeerde over het met een patroon van monogrammen versierde tapijt naar een bouwsel van marmer en glas, waar een jonge vrouw in zat in een uniform met hetzelfde monogram dat ook duizendvoudig het tapijt sierde. Achter haar prijkten tientallen postvakjes waar gouden sleutels uit hingen. Het hotel was bijna leeg.

Ik ging in het Engels tot de aanval over.

'Ik zoek Isobel Hawk. Is ze hier?'

'Ja. Ze is in haar kamer.' Ze pakte de interne telefoon. 'Wie zal ik zeggen dat er is?'

'Tobias Hawk.'

'Ahhh...' Ze was zichtbaar opgelucht. 'Frau Hawk? Uw man staat bij de receptie.'

De vrouw liet de hoorn bijna uit haar handen vallen. Maar zelfs ik hoorde dat mijn moeder was gaan gillen.

'Welke kamer zit ze? Snel.' Ik rende al naar de trap.

'*Zwölf. Im ersten Stock.*'

Het hotel was uitgedost met religieuze kitsch. Ik stootte bijna een feestelijk altaar voor de Maagd Maria om toen ik boven aan de trap de hoek om zeilde. Ik hoorde gedreun en geraas achter haar deur. Ze was alle meubels die ze van hun plaats kon krijgen aan het aanslepen om een barricade op te werpen. Ik bonsde op de groene deur, en riep.

'Iso! Iso! Ik ben het. Toby. Ik ben alleen. Laat me erin.'

Mijn stem klonk hol in de lege, veel te warm gestookte gang. Haar gesnik was door de deur heen te horen. Het nummertje twaalf was op een keramiekplaatje geschilderd, om krans met viooltjes. Ik staarde naar de aanstootgevende bloemetjes.

'Iso! Kun je me horen?'

Het meubilair schuurde en dreunde. Iets zwaars ging met een boosaardige knal tegen de grond. Toen vloog de deur open en sprong ze regelrecht in mijn armen. Ik hield haar stevig vast en keek de kamer rond, die erbij lag alsof hij geplunderd was door een stel krankzinnige inbrekers. Ze had een enorme ladekast en beide stoelen voor de deur geschoven. Gewapend met de kracht van pure doodsangst was ze erin geslaagd de reusachtige, beschilderde hangkast te verschuiven.

'Iso, het is in orde. Het is allemaal voorbij. Het is afgelopen. Luister naar mij. Ik ben teruggegaan naar ons huis. Gisteren. Hij lag in je bed. Alsof hij in coma was of zoiets. Ik heb

alle ramen luchtdicht afgesloten en de gaskraan openge-
draaid. Vervolgens ben ik jou gaan zoeken. Jij hebt hem niet
vermoord. Dat heb ik gedaan. Begrijp je dat? Roehm is dood.
En ik heb hem vermoord.'
   Ze huilde hartverscheurend. Ik wist haar over te halen om
op de rand van het bed te gaan zitten. Ze had een vuil, ge-
blokt overhemd aan en verder niets. De lakens lagen op een
hoopje op het bed alsof ze met het beddengoed gevochten
had.
   'Iso, heb je wel gegeten? Überhaupt? Heb je geslapen? Wat
is er met jou?'
   We staarden elkaar in het gezicht, met rode ogen, opgejaagd. Ze rook bedompt en ongewassen. Haar haren hingen
sprieterig om haar hoofd.
   'Iso, ik ga voor ons allebei het bad vol laten lopen.'
   Maar ze klampte zich aan me vast zodra ik me verroerde.
Ze kon geen woord uitbrengen. Ik praatte zachtjes tegen haar,
teder. Ik zette de meubels weer op hun plaats terwijl zij op
het bed bleef zitten kijken, zonder iets te zeggen en zonder
hulp aan te bieden. Ik kon nauwelijks beweging krijgen in die
hangkast. Ze had hem door de halve kamer geschoven. Ze
liep achter me aan naar de badkamer, die een symfonie van
witte handdoeken en roze tegeltjes was. Ik goot oliën en bad-
schuim in het bad en draaide de kranen helemaal open. Ze
huilde nog steeds zacht. De luiken voor de balkondeuren waren dicht. Het enige licht kwam van een gele tl-buis boven de
wasbak. Ze zat huiverend in het schemerlicht. En nog zei ze
geen woord.
   Ik begon langzaam, rustig, haar overhemd los te knopen.
Ze kromp ineen.
   Ik zal je geen pijn doen. Dat beloof ik. Ik ben hier om voor
je te zorgen. Niet om nog meer van je te vergen.
   Iso, ik houd van jou. Je weet hoeveel ik van je houd. Ik ben
heel gemeen geweest maar ik wil het goedmaken. Ik beloof

dat ik je nooit meer bewust pijn zal doen. Geef me nog een kans.

Laat me je aanraken.

Ik zal je geen pijn doen.

Waarom wil je het licht niet aan?

Wat is dat op je schouder?

Mijn God, Iso! Je rug ziet eruit als een omgeploegd veld.

Heeft Roehm dat gedaan? Wanneer?

En waarmee?

Iso, dit zijn oude littekens. Ik heb deze nooit gezien. Wat is er in godsnaam met jou gebeurd? Waarom schud je je hoofd? Hoe bedoel je? Niks vragen? Niet kijken? Ik kan hier moeilijk mijn ogen voor sluiten. Dit zie je van een kilometer afstand. Hij kan dit nooit gedaan hebben zonder dat jij het wist. Hij kan dit niet zonder jouw instemming gedaan hebben.

Waarom schud je je hoofd? Waarom kun je niks zeggen?

Heeft hij je tong afgesneden?

Je moet dit gevoeld hebben. Je moet *iets* gevoeld hebben.

Goed. Ik probeer je niet te intimideren.

Nee. Jij mag eerst in bad. Ik ga niet weg. Ik ga hier zitten.

Kijk me aan. Laat me je aanraken.

Heb je nog meer van deze zalf?

Niet wriemelen. Rustig blijven zitten.

O, in godsnaam Iso, ontspan je. Ik heb dit zo vaak voor je gedaan. Zo koud is die zalf nou ook weer niet. Laat me het nog iets beter inwrijven. Je hebt overal langs je ruggengraat grote witte klodders zitten. Het is antiseptisch. Ik heb mijn handen gewassen.

Je bent ontzettend mager geworden, als ik het zeggen mag.

Het lijkt wel alsof hij je heeft opgegeten.

Natuurlijk is het zijn schuld. Hij heeft het gedaan.

Is dat beter?

Inademen.

Ontspan je een beetje. Dat is veel beter, ja. Nu uitrekken.
Je kunt je wel omdraaien. Ik ben klaar.

Hoe kun je nou bang voor mij zijn?

Je kent me. Je hebt me altijd gekend. Ik ben van jou.

Laat me je aanraken.

Iso, je moet met me praten.

Je ziet er vreselijk uit. Echt ziek.

Heb je het koud? Je bibbert.

Ga dan in bed liggen. Wil je iets warms drinken?
Ja? Wat? Thee? Chocola? Wat dacht je van thee met whisky? Ze moeten hier toch iets van roomservice hebben? Al is het midden in de nacht. Oké. Ik blijf niet lang weg. Ga alsjeblieft niet weer huilen. En ga de deur niet barricaderen.

Het is al goed. Ik ben het. Ik ben niet lang weggeweest, of wel?
Kijk, hier zit suiker in. Een heleboel suiker. Mijn god, je ziet eruit alsof je weken niet geslapen hebt. Het is oké, het is oké. Ik ben hier nu. Rustig maar. Niet huilen. Drink dit.

Zo.

Laat me je aanraken.

Zo.

Ja.

Hou je adem niet in.

Praat met mij.

Draai je niet om.

Laat me je weer aanraken.

Doe dit af.

Kus me.

Heb je het warm genoeg?

Praat tegen me, alsjeblieft.

Ik houd van jou. Ik heb altijd van jou gehouden. Altijd alleen van jou.

Ik vind het heerlijk om je zo te zien glimlachen.
Blijf glimlachen.
Doe je knie eens weg.
Ik kan niet te zwaar zijn. Ik ben even zwaar als jij.
Laat me je aanraken.
Iso, kom terug.
We hebben hetzelfde gezicht.
Praat tegen me, Iso. Praat tegen me.
Iso, kijk me aan.

Nu moet je met me praten. Iso, wie is Roehm? Waarom maakt hij deel uit van ons leven? Waarom is hij tussen ons gekomen? Dat is nooit eerder gebeurd. Je hebt nooit eerder iemand toegestaan tussen ons te komen. Wij hielden van elkaar, en niemand anders deed ertoe. Waar is hij vandaan gekomen? Iso, ik weet niets van die man. Wie is hij? Praat tegen mij.

7

Bodenmeer

Je hebt gelijk. Ik zou meer met je moeten praten. Soms weet je wat ik denk, zelfs als ik niks zeg. Maar er zijn dingen die jij niet kunt weten. Ik vergeet weleens dat je nu een man bent, geen kind meer. Je bent volwassen. Je bent achttien. Het is net alsof je me aan het inhalen bent. Ik voel me niet zoveel ouder dan jij bent. Jij kunt nu zo'n beetje autorijden. Je neemt verantwoordelijkheid voor van alles. Het is net of we broer en zus worden, en geen moeder en zoon meer zijn. Die vrouw beneden denkt dat jij mijn man bent. Ik zou niet moeten lachen. Maar is het niet raar? Als je bedenkt hoe wij op elkaar lijken? Hoewel, ze zeggen weleens dat stellen op elkaar gaan lijken. Of op hun huisdieren. Luce zegt dat het griezelig is, zoals wij op elkaar lijken. En dat vind ik eigenlijk ook. Ik heb je vreselijk gemist. Ik voel me net een puzzel en jij bent het ontbrekende stukje. We zijn altijd met zijn tweeën geweest. Jij, ik. We hebben nooit huisdieren gehad. Zelfs geen kat. Daar heb je nooit om gevraagd. Je leeftijdgenootjes zeurden hun ouders aan de kop om konijnen en cavia's, maar jij had daar helemaal geen belangstelling voor. Ik heb dat altijd uitgelegd als teken dat je gelukkig was met mij, alleen met mij. Dom, hè? Het had net zo goed kunnen betekenen dat je een hekel aan konijnen had.

Ik heb ook nooit een huisdier gehad. Dat mocht niet van mijn ouders. Huisdieren worden geacht je te helpen bij het ontwikkelen van gevoelens van gehechtheid en genegenheid, een soort oefening in liefhebben. De meeste kinderen proberen hun donzige diertjes om zeep te helpen en beginnen met het in stukken snijden van hun knuffels.

Misschien ben ik niet goed in liefhebben, doe ik het niet zoals het hoort. Ik heb nooit een voorstelling van mezelf gehad als ouder, en zeker niet als moeder. Ik was alleen niet van plan jou te behandelen zoals mijn ouders mij hadden behandeld. Ik zat opgesloten. Ik mocht nooit uit met mijn vrienden of vriendinnen. Die mocht ik zelfs nauwelijks hebben. Mijn ouders besloten wie er geschikt was. Mijn vader pakte ze in de kraag en hoorde ze uit over hun inkomen en moraal, zelfs de meisjes. Alsof hij voor de Gestapo werkte. Mijn moeder woonde die ondervragingen bij. Er waren niet veel die ermee door konden. Ik staarde altijd naar de mannen in de kerk. En vroeg me af hoe ik er ooit een zou moeten ontmoeten die ik aardig vond.

School was de enige plek waar ik even van ze af was. In de vakantie hunkerde ik altijd naar de eerste schooldag. Mijn vader reed me elke ochtend met de auto tot pal voor de poort en mijn moeder haalde me altijd op. Ze zat altijd al op me te wachten. Na halfvier stond de auto ergens verderop in de straat, alsof de school permanent onder bewaking stond. Eén keer kon ik de laatste les overslaan en kon ik heen en weer naar de winkel voor zij er was. Ze heeft het nooit geweten. Ik voelde me alsof ik die winkel straffeloos had leeggeplunderd. Ongelooflijk eigenlijk, alle andere leerlingen experimenteerden met seks en drugs. En ik? Ik bad, ik zong gezangen en ik schonk frisdrankjes in. Mijn vader bad iedere avond voor onze maaltijd van soep uit blik, taai vlees, twee groentes en stukjes ananas. Vraag jij je wel eens af waarom Luce en ik jou hebben grootgebracht als atheïst die in dure Franse restaurants eet?

Mijn ouders hoorden bij de Gemeenschap der Heiligen. Ik was gewassen in het Bloed van het Lam en voorbestemd om in de wijngaard van de Heer te werken. Lach niet. Dat maakte alles anders. Toen ze niet veel ouder waren dan jij nu waren ze zendelingen. Ze werden uitgezonden naar Afrika toen ik nog heel klein was. Ik kan me mijn eerste levensjaren nauwelijks herinneren. Alleen de bananenbomen. Er zat altijd een nieuwe scheut net zo lang als ik was tussen de knapperige bruine plooien van de oude boom. We kwamen terug uit Afrika toen ik vijf was. Moeder had een paar hele mooie dingen verzameld die ze had gekregen op de school waar ze lesgaf en van de mensen die daar woonden. Die hadden niets. En toch kwamen ze nooit met lege handen bij ons. We kwamen beladen met geschenken weer terug: bijzondere krukjes van gitzwart hout, versierd met afbeeldingen van allerlei vogels, graanzeven met geschilderde blaadjes en hagedissen op de rand, kralenkettingen en zilveren armbanden, schitterende, in allerlei kleuren geweven manden, speelgoed van hardhout met enge symbolen in labyrinten. Ons huis was exotisch, anders dan alle andere huizen. Tot de voormalige dominee van onze nieuwe broederschap mijn moeder liet weten dat al die heidense voorwerpen overdekt waren met magische symbolen die ons zouden weglokken van de liefde van de Heer. Waarop ze de hele boel verbrandde. Eén gigantische brandstapel van de mooiste objecten uit Afrika. Ik heb vreselijk gehuild. Ze zei tegen mij dat het duivelse dingen waren, die ons nu geen kwaad meer konden doen. Maar het waren geschenken die ons met liefde gegeven waren. Ik heb het gevoel dat ze alles probeerde te vernietigen waar ik ooit van gehouden had.

We hadden geen televisie. Ik mocht niet naar de radio luisteren. Voor mijn zestiende was ik nooit naar de bioscoop geweest. Ik had geen grammofoon, geen cd's, geen cassettes, geen platen. En mijn moeder controleerde mijn bibliotheekboeken voor ze werden afgestempeld.

Mijn vader kreeg de Haywood-broederschap als beloning voor de verschrikkingen die hij verondersteld werd in Afrika te hebben doorgemaakt. Hij pakte zijn oude beroep van boekhouder weer op. Ze hadden allemaal een baan, zelfs de zendelingen. De Heiligen namen hun plek in de wereld in. Wij waren de Spionnen van God, en we werkten undercover, wij waren de Legioenen van de Heer, die maar een stapje lager stonden dan de engelen. En dus woonden we in een groene voorstad en hadden een Austin Maxi. Hij waste de auto en zij hield het huis schoon. Nu weet je meteen ook waarom ik nooit schoonmaak. Meubilair hadden we niet veel. In huis was alles heel Spartaans en heel schoon. Dat was streng en sober, zoals het goede christenen betaamde. We werden niet geacht ons te hechten aan aardse goederen. Maar je kon niet opscheppen over je rechtschapenheid. Vasten deed je in het geheim. Dus presenteerden wij een keurige burgerlijke façade waar een rechtschapen huishouden achter schuilging. Een kaal huis.

Op zondag gebruikten de Heiligen altijd gezamenlijk de lunch. Broodjes en vruchtensap. Geen wijn. Wij hadden maar één keer per jaar avondmaal. En zelfs dan was de wijn gewoon vruchtensap van de Co-op. Wijn was de nectar van de duivel. Ja, uiteraard waren er die stiekem dronken. Een van de ouderlingen moest zelfs een keer een ontwenningskuur ondergaan. We baden allemaal als gekken voor hem, als een van de gevallenen die de fluistering van genade behoefden. We baden voor zijn ziel op onze opgezette knieën, maar niemand ging bij hem op bezoek.

Ik kan niet uitleggen wat precies het karakteristieke was van de Heiligen. Dat zul je aan Luce moeten vragen. Zij is er ook een geweest. Ze stemden niet, op grond van de overweging dat als je onderweg was naar Sion, waarom zou je je dan druk maken om aardse machten en overheden? Maar als ze gestemd hadden, zouden al hun stemmen naar de Tory's zijn gegaan.

We hadden geen centrale verwarming en de eetkamer werd alleen gebruikt voor die lunches op zondag. Moeder legde 's zondagsochtends vroeg een kolenvuur aan en ging ervoor op de knieën liggen met een krant om het vuur aan te wakkeren. Toen ik nog klein was dacht ik dat dat ritueel deel uitmaakte van haar zondagse gebeden. De lucht in die kamer was altijd even muf. En dan hadden de Heiligen ook nog hun eigen geurtjes, meest mottenballen en carbolzeep. Ze zagen er allemaal even schoon geschrobd en geboend uit, de vrouwen met de haren strak bijeengebonden en zonder sieraden of andere opsmuk. Soms hielden de mannen binnen hun jas aan, en dan stonden ze daar met hun papieren bordjes en hun broodjes alsof ze op het punt stonden om weg te gaan.

Die zondagse lunches waren het summum. Het gedempte knauwen op broodjes met kip en salade, de vrome praat en de gefluisterde roddels, het geconcentreerde vruchtensap vol geur-, kleur- en smaakstoffen dat in kruiken vol ijsblokjes op tafel stond. Moeder had tientallen kanten onderleggertjes die rondom gestikt waren met kralen. Op elke kruik legde ze daar een van voor we naar de kerk gingen. De servetjes, die ze in goedkope plastic verpakkingen per duizend kocht, werden tot muls in je handen en vergingen zodra ze in aanraking kwamen met water. Alles was goedkoop, middelmatig, benepen. Ik kon hun bekrompenheid niet uitstaan. Ze waren altijd bereid het ergste van een ander te denken. Daar kon geen erbarmen van de Heer tegenop. Zelfs hun gebeden bestonden uit instructies voor de Almachtige, uitleg waar Hij in de fout was gegaan en wat Hij zou moeten doen om het weer recht te zetten.

De Heiligen trouwden onderling. We hadden wel wat van de sikhs die in dezelfde wijk in Londen woonden. De sikhs en de Heiligen, die elkaar wantrouwig voorbijliepen terwijl ze zoveel gemeen hadden. Ze zagen zich allemaal geconfronteerd met een ware revolutie in de seksuele mores van hun dochters. Niemand die in die tijd leefde zou volledig afgeschermd kunnen blijven voor de wind van de vrijheid. De Heiligen waren niet bijzonder vruchtbaar. De meeste stellen hadden maar één kind. Dus een paar afvalligen betekende al een dramatische afname van het aantal potentiële huwelijkspartners. Ik denk dat moeder verschillende jongens op het oog had die misschien goed genoeg waren.

Ik werd meegenomen naar dansavonden onder toezicht: gênante toestanden – we stonden allemaal in lange rijen langs de muren elkaar een beetje aan te gapen, walsten onbeholpen en gingen om tien uur weer met onze ouders naar huis. Maar het vereiste wel moed om eruit te stappen. De Heiligen boden een veilige haven en we werden enorm geïndoctrineerd met verhalen over de Voortgang van Satan in de buitenwereld. We waren gevangenen die de wereld achter de tralies vreesden.

De Heiligen geloofden in de duivel, in Satan, een brullende leeuw die altijd op zoek is naar een prooi om te verzwelgen. Ik wist nooit precies hoe letterlijk ik dat moest opvatten. Satan was verantwoordelijk voor moderne kwaden als rock-'n-roll, de televisie en *A Clockwork Orange*. Hij scheen zich te bedienen van geniepige, verraderlijke methodes en niet het risico te nemen zich al te openlijk aan de mensen te tonen. Maar ik geloof oprecht dat mijn moeder op de uitkijk was naar een verleidelijke vent met gespleten hoeven en hoorntjes. Volmaakt zichtbaar voor het blote oog, als je goed keek.

Wij waren antinomisten. Weet je wat dat betekent? Niet? Nou, het is heel simpel. Het heeft te maken met rechtvaardiging door het geloof, niet door goede werken. O, dat is nog even onduidelijk? Luister, Toby, ik ben gewassen met het Bloed van het Lam. Dus ik ben schoon. Het maakt niet uit wat ik doe. Ik ben voor de eeuwigheid gered. Ik zal in de Hemelse Stad aan de rechterhand van God zitten.

Uiteraard is dat allemaal onzin. Maar dat geloofden we nu eenmaal. Nou, als wij veilig in Abrahams schoot zaten, waarom stonden we dan altijd op de uitkijk voor de Boze? Dat was niet verenigbaar. Moeder verklaarde het altijd zo. Wij waren net als Adam en Eva, perfect geschapen, maar met onze eigen vrije wil. We waren perfect, maar we kónden vallen. Vallen? Dat betekent in ongenade vallen. Wij konden er te allen tijde voor kiezen om Gods verbond af te wijzen. Klinkt dat niet als tovenarij? Vrijheid? Keuze? Ik hunkerde ernaar om in ongenade te vallen. Maar dat kon niet gewoon zomaar gebeuren. Je moest iets dóén. En ik zat zo opgesloten in hun systeem dat ik me niks anders, geen andere levenswijze, kon voorstellen. Ik was gehoorzaam uit gewoonte.

Maar is dat wel zo? Nee, niet helemaal. Ik had nog het benul om te schilderen. Ze wilden niet dat ik daarin verder ging. Ik werd geacht moderne talen of wiskunde te doen. Ik weet niet wat ik daaraan gehad zou hebben als ik bestemd was voor een Hogere Roeping en zendeling in Afrika was geworden. Misschien dat ze me dan naar een Franssprekend land gestuurd hadden of zo. Hoe dan ook, ik schilderde. Ik schilderde vreemde portretten van de Heiligen. Een stille vorm van wraak, denk ik. Mijn zegje doen in de taal die ik het beste sprak. Maar ik liet die portretten wel in de kast op school liggen. De tekenlerares kwam op een gegeven moment bij ons thuis om met mijn ouders te praten. Ze smeekte hen om mij toe te staan tekenen als eindexamenvak te kiezen. Ze lieten haar in de eetkamer zitten, die koud was zonder het zondagse haardvuur. Ze zat op het puntje van haar stoel en ze vroegen haar niet eens of ze haar jas uit wilde doen. Ik herinner me dat bezoekje nog. In zekere zin was het heel grappig. Mijn tekenlerares heette juf Shirley. Ze had wel wat van Liberty, kort haar en sterke handen. Ze legde uit dat ik aanleg had en die opleiding verdiende. Ze opperden nogal wat bezwaren. Kunst was op zijn mooist een vorm van genotzucht en op zijn ergst een heidense imitatie van de werken van de Heer. O nee, wierp juf Shirley tegen, kunst is de dienares van de religie. Ze stak een enorm betoog af over Russische iconen, middeleeuwse manuscripten, elke bekende vorm van kerkelijke fresco's, de Sixtijnse kapel, Pierro della Francesco, Velázquez en de schoenen van Van Gogh. Moeder schreef het allemaal toe aan de inventiviteit van de duivel, maar mijn vader was bijna overtuigd. Hij vond wel degelijk dat gewijde kunst zijn nut kon hebben. Hij had zelf een prentenboek gebruikt in Afrika, om het verhaal van de missie en het offer van onze Heer aan kinderen te leren die niet konden lezen, en die elkaar na de les trouwens probeerden te kruisigen om te kijken of het pijn deed. Maar dat heeft hij nooit geweten. En dus mocht ik examen doen in tekenen, maar dat moest dan wel als extra vak, niet in plaats van iets nuttigs, zoals aardrijkskunde.

Jij zou de kont tegen de krib hebben gegooid, Toby. En op mijn eigen manier deed ik hetzelfde.

Ik wenste drie dingen. Ik bad er zelfs om. Ik wilde er anders uitzien. Ik wilde andere kleren dragen. En ik wilde dat een man de liefde met mij zou bedrijven. Misschien is dat wel wat ieder naïef pubermeisje wil. Maar ik wilde die dingen met een hartstocht die bijna gestoord was. Ik wilde iemand anders zijn, iemand die cool was, streetwise, pienter, sexy. Ik was niet bang voor wat daar buiten was, achter die tralies. Ik wilde de wereld juist leren kennen.

Toen kwam er een schoolreisje naar Duitsland. Eind april was het, niet zo heel lang voor het eindexamen. Het was een taalcursus geworden in Zuid-Duitsland, aan de Bodensee: 's ochtends les en 's middags busreizen naar toeristische bezienswaardigheden of lange gezonde wandelingen door de bossen. En om tien uur allemaal weer veilig terug in het hotel en onder de dekens. Het klonk als de Hitlerjugend. Maar ik liet me niet voor de gek houden. Vrijheid. Ik kon het ruiken, bijna proeven – vrijheid. Ik wist nauwelijks waar de Bodensee lag in Duitsland, maar dat maakte me niet uit. Ik gaf me ook op. Ik zei dat ze toestemming hadden gegeven. Dat was natuurlijk niet zo. Ik probeerde een spelletje te spelen. De lerares Duits belde ze op. We hadden wel telefoon, maar die stond op hun slaapkamer en ik mocht daar niet mee bellen. Mijn moeder ontplofte toen ze het hoorde. Ze zei dat het uitgesloten was. Maar mijn lerares koos partij voor mij. Ze zei tegen mijn ouders dat ze mij in de weg stonden. Ik deed het niet zo goed als ik gekund zou hebben omdat ik nooit mee mocht doen aan allerlei schoolactiviteiten. Het maakte geen enkele indruk op mijn moeder. Maar haar volgende argument deed dat wel. Ze zei dat er beurzen voor beschikbaar waren. En dat was moeder te veel. Haar verhevenheid werd uitgelegd als armoede. Haar trots kreeg opeens de overhand. Ik mocht mee.

Ik denk dat mijn ouders wel wisten dat het een soort keerpunt zou zijn, maar niet zoals zij het zich hadden voorgesteld. Moeder huilde zelfs toen ze mij op het station bij mijn lerares Duits afleverden. Ze liet me beloven dat ik mijn gebeden niet zou vergeten. En ik mocht onder geen beding in de buurt van een kerk komen. Rome was gevaarlijker dan alle oerwouden van Afrika bij elkaar.

Het reisje bleek een vergiftigde kelk. Ik was nog nooit met een stel meiden een avond naar een café geweest, laat staan alleen voor een week naar het buitenland. Er stond mij een schok te wachten.

Ik had op school altijd aardig wat pesterijen te verduren gehad. In de tweede klas noemden ze me de Zwoeger of de Inktpot. Ik was het enige meisje met een echte pen en een flesje Quink. Ze noemden me ook wel de Hagedis. Maar merkwaardig genoeg was dat geen belediging. In een van onze eerste schoolboeken kwam een wijze hagedis voor die overal antwoord op had en die de kinderen op interessante avonturen stuurde. Net als de Hagedis was ik pienter, de opgaven voor wiskunde en Latijn waren voor mij geen probleem. Ik hielp de andere leerlingen met hun prozavertalingen en hun meetkundeformules. Ik had zo mijn nut. En ik stond niet opgedoft op de discovloer met mijn kont naar hun vriendjes te wiebelen. Dus ik vormde geen bedreiging. Nu was ik misplaatst, en had ik geen vaste grond meer onder mijn voeten. Ik zag er raar uit. Verschillen worden gemaskeerd door schooluniformen, maar in gewone kleren was ik de enige in een tweed rok tot vlak onder de knie en hoge veterschoenen. Ik had zo'n schoon geschrobd gezichtje dat de wereld zo ongeveer toeschreeuwde dat ik nog maagd was. Ik knoopte geen gesprekken aan. Ik zat alleen en keek uit het raam terwijl de bus naar Dover reed. Tegen de tijd dat we in Calais aankwamen hadden ze besloten hoe ze mij gingen noemen en hoe ze mij gingen aanpakken. Ze maakten smalende opmerkingen over mijn haar. En ze gaven me een nieuwe bijnaam. Ze noemden me de Non.

Mijn haar was nog heel lang toen, ik had één lange blonde vlecht die bijna tot op mijn billen hing. Niemand anders had zulk lang haar. Het zag er inderdaad gek uit. Alsof ik aan een soort Rapunselsyndroom leed. Maar nu denk ik dat ze daar juist over begonnen omdat ik me daarmee onderscheidde. Als ik puistjes had gehad, of dik was geweest, zouden ze me daarop hebben gepakt. Ze verzonnen hatelijke liedjes die ze dan zongen op melodietjes uit *The Sound of Music*, waar ik natuurlijk nog nooit van gehoord had. En dan deden ze het in hun broek van het lachen. Mijn lerares Duits had nooit helemaal in de gaten voor wie dat allemaal bedoeld was, en het gebeurde trouwens allemaal achter in de bus en zij zat voorin, met de kaart op schoot. Die reis was een kwelling. Ik heb meer genade verdiend door die ene busreis dan door alle beproevingen van mijn latere leven bij elkaar. Voor het eerst had ik aansluiting gezocht bij de groep, en ik had de toegang gebarricadeerd gevonden, bewaakt door een horde schoolmeisjes met getrokken zwaarden. Ik huilde niet waar zij bij waren. Geen traan. Dat was dom van mij. Als ik gehuild had zouden ze gas terug hebben genomen.

Het was allang donker toen we bij een hotel in de buurt van Straatsburg aanlegden. De tweede avond arriveerden we op de plaats van bestemming. We namen bezit van een complete *Jugendherberge*. De *Schleppdecken* stonden op de bedden, opgevouwen als twee dubbele piramides, koningskronen gelijk. Alles was griezelig schoon en wit, alsof we in een gesticht waren beland. Die eerste nacht werd ik ongesteld en ik werd wakker in een vijver van vers bloed. Dat was de laatste druppel. Ik kotste mijn ontbijt eruit in de wc en moest de hele dag maar op mijn kamer blijven. Mijn lerares had wel met me te doen, maar ze had het druk met het organiseren van die taallessen. De roedel bleef nu op afstand. De Non is ziek. Arme ouwe achterlijke Non. Laat haar maar met rust.

Mijn kamergenote keek ongelovig naar mijn dikke pak maandverband. De Heiligen mochten geen tampons gebruiken. Weg met die troep, Non. Hier, probeer deze eens. Je haalt ze gewoon uit de verpakking en schuift ze erin. Niet rechtstreeks naar boven. Naar achteren, naar je kont toe. Toe maar. Misschien vind je het wel lekker. De hele morgen lag ik tussen schone lakens te huilen. 's Middags ging de hele groep naar Schloss Neuschwanstein. Ik stond op en liep naar het meer.

Ik herinner het me allemaal nog, het rustige water en de stille dag. De modder rook naar de late lente. Jonge rietstengels rezen op uit de vochtige oevers. Waterhoentjes nestelden onder de steiger. Dat deel van de Bodensee was een natuurpark. En ik heb daar ook weer de hele middag zitten snotteren. Zelfs de waterhoentjes waren niet bang voor me.

Toen zag ik hem. Hij kwam langzaam op me af roeien, een reusachtige man in een simpele geverfde roeiboot.

Roehm zag er net zo uit als nu, misschien iets minder zwaar, maar toch hetzelfde. Hij is niks veranderd. Hij leunde op de roeiriemen en keek naar me. Ik had bepaald de indruk dat hij naar die steiger kwam roeien enkel en alleen met de bedoeling mij aan te spreken. Is je opgevallen hoe hij je bij je naam aanspreekt? Roehm geeft je altijd het gevoel dat je uitverkoren bent. Dat hoort bij zijn mateloze, sinistere charme. Er was een zacht geplas hoorbaar terwijl hij rustig naar me toe kwam roeien, en de boot kraakte. Hij keek op. Zijn gezicht was wit, vreemd, haarloos, alsof hij zich nooit hoefde te scheren. Ik herinner me zijn ringen. Hij droeg gouden ringen, te veel voor een gewone man. Het was net alsof hij lid was van een heleboel geheime genootschappen en van elk een zegelring droeg. Ik staarde naar zijn ringen. Ik wist dat hij oud genoeg was om mijn vader te kunnen zijn. Toch staarde ik naar zijn gezicht, gefascineerd. De boot ging iets langzamer varen en bleef op het ondiepe water dobberen. Hij leunde op zijn roeiriemen en keek me afwachtend aan.

Ik wist niet goed wat voor taal ik moest spreken. Ik moest als eerste iets zeggen. Hoe wist ik dat? Het was een kwestie van toestemming. Uitnodiging bijna. Roehm kon pas aan wal komen als ik hem daartoe uitnodigde. Ik knielde op de aan legsteiger en hield een hand op voor het meertouw.

'Dank je.'

Dat waren de eerste woorden die ik hem hoorde zeggen. Zijn stem is nog hetzelfde. *Un de ces voix*, zoals Françoise het omschrijft. Zij heeft het altijd over zijn stem. Misschien is dat ook wel het enige dat ze van hem kent. Ik kan me eigenlijk niet herinneren of ze hem ooit ontmoet heeft. Ik ving de tros op en trok hem naar me toe. De boot botste tegen de steiger en de waterhoentjes zochten gauw een veilig heenkomen tussen het riet. Hij haalde de riemen binnen en stak een hand in zijn jasje. Hij droeg een zwart pak, en een wit overhemd met de bovenste knoopjes los, alsof hij een das om had gehad maar die met een ongeduldige ruk had afgedaan. Hij ging merkwaardig goed gekleed voor iemand die in een roeiboot kwam aanzetten.

'Bent u Engelsman?' vroeg ik, nieuwsgierig. Ik zat op de steiger, iets hoger dan hij. Ik zwaaide met mijn benen en keek van boven in zijn boot. Roehm stak een sigaret op en keek op. Hij had keurige glimmende schoenen aan.

'Nee. Wil je een sigaret?'

Ik schudde mijn hoofd.

'Jij mag niet roken van je ouders.' Het was geen vraag, hij stelde het vast: hij wist het al.

'Ik mag niets van mijn ouders,' flapte ik er verbitterd uit.

Roehm schoot in de lach, die prachtige, griezelige, galmende lach.

'Dan ben ik blij dat ze niet hier zijn.'

'Ik ook.'

En ik glimlachte naar hem van mijn hogere positie. Roehm lijkt altijd meer van je te weten dan je hem ooit verteld hebt. Is je dat wel eens opgevallen? Hij stelt je op je gemak. Ik knielde weer neer op de steiger en stak mijn hand naar hem uit. Ik was niet bang voor hem. Hij vertrok geen spier. Hij pakte mijn hand. Ik slaakte een kreet. Zijn hand was zo koud. Ik dacht dat het die ringen waren, het kille goud van zijn ringen.

'Het spijt me,' zei hij, terwijl hij opstond, 'ik ben ongewoon koud. Jij bent heerlijk warm.'

Dat was een compliment, een liefkozing. Hij zwaaide zich op de steiger naast mij en de boot zonk even alarmerend onder hem weg. We zaten naast elkaar en keken uit over het meer. Hij hield mijn hand stevig vast op zijn schoot. Ik voelde het ijskoude goud van zijn ringen.

'Jij hebt mij iets te geven. En ik heb jou iets te geven.' Hij sprak die woorden uit als een volkomen feitelijke, van elke dramatiek gespeende verklaring. Zelfs in mijn argeloosheid vond ik hem een beetje vreemd.

'Wat dan?'

'Dat zul je wel zien.'

Er viel een stilte. Een troep eenden vloog in een brokkelige V-formatie weg over het meer, halzen gestrekt, roepend in de waterige zon.

'Hoe heet je?'

'Isobel. En u?'

'Roehm.'

Ik zat na te denken over die naam. Was Roehm zijn achternaam? Of had hij maar één naam, net zoals Heathcliff, of Madonna? Hij hoorde me denken.

'Roehm, meer niet. Dat is makkelijk te onthouden. Waar heb je het meest een hekel aan?'

'Mijn haar.'

Ik sloeg verontwaardigd met mijn hakken tegen de palen van de steiger.

'Ik mag mijn haar niet afknippen. Alle andere meisjes hebben stekelhaar, met gel in van die pieken gedraaid. Soms ook nog oranje of groen geverfd. En ik loop erbij als Julie Andrews. Ze zeggen dat ik op Julie Andrews lijk. Weet u hoe ze me noemen? De Non! Dat haat ik. Als ik kort haar had zouden ze me niet zo uitlachen en zou ik er normaler uitzien. Mijn kleren zijn ook vreselijk. Vooral mijn schoenen. Wie draagt er nou nog van die hushpuppy's met veters? Die dragen ze alleen in kuuroorden. Die droegen ze in de vorige eeuw. Maar mijn vlecht is het eerste waar ze naar kijken.'

Ik draaide mijn gezicht naar hem toe en grimaste met een verbeten pruillip. Hij kneep me zachtjes in mijn hand. Ik voelde me net zijn handlanger die werd opgeleid voor een speciale missie, al wist ik nog niet wat er van mij verwacht werd.

'Zou je hem graag helemaal af willen laten knippen?'

'Nou ja, misschien niet helemaal. Maar ik zou het niet durven. Mijn ouders zouden het me nooit vergeven. Er staat in de Bijbel dat het haar van een vrouw haar een eer is, dus ik kan het niet laten afknippen.'

'Hmm. Ja. Maar Paulus richtte zich tot een gehoor uit de

eerste eeuw na Christus. Als hij nu had gepredikt zou hij het misschien niets dan ijdelheid hebben gevonden.'

Ik verwonderde mij over zijn accent. Hij sprak perfect Engels maar was duidelijk geen Engelsman. Vergeet niet dat ik pas zestien was. Of bijna zestien. Ik voelde me zo veilig als een huis. Ik heb geen moment argwaan gekoesterd. Roehm wekte een betrouwbare indruk, ja, net alsof hij me in bescherming nam. En ik was diep getroffen door zijn vernieuwende kijk op de bijbel.

Hij nam me mee naar de duurste kapsalon in de stad. We gingen er naar binnen alsof hij de afspraak al gemaakt had. Ze hadden er airconditioning. Ik voelde een soort gezuiverde kou in de lucht hangen. Het stonk er naar kunstmatige hairsprays. Er stonden twee lange rijen zwarte stoelen tot een heel eind achter in de zaak. In sommige zaten vrouwen in dure kleren met oude gezichten en levervlekken op de handen; hun sprieterige haren hingen futloos over hun oren en schouders. Ik aarzelde bij de toonbank en leunde achterover tegen Roehm aan.

'Ben je gespannen? Ben je van gedachten veranderd?'

Zijn gezicht bij mijn wang was subtiel als een kus.

'O nee. Ik wil het eraf hebben. Helemaal.'

'Vaarwel vrouweneer. Het is een beetje ouderwets.'

Een jonge vrouw kwam over de marmeren tegels naar ons toe zweven. Roehm draaide de vlecht om mijn hals.

'Hier is mijn Rapunsel,' zei hij in het Engels. Het meisje keek verbaasd. Ik kromp ineen.

Ze nam me mee naar een van die zwarte stoelen. Ik zag mezelf opeens in een grote, met verguldsel omlijste poel van glas. Ik was een Engels schoolmeisje in een witte blouse en een groen vest, een blauwe plooirok, witte kniekousen, veterschoenen met platte hakken, een beetje verbrande wangen en sproeten op mijn glimmende neus. Ik zag er minstens vijf jaar jonger uit dan ik was. Zelfs mijn borsten leken hard en klein.

Roehm tilde de hatelijke vlecht op en kuste me in mijn nek. Ik voelde zijn tong op de wervel vlak boven mijn kraag. 'Maak je geen zorgen. Ik zal nieuwe kleren voor je kopen.' De vrouw die met een stapel goudkleurige en witte handdoeken kwam aanlopen zag de suggestieve krul van zijn kus en bleef geschokt staan. Ze was ervan uitgegaan dat ik zijn dochter was. Ik bloosde, en kroop in mijn stoel weg. Maar Roehm wist de situatie wel te redden met zijn charme en zijn vloeiende Duits. Hij legde uit hoe ze mijn haar moest knippen, korter hier, boven de oren, in laagjes bovenop, een beetje pittig, dan lijkt ze langer. Maar bewaar de vlecht als één geheel. Ik wil hem bewaren, als herinnering aan haar jeugd. Als ik hem dan weer in mijn handen houd zal ik mij haar herinneren zoals ze nu is, met sproeten op de wangen, witte armen, en deze lange, dunne stortvloed van goud. Hij vangt mijn blik op in de spiegel.

'Ik wil mijn vlecht houden,' zeg ik, opeens tegendraads. De gedachte dat hij iets van mij zou bezitten beangstigde mij.

Roehm gaf me een tikje op mijn wang en lachte. Hij zei niets. Toen wendde hij zich tot de kapster die mij al in handdoeken had ingezwachteld en sadistisch naar mijn vlecht stond te kijken.

'Ik kom over een uur weer terug.'

De oude vrouwen zaten al naar hem te staren. Sierlijk als een dansleraar schreed hij weg door de lange marmeren ruimte, elke blik met zich meetrekkend van spiegel naar spiegel: blikken die staarden naar zijn schouders, zijn witte kaken en zijn reusachtige handen met hun zware gouden ringen. Ik keek hem na. Toen zag ik de schaar op me af komen. Mijn aandacht was in één keer weer op de handen van de vrouw gericht. Roehm was weg.

Ik zag er heel anders uit met dat korte kapsel. Ik heb het sinds die dag altijd zo gedragen. Ik zie geen reden er iets aan te veranderen. Ik zag er ouder uit, groter. Ik bleef met de vlecht in een grote envelop op hem zitten wachten.

'Hier is hij.' Ik bood Roehm het ding aan zodra hij binnenkwam.

'Ik dacht dat je hem zelf wilde houden.'

'Nu niet meer. Neem jij hem maar.'

Ik heb nooit gezien wat hij ermee gedaan heeft. De vlecht verdween op raadselachtige wijze. We liepen langs winkelpromenades en keken in de etalages van kledingzaken. Alles glom. Er lag geen afval onder de bankjes. De geraniums in hun potten hingen een beetje slap, alsof ze gedrogeerd waren. Roehm rookte. Met zijn andere hand hield hij me stevig vast. Mijn huid tintelde onder zijn koude ringen.

'Jij zult moeten kiezen, Isobel. Ik heb geen idee wat jonge meisjes tegenwoordig aanhebben.'

'Zie je dat dan niet?' Ik wilde op zijn minst twee obscene strakke zwarte topjes en een nauwsluitende zwarte spijkerbroek of een minirokje met zwarte kousen met een mooi patroon erin. Ik wilde eindelijk gezien worden.

'Nee. Ik zie die dingen nooit.'

Ik koos een zwart leren jasje uit, met een patroon van sierspijkers. Het was absurd duur. Ik dacht: hij is mijn minnaar. Hij kan wel betalen.

Roehm glimlachte flauwtjes.

In alle etalages prijkte kleding voor dikke vrouwen van middelbare leeftijd. Hoe wist hij dan welk steegje we in moesten, welk plein we moesten oversteken, hoe die kleine boetiekjes te vinden met hun zilveren nepsieraden en elastische topjes die om je lijf sloten als een tweede huid? Een van die spelonken was zo klein dat hij er niet eens in paste, dus bleef hij buiten staan wachten, in de zon, waar ik dartel het ene setje zwarte kleren na het andere kwam showen. De strakke topjes toonden mijn borsten op hun voordeligst, ze leken er groter in, en zachter. Hij keek alleen maar naar mijn gezicht, mijn glimlach, die nu omlijst werd door mijn springerige, korte blonde haar. Hij gaf me het gevoel dat ik een schoonheid uit Hollywood was.

Ik danste terug naar de jeugdherberg met tassen vol nieuwe kleren, die ik in mijn koffer verstopte. Maar dat mijn vlecht was verdwenen viel niet te verhullen. Aanvankelijk betoonde mijn lerares Duits zich geschokt.

'Isobel! Wat heb je gedaan?'

'Zoals u ziet.'

'Nou ja...' Ze moest eigenlijk lachen, maar wist zich nog net te bedwingen.

'Wat zullen je ouders wel niet zeggen?'

'Kijk, de Non heeft haar vlecht afgeknipt.'

'Dat is beter.'

'Je ziet er bijna normaal uit, Hagedis.'

Ik glom van vreugde.

'Ik heb ook nog wat gekregen. Willen jullie 't zien?'

Iedereen was vol bewondering voor mijn verovering en mijn aankopen.

'Heb je die van je rijke minnaar?'

'Hij geeft mij graag dure cadeaus.'

Ik ben heel hooghartig. Ik laat het geld voor mij spreken.

Stilte.

'Onwijs.'

Twee van mijn drie wensen zijn in vervulling gegaan.

Die nacht lag ik wakker en broedde op een plan. Mijn list was gauw verzonnen. Ik moest me zo aanstellen dat ik de volgende middag weer niet mee zou hoeven. Ik moest Roehm weer zien te vinden.

Onder de taalles liet ik theatraal het hoofd hangen, en vervolgens loog ik over mijn menstruatiepijnen, waar eigenlijk nauwelijks nog sprake van was. De andere meisjes waren op de hoogte van mijn plan. Zij acteerden mee. Mijn lerares Duits liet zich niet helemaal bedotten. De vorige dag was dat verlegen kind er immers ook tussenuit geknepen? Ze luisterde naar mijn slappe smoezen, maar drong niet aan. Ik behoorde nu eenmaal niet tot de vaste keetschoppers.

Ik weet eigenlijk niet precies wat ik toen voor Roehm voelde. Dankbaarheid, zeker. Nieuwsgierigheid? Gefascineerdheid? Ik was een dorpsmeisje dat naar de grote stad was gekomen en de slang voor het eerst had zien dansen. Ik wilde hem weer zien. Ik voelde me net de Samaritaanse vrouw. Ik had bij het water gestaan toen ik een man had ontmoet die mij verteld had wie ik geweest was en wat ik in mijn leven gedaan had. Voor het eerst had iemand mij zijn aandacht geschonken, had iemand mij zorgvuldig, nauwlettend opgenomen. Er was kennis van mij genomen, ik had erkenning gekregen. Was ik verliefd op hem? Maakt dat iets uit? Ik wilde die blik weer op mij voelen.

Toen de schoolbus goed en wel uit het zicht was verdwenen hulde ik mij in de meest sexy outfit die hij voor me gekocht had en rende door al die smalle straatjes naar de oever van het meer.

Roehm stond op me te wachten aan het eind van de steiger waar ik hem voor het eerst had ontmoet. Hij stond op de grijze, verweerde planken en keek uit over het water. Ik zag de rook opstijgen boven het riet, bijna bewegingloos in het helle middaglicht. Hij draaide zich om en keek naar me.

'Zo, Isobel,' was het enige dat hij zei, en hij strekte zijn armen naar me uit.

Ik rende zijn omarming binnen.

Hij voelde verontrustend kil aan. Zijn wangen en handen waren koud.

'Je bent heel mooi.'

'Jij bent koud.'

Hij lachte,

'Warm me op, dan.'

Hij sloeg zijn arm om mijn middel en leidde mij naar een zonnig lapje vochtig gras dat aan alle kanten door rietstengels werd omringd. De madeliefjes werden geplet onder zijn jasje toen hij me daar voorzichtig op liet zakken, me nog altijd alleen maar recht in de ogen kijkend. Ik werd tot in mijn vezels getroffen door de intensiteit van die blik. Geen man had ooit zo naar mij gekeken. En zo begon hij mij van al die prachtige gewaden te ontdoen. Hij hield zijn blik geen moment van mijn gezicht af. Ik voelde zijn koude handen op mijn borsten, mijn armen, mijn rug, maar het enige dat ik zag waren zijn koude grijze ogen. Hij begon me te kussen, mijn wangen, mijn keel, mijn mond. Zijn lippen waren koud en droog. Mijn hele lichaam sidderde van genot. Toen schoot mij de illegale tampon in mijn vagina te binnen.

Niets had minder romantisch kunnen zijn.

Roehm bulderde van het lachen.

'Jij bent de meest charmante, perverse kleine maagd die ik ooit heb gekend,' zei hij, terwijl hij mijn oorschelp likte.

Ik was bijna in tranen.

'Het is niet mijn schuld dat ik maagd ben,' beet ik hem toe.

Roehm hield me vast in zijn koude handen en spreidde mijn benen.

Was dat de eerste keer?

Ik heb zijn lichaam nooit gezien. Hij trok nooit ook maar één kledingstuk uit. Maar ik was naakt, wit, volkomen veilig in zijn armen. Hij gaf me niets dan genot en een geweldig gevoel van ruimte, alsof alle koninkrijken van de wereld zich voor me uitstrekten. Nog voel ik de kille passie van zijn kussen in elke porie van mijn huid. Hij maakte alles mogelijk. Mijn derde wens was in vervulling gegaan.

Hoe wist hij waar wij zaten met school? Hij moet me gevolgd zijn. Op de laatste dag voor ons vertrek kreeg ik een boodschap van hem via iemand die in de keuken werkte. Een adres in de stad en een tijd, meer niet. In onze recreatietijd, na het *Abendbrot*. We mochten een paar uur uit. Maar we moesten wel bij elkaar blijven en om halfelf weer binnen zijn. De lerares Duits dreigde met strenge straffen voor het geval wij dronken of te laat terug mochten komen. Maar ik was nu een schoolmeisje met handlangers. Samen met hen ging ik op stap. We gingen met zijn allen naar *Zum wilden Jäger*, een *Gasthof* aan het meer met kaarsen op de tafeltjes en kerstverlichting in de Italiaanse tuin. Ik sprak met hen af om hen daar weer te ontmoeten, net op tijd om gezamenlijk terug te gaan naar de jeugdherberg.

'Niet te laat komen, hè, Hagedis, anders krijgen we allemaal op onze sodemieter.'

'Veel plezier, hè.'

'Geef hem een kus van mij.'

Ik ging er gauw vandoor en stortte mij in het feestgedruis op straat. Het was die dag een of andere feestdag. Ik werd omringd door lachende mensen die met ballonnen rondliepen. Ik hoorde muziek van een draaimolen, het geluid van het mechanische orgel klonk op die warme avond boven het verkeer uit. Het adres van het briefje was een rustig, modern hotel.

Niemand zou kunnen zeggen dat het verkrachting was.

Ik was er zelf heen gegaan, waar of niet? En daar was ik dan, alleen in een hotelkamer met een man die oud genoeg was om mijn vader te zijn, een man die ik nauwelijks kende. Ik had hem al elke centimeter van mijn adolescente lichaam laten kussen, zuigen en strelen. En hield van hem, om die reden. En daar was ik dan weer, en ik wilde meer. Ik zei ja, ja, ja, alsof ik mijn toestemming uit het raam schreeuwde, over de geraniumbakken heen, keihard door de straat. Ik bood hem mijn lichaam aan alsof het een rol was in een poppenspel. Ik wilde zijn macabere huwelijksceremonie. Ik aanbid u met mijn lichaam. Ik dacht werkelijk dat ik wist wat die woorden betekenden. Ik wilde dat hij me weer aanraakte, met zijn handen, met zijn lippen. Ik was al te argeloos, al te goed van vertrouwen, al te kwetsbaar.

Door de dichte luiken viel er een merkwaardig streperig licht in de kamer. Daar stond Roehm, hij staarde naar mij vanuit een blauwe rookwolk. Hij wachtte net lang genoeg om mij onrustig te maken. Ik zat op de rand van het bed, naakt en stralend, prachtig geknipt en gekapt voor zijn avondlijk offer. Hij stapte uit zijn wervelende wolk in de repen hard licht, nam me in zijn armen en draaide me abrupt op mijn buik. Hij drukte me op het bed neer. Mijn kruis was nat van de verwachting van zijn kussen die nooit kwamen. Opnieuw kreeg ik zijn lichaam geen moment te zien. Ik voelde de kou van een rits, de scherpe druk van een paar knopen van zijn vest. Hij dwong me met mijn gezicht in de kussens te blijven liggen.

Hij heeft me niet geslagen, maar ik had blauwe plekken op mijn armen en dijen, enorme paarse vlekken van zijn knijpende vingers, die nog weken daarna akelig geel waren. Maar ik was op mijn hoede. Niemand behalve de spiegel heeft ze ooit gezien. Toen hij in me stootte had ik het gevoel dat ik werd opengereten door een reusachtige ijzeren staaf. Ik was volkomen stil en hij ook. Ik schreeuwde het niet uit. Ik zou het niet eens gekund hebben. Mijn gezicht lag in de frisse geur van pas gewassen linnen gedrukt. Mijn adem kwam met horten en stoten. Meer dan dat kon ik ook niet horen. Ik kon me hem niet eens meer voor de geest halen. Het enige dat ik voelde was zijn botte gewicht en de zuiverheid van de pijn die meedogenloos opkwam in mijn ingewanden, in mijn buik. Hij wilde me pijn doen. Ik werd opengescheurd, totaal verwoest.

Ik moet mijn bewustzijn hebben verloren. Het moment waarop kan ik me niet herinneren. Ik weet alleen nog hoe het afliep. IJskoud slijm droop langs de binnenkant van mijn benen, en in al mijn leden bonkte de pijn. Ik kon me niet verroeren. Ik kon niet eens opkijken. Ik hoorde zijn stem, *un de ces voix*, weet je nog? Het klonk als een naschrift, de mededeling dat onze transactie nu gesloten was, en dat hij me al-

225

les gegeven had wat hij me bij onze kennismaking had beloofd.

'Dank je.'

Dat waren zijn laatste woorden. Toen was hij weg.

Ik ging rechtop zitten. Daar lag bloed, overal was mijn bloed, de lakens zaten eronder. Mijn moeder had mij geleerd nooit iets te bevuilen. Als ik dat al ooit deed, schaamde ik mij. En ze liet mij de volle kracht van mijn schaamte terdege voelen. Wat heb ik op die lakens staan schrobben in dat badkamertje! De vlekken gingen er niet meer uit. Ik kleedde me aan en glipte de deur uit, vernederd, getraumatiseerd, niet in staat een woord uit te brengen. De vrouw beneden was in de bar. Ze zag me niet. Ik had de sleutel in de deur laten zitten.

Hardlopen ging niet. Ik had overal pijn en een branderig gevoel. Ik liep stijfjes terug door de menigte. Het *Stadtfest* had zijn apotheose bereikt, iedereen was dronken, iedereen brulde. De toeristen deinden mee op oude hits van de Beach Boys die gespeeld werden door de *Stadtkapelle*. Ik verstopte mij bij de afvalcontainers van het *Gasthof* en bleef bijna een uur staan wachten tot ik mijn klasgenoten op de trap zag staan, op de uitkijk naar mij. Ze vonden het allemaal volkomen begrijpelijk dat ik huilde. We gingen immers weg? Ik zou mijn rijke minnaar niet weerzien. Toch had ik het mooi voor elkaar, met alles wat ik gekregen had. Bravo, Hagedis. Kop op. Als je één keer zo een aan de haak weet te slaan, lukt het een tweede keer ook. Ze steunden mij. Ze logen uit mijn naam.

'Hagedis heeft hoofdpijn.'

Ik ging naar bed met twee paracetamolletjes.

En weet je, de volgende morgen voelde ik me prima. Ik was er weer helemaal bovenop. En ik was het helemaal. Die Hagedis, dat is echt een ijskouwe, hoor. Die heeft lef, die heeft haar haar laten knippen, ze heeft nieuwe kleren, die heeft haar vrome ouders even lekker te grazen genomen. Wat dachten jullie daarvan, hè, stelletje eikels? Voor het eerst van mijn leven werd ik door mijn leeftijdgenoten bewonderd. En eindelijk was ik een van hen. Ik zat achter in de bus bij mijn voormalige kwelgeesten en hield de hele terugreis audiëntie. En dat is wat Roehm voor mij gedaan had. Hij had me mijn vrijheid gegeven. Hij gaf me een andere wereld. De metamorfose die ik had ondergaan kon natuurlijk onmogelijk verborgen blijven voor mijn ouders. Mijn haar was geknipt, dat kon iedereen zien. Maar ik keek mijn vader recht in de ogen toen ik uit de bus stapte. Ik was niet van plan om nu te gaan aarzelen. Niet waar de anderen bij waren. Mijn klasgenoten giechelden. Maar afgezien van het haar was er verder niets te zien. De Heiligen besteedden trouwens toch nooit aandacht aan lichamen. Ik trok mijn mouwen gewoon helemaal over mijn bovenarmen, zodat niemand de blauwe plekken kon zien, en klom in de Maxi. Mijn ouders zaten voorin, lippen stijf op elkaar. Ze wachtten tot de huisdeur achter hen was dichtgevallen alvorens zich vol overgave op de tuchtiging van de weergekeerde zondares te storten. Ze stonden in de hemel niet te juichen bij elk schaapje dat afdwaalde. De Heiligen grepen gewoon naar hun geweren.

'Hoe kon je ons dit aandoen?'

'Ik schaamde me dood.'

'Je hebt ons heel erg teleurgesteld, Isobel.'

'Ga naar je kamer. We roepen je zodra we hebben besloten wat we verder met je aan moeten.'

Ik verstopte me op de overloop en luisterde hen af. Dat zou ik voor dat reisje naar Duitsland nooit gedaan hebben. Hun belangrijkste zorg gold de vraag of ze de confrontatie in de kerk moesten aangaan en toegeven dat hun dochter ongehoorzaam was geweest, of dat ze mij moesten dwingen een pruik te dragen. Ik ging naar mijn kamer en deed, voor het eerst van mijn leven, de deur op slot. Het duurde even voor ik een paar plekken had gevonden waar ik mijn nieuwe kleren kon verstoppen die mijn ouders niet meteen zouden ontdekken: de onderste la in de kast, onder het maandverband, en in de tas met mijn zwemspullen, onder mijn bed. Ik kon geen geschikte plek vinden om mijn schoenen met plateauzolen te verstoppen, dus die stopte ik in mijn schooltas. Uiteindelijk kwamen die in mijn kluisje op school terecht. Een pruik bleek te ingewikkeld. Daarom besloten ze met het verhaal te komen dat ik op het slechte pad was gebracht door de Zusters van Sodom. Ik zou ze verteld hebben dat mijn schoolvriendinnen hadden samengespannen, en al hun zakgeld bij elkaar hadden gelegd om mij van die vlecht af te helpen. Maar ik bekende niets. Ik plengde geen traan. Ik zei niet één keer dat het me speet. Ze sommeerden God om mijn hart van steen weg te nemen en te vervangen door een gemakkelijker en inschikkelijker hart, een hart dat zij de baas konden.

Ik droomde over Roehm. Elke nacht. Ik droomde nooit dat hij met me naar bed ging. Ik zag hem alleen in die boot, op me af roeiend, met een broeierige, aandachtige blik. En ik zag mezelf, alsof ik twee mensen was, mijn hand naar hem uitstekend.

Juf Shirley was de eerste die merkte dat ik zwanger was. Het begon zeven weken later, aan het eind van het zomersemester. Ik had één menstruatie overgeslagen, maar was zo verstandig geweest het vereiste aantal maandverbanden te vernietigen zodat mijn moeder niets zou merken. Weet je, ik denk dat ik geloofde dat als ik het maar wegmoffelde, het verdoezelde, als ik er gewoon mijn mond over hield, dat de foetus dan wel op de een of andere manier zou verdwijnen, weer zou worden teruggezogen naar waar hij begonnen was, die doorweekte lakens, die straatjes met keien, die in zachte tinten geverfde gevels en het donkere meer. Ik werd misselijk in het tekenlokaal, op vrijdagochtend, eerste twee uur tekenen. Ik moest overgeven. Er kwam een hele berg cornflakes en geroosterd brood uit. Toen ik die terpentijn rook was de misselijkheid gewoon als een golf komen opzetten, ik kon nog net op tijd bij de gootsteen komen.

'Jesses...'

'Hagedis heeft gekotst.'

'Wacht, ik haal juf Shirley wel.'

'Geef haar wat water.'

'Heeft geen zin. Dat spuugt ze ook weer uit.'

Juf Shirleys ogen waren groot en donker. Ze liet mij op een stoel naast haar bureau zitten en hield mijn hand vast terwijl ik in een papieren zakdoekje snotterde. Ze riep de schoolzuster er niet bij. Het viel me op dat ze die niet liet halen.

'Isobel, is dit de eerste keer dat je zo misselijk bent?'

Ik schudde mijn hoofd. Slikte. Snotterde.

Ze keek me aan vol medeleven, stond op en deed de deur dicht, want alle andere leerlingen uit de tekenklas stonden inmiddels met grote ogen naar de zieke Hagedis te koekeloeren.

'Isobel, heb je de mogelijkheid overwogen dat je misschien zwanger bent?'

Ik schudde nog heftiger mijn hoofd.

'Ik wil me nergens mee bemoeien maar je komt wel een beetje anders op me over en je hebt alle symptomen van een beginnende zwangerschap.'

Ik keek op, door paniek overmand.

'Anders? Hoezo anders? Hoe bedoelt u?'

Tot mijn afgrijzen trok ze haar stoel dichter naar de mijne toe en streek ze met haar hand over mijn borsten. Ik keek ernaar alsof ik ze voor het eerst zag. Ze waren niet meer klein, stevig, hard als limoenen; ze waren gezwollen en gevoelig, en ze werden met de dag zwaarder.

Ik barstte in tranen uit. Ze wiegde me in haar armen tot ik weer enigszins bij zinnen was en gewoon weer ongemakkelijk zat te snotteren. Toen zette ze me voor een aardewerken kruik en een schaal vol citroenen neer. Ik nam mijn toevlucht tot de vredige geometrie van een stilleven.

Juf Shirley bracht de rest van de tijd aan de telefoon door.

Ik zei niets tegen mijn ouders, maar iemand moest het hun

verteld hebben. Op zaterdagochtend, toen ik naar beneden kwam voor het ontbijt, zaten ze zwijgend in de keuken. Mijn moeder had gehuild. Haar gezicht was helemaal opgezet. Haar ogen waren spleetjes waar de oogleden als capuchons overheen hingen. Ze zag eruit als een opgezette slang. Het gezicht van mijn vader was stijf en somber. Van ontbijt was geen sprake. Hij voerde het woord.

'Ga zitten, Isobel.'

Ik ging zitten en keek hem uitdagend aan.

'Ik zie dat je je hart nog verder hebt afgesloten voor de Genade van de Heer.'

Ik zei niks.

'Die walgelijke aanslag op je mooie haar was slechts het uiterlijk teken van je innerlijke ontaarding.'

Ik begon misselijk te worden.

'We zullen speciale maatregelen moeten treffen om je toestand tot een bevredigend einde te brengen.'

Ik begon over te geven, een dun spoortje geel braaksel kwam op hun goedkope tafelkleed. Mijn moeder begon te krijsen, een raar, dierlijk geluid, een vlaag van woede en tranen. Ik rende naar boven en sloot me op in mijn kamer.

Bij de zondagse lunch zeiden ze dat ik een akelige griep te pakken had. Het duurde nog een week voor de vakantie begon, maar ze zeiden me dat de school was afgelopen, dat was voorbij. Ik was bezoedeld door de vingers van Satan. Het Lam weende. Door mijn toedoen waren zijn wonden weer gaan bloeden. De engelen treurden om de gevallen dochter en de machten van het kwaad kronkelden van genot. Als ik niet bekende en geen berouw toonde was ik reddeloos verloren. Hoe dan ook, ik zou in een instituut worden geplaatst voor de Gevallenen en Verlorenen. Het kind zou ter adoptie worden gegeven en mij zou nederigheid, gehoorzaamheid, discipline, wroeging worden bijgebracht. Het was allemaal al in kannen en kruiken.

Ik had maar één gedachte en wat mij te doen stond was me volkomen duidelijk. Ik moest bij mijn schoolkluisje zien te komen en mijn schoenen zien te redden voor zij ze vonden. Die schoenen koesterde ik als herinnering aan mijn Duitse avontuur, een herinnering waar mijn ouders met hun handen vanaf moesten blijven.

Op maandagochtend stond ik vroeg op. Ik stal wat geld uit de portemonnee van mijn moeder en nam de bus naar de stad. Voor het eerst liep ik de heuvel op naar school. De bewaker liet me erin omdat ik mijn schooltas bij me had en mijn schooluniform aanhad. Ik pakte mijn verboden schoenen en trok me terug in het tekenlokaal. Toen was ik door mijn plannen heen. Ik zat op mijn vaste plek, voelde me verloren en uitgehongerd, en begon me voor te stellen dat mijn ouders wakker werden, op mijn deur bonsden, ontdekten dat ik weg was en begonnen te huilen van verdriet en diep berouw om hun strengheid, als tot hen doordrong dat ze mij verstoten hadden. Ik wentelde mij in een waas van zelfmedelijden. Jullie hebben nooit van me gehouden. Jullie houden alleen maar van jezelf. Als ik doodga zullen jullie spijt krijgen etc. Ik lag met mijn hoofd op de tafel te snikken toen juf Shirley om tien voor halfnegen binnenkwam om haar eerste les voor te bereiden.

'Isobel!'

'Ze willen me wegsturen en me opsluiten. Ik moet naar een gesticht. Ze zeiden dat ik nooit meer een schilderij zal maken en nooit meer een stap in deze school zal zetten. Ze zeggen dat ik een Dochter van Satan ben.'

Mijn gejammer klonk door de lege gangen van de school.

Juf Shirley greep me stevig bij mijn schouders, met de kracht van een man.

'Onzin, Isobel. We leven niet in de Middeleeuwen. Niemand gaat jou opsluiten. Ga eens rechtop zitten. Kijk me aan.'

Snif.

'Je bent niet de eerste op deze school die in de problemen is gekomen en je zult ook niet de laatste zijn. Maar jij bent wel een beetje speciaal. En ik heb al stappen genomen. Ik heb je tante Luce gebeld.'

'Mijn tante wie?'

'Je tante Luce. Lucille. De zuster van je moeder.'

'Ik wist niet dat mijn moeder een zus hád.'

Juf Shirley staarde me aan. Toen brulde ze van het lachen. 'Dan kan ik maar beter vragen of ze meteen hier komt, kun je haar eindelijk ontmoeten.'

En het was maar goed ook dat ze dat deed. Mijn ouders hadden de school al gebeld en de directrice te verstaan gegeven dat ze hun dochter van haar onderwijskundige poel van zonde en bederf haalden. Ze waren al onderweg om me op te halen. Maar voor ze er konden zijn was ik al door de achteringang van de kantine naar de parkeerplaats voor het personeel gesmokkeld. Juf Shirley ontkende elke betrokkenheid bij mijn ontsnapping, maar kreeg niettemin een geschreven reprimande en werd met ontslag gedreigd. Maar ze deed gewoon of haar neus bloedde. Ze hield de vijandelijke troepen staande in het tekenlokaal.

Voor mij stond intussen de originele stiefmoeder uit de sprookjes, een grote, met tapisserieën omhangen vrouw met een enorme paarse omslagdoek, op schoenen met plateauzolen met gespen op de voet. Ze had een hautain, mager gezicht met spierwitte make-up en geëpileerde wenkbrauwen. Ze leek in niets op mijn moeder.

'Ik ben geen geintje van de duivel, lieve schat. Ik ben je tante Luce. En jij komt van nu af aan bij mij wonen.'

'Dus je wist niet eens dat je moeder een zuster had? Nou, toch is het zo, al zwijgt ze me honderd keer dood. Ik ben al heel lang geleden op het slechte pad geraakt. Mensen als Katie zouden geen kinderen moeten krijgen. Wat die nodig hebben zijn poppen of robots. Objecten die niet poepen en niet aan seks doen. Zij is zo pietluttig dat ik me zelfs afvraag hoe ze er ooit in geslaagd is je luiers te verschonen.'

'Je kapsel is prachtig. Hoe heb je hem dat geflikt? Het moet wel worden bijgeknipt. Dat doen we morgen wel. Dit is de auto. Stap in. Ik ga later je spullen wel een keer halen. Katie kennende zal ze de hele boel wel voor de deur leggen. Dit is niet je vader, hoor, schat, die dit doet. Die zou jou er nooit uitgooien. Die verwelkomt zondaren waarschijnlijk met open armen. Die beschouwt ons soort mensen als een uitdaging. En zij zal zichzelf al wel hebben voorgehouden dat het allemaal komt doordat ze van je houdt. Zeg, ga nou niet huilen. Wij redden het heus wel samen. Hier, een zakdoekje.'

'Hoe ik wist wat er aan de hand was? Van je tekenlerares. Shirley is een goede vriendin van me. Ik kon via haar mooi een oogje in het zeil houden. Ik kon natuurlijk niet ongevraagd tussenbeide komen. Ik bemoei me ook nergens mee. Jij had natuurlijk net zo goed zo'n onuitstaanbare, zelfingenomen tuthola kunnen worden als mijn zuster. En dan hadden ze je mogen houden. Maar het is duidelijk dat je genen anders hebben beslist. Shirley zei dat je veel talent hebt en een goed stelletje hersens. Je had mijn dochter moeten zijn. Als ik kinderen had gekregen zouden het uilskuikens zijn geweest.'

'Grote God, kind, waar heb je die afschuwelijke schoenen vandaan? Je ziet eruit alsof je twee klompvoeten hebt.'

'Ik woon kilometers hiervandaan aan de andere kant van de stad. Je hoeft ze nooit weer te zien als je dat niet wilt. Ik ben atheïst en ik ga ook niet naar de kerk, dus al die rechtschapenheid zal je verder bespaard blijven. Voor volgend jaar vind ik wel een andere school voor je. Dat eindexamen van jou komt wel goed. Ik heb al een afspraak voor je gemaakt in het ziekenhuis. Nou ja, een privékliniek. We zullen wel moeten dokken, maar dan hoef je ook niet te wachten. Je kunt nooit meer dan drie maanden zwanger zijn, maar we zullen toch een beetje snel moeten wezen. Het is een doodeenvoudige operatie. Je kunt dezelfde dag weer naar huis.'

'Natuurlijk kun je dat kind niet houden. Daar is geen sprake van. Je bent nog niet eens zestien. Ik sta jou niet toe je leven te vergooien. Maar we zullen wel eerlijk tegen elkaar moeten zijn. Houd je vast, die staat op rood. Ik rijd door.'

'Nou, Isobel, ik veroordeel niemand, God is mijn getuige. Maar ik moet wel op de hoogte zijn. Wie is de vader en waar is het gebeurd? Vertel op.'

8

Vuur

'Zet de *haut parleur* aan. Dan horen we samen wat ze zegt.'
'Oké. Hij gaat over.'
'Luce?'
'*Iso. Dat werd een keer tijd ook. Waar zit je, verdomme? En waar heb je uitgehangen?*'
'Luce, ik ben niet in Engeland. Ik zit in Duitsland.'
'*Duitsland? Wat moet je in vredesnaam in Duitsland? Ben je ziek? Ze hebben van je werk al naar mij gebeld om te vragen waar je zat. Je antwoordapparaat staat vol wanhopige boodschappen. Heb je enig idee waar Toby is?*'
'Ja. Die is hier bij mij.'
'*O, godzijdank. Zijn school heeft ook gebeld. Hij heeft wel vaker gespijbeld, maar nooit hele dagen. Wat ben je aan het doen? Je kunt toch niet op vakantie zijn. Het is helemaal geen schoolvakantie. Kom meteen terug.*'
'Dat waren we ook van plan. Luce, ik moet je iets vertellen. Het is heel belangrijk.'
'*Wat?*'
'Roehm is dood.'
'*Nu weet ik zeker dat je malende bent. Roehm is net zomin dood als jij het bent, goddank. Hij was hier gisteravond nog aan de deur. Hij moest jou hebben.*'

9

IJs

Nog dezelfde nacht vluchtten we naar het zuiden. Ik reed zonder rijbewijs maar met hoge snelheid de ijzige duisternis in. Ik zou eigenlijk pas over twee maanden rijexamen doen, maar Iso beefde te veel om te kunnen schakelen. Ze had moeite met kaartlezen. Na verscheidene koppen zwarte koffie in een wegrestaurant bij Bern voelde ze zich eindelijk sterk genoeg om het stuur over te nemen. Ze schreeuwde naar me als ik naast haar indommelde, maar lang voor het ochtendgloren waren we allebei zo uitgeput dat we niet meer verder konden rijden. Op een parkeerplaats vielen we hulpeloos in slaap, ons aan elkaar vastklampend boven de handrem en de versnellingspook. We werden stijf, zielig en met rode ogen weer wakker toen het spitsuur begon en een stroom van gele lichten aan ons voorbijtrok. Om beurten pisten we in de greppel, schaamteloos, zonder ons druk te maken of iemand ons zag. Toen stortten we ons weer in het verkeer.

Als we stopten om te tanken waren we gespannen als bankrovers, en we liepen altijd zo dicht mogelijk langs de muren. De tank ging elke keer vol tot er geen druppel meer bij kon: het kon straks te gevaarlijk worden om überhaupt nog te stoppen. Redeloos en radeloos denderden we voort, de nieuwe dag in, met bonkende koppijn en wazig van het slaapgebrek.

'Iso,' smeekte ik op een gegeven moment, 'we moeten stoppen. Anders krijgen we nog een ongeluk.'

Eindelijk stemde ze toe. We hadden het grote meer aan de voet van de Alpen bereikt.

'We moeten een plan maken,' zei ik.

'We moeten slapen,' kreunde ze.

We legden aan bij een oud hotel waar ze het ijs van de trap hadden gebikt. Ik keek op naar de Italiaanse gevel met zijn zachtgroene luiken. Zouden we hier veilig zijn? We waren in zijn land, een vreemd, duur land dat wij niet kenden en waar hij zich met het grootste gemak verplaatste. Aan de andere kant zou hij misschien nooit op de gedachte komen ons in Zwitserland te zoeken.

'We zouden de Renault ergens buiten het zicht moeten neerzetten,' zei ik.

'O God, waarom? Waarschijnlijk kan hij zelfs door muren heen kijken.' Iso wankelde de trap op met haar reistas onder een arm.

We zagen eruit als zwervers. Ik verwachtte er meteen weer uitgegooid te worden. We zagen verzorgde, welvarende mensen aan het ontbijt zitten, met een rij in zwart-wit gehulde kelners erachter. Maar de creditcard van Iso voerde het woord voor ons. En zo wankelden we naar boven, naar een enorme kamer met een balkon en uitzicht op het meer. De ramen waren met ijsbloemen bedekt.

'Heb je ons ingeschreven als man en vrouw?'

'Ik heb helemaal niks gezegd. Ik heb gewoon een tweepersoonskamer gevraagd. Luister, Toby, ga niet alleen op stap. Zelfs niet binnen het hotel. Houd de deur op slot. Laat me geen seconde alleen. Ik ga een bad nemen. Daarna moet ik slapen. Ik kan geen kilometer meer rijden als ik niet eerst slaap.'

We deden de luiken dicht en sloten het licht buiten. Even later zonken we met zijn tweeën weg in een massa schone witte lakens en kussens, rug aan buik, als lepeltjes in een fluwelen cassette. Iso viel meteen in slaap. Haar uitputting was groter dan haar angst.

Toen ik mijn hoofd in de kussens liet zakken sliep ik niet, noch zou je kunnen zeggen dat ik lag na te denken. Mijn fantasie, ongenood, nam bezit van mij en voerde me langs een reeks beelden die met een scherpte en een levendigheid bij me opkwamen die de gebruikelijke rêverie verre ontstegen. Hij was bij ons, hij was in de kamer, breeduit op de gordijnen die tot op de vloer hingen, en aan het hoge sierplafond. Zijn reusachtige gedaante deed de vagere schaduwen teniet. Hij bezat en bezette alle hoeken en gaten. Hij doemde op uit de plooien en golven van het kunstmatige donker, alsof hij was getransformeerd in vloeibare koude, een gestage vloed van stikstof. Roehm was één geworden met het ijs. Zijn aanraking was op onze gezichten. Hij zou altijd bij ons blijven. Hij was onze overheerser geworden.

In doodsangst sloeg ik mijn ogen op. Dat idee nam me zozeer in beslag dat een rilling van angst door me heen trok en ik niets liever wilde dan dat de gruwelbeelden van mijn fantasie plaatsmaakten voor de realiteit die mij omringde. Ik zie het nog voor me: die kamer, dat donkere parket, de gesloten luiken met het maanlicht dat erdoorheen drong, en het gevoel dat ik had dat het glazige meer en de hoge witte Alpen daarachter waren.

Iso's ademhaling was rustig, ze lag diep in slaap naast me. Het was net alsof Roehm haar met de tederheid van een vader in zijn armen wiegde. We hadden meer dan tien uur geslapen. We hadden een hele dag verloren. Opnieuw werd ik getroffen door het vreemde van onze situatie en was ik volkomen gedesoriënteerd, zo grondig was de alledaagse banaliteit van ons leven kapotgemaakt. Mijn schoudertas zat vol schoolboeken, maar ik had te weinig schone kleren bij me. Het bezadigde wereldje van school, thuis, eten en televisiekijken was verdwenen. We dwaalden over het continent, op de vlucht voor een man die ofwel onze beschermengel was, of het monster dat wij zelf hadden gezocht. 'Iso. Word eens wakker. Je hebt een hele dag liggen slapen.' Ze bewoog. Haar gezicht stond wazig van de slaap. Maar toen ze mij zag klaarden haar ogen op en verscheen er een glimlach.

'Ik heb vreselijke honger,' zei ze.

We verorberden een cordon bleu in het restaurant van het hotel en dronken er een hele fles chablis bij. Het restaurant duwde ons geen muziek door de strot. We aten op de maat van het gedistingeerde getinkel en geruis van gesteven servetten en echt zilverbestek. Onze eetlust vloekte met het beschaafde decor, maar de kelners vonden het wel amusant.

'Nog één dag hier en we gaan failliet.'

'Iso, dat is de minste van onze zorgen. Wat kan hij doen als hij ons vindt?'

'Ik weet het niet. Misschien vermoordt ie ons wel allebei. Maar op de een of andere manier denk ik dat niet. We moeten ons gewoon schuilhouden. Ons gedeisd houden. Als we bij elkaar blijven zijn we veilig.'

'Zou hij de politie niet achter ons aan sturen? Ons laten arresteren?'

'Roehm? De politie? Nee, nooit. Hij zou nooit naar de politie gaan.'

Ik keek haar met grote ogen aan. Ze klonk zeer stellig. Maar hoe wist ze dat? Ik verkeerde in de veronderstelling dat we op de vlucht waren voor een meedogenloze bende officiële uniformen, die allemaal met elkaar in contact stonden via de computer en furieus jacht op ons maakten, hunkerend naar de overwinning, een soort Eliot Ness en de Untouchables.

'Luister,' zei Iso, 'het veiligst zijn we als we omringd worden door andere mensen. Ik word zenuwachtig als we alleen zijn. Laten we uitgaan.'

We marcheerden door verlichte, ijskoude straten, op zoek naar plaatsen waar veel mensen bijeenkwamen. Ik opperde de bioscoop, maar zij was bang voor het donker. Onverbiddelijk zeilden we door de hoofdingang van het Casino naar binnen. Daar waren de lichten, de enorme kroonluchters van negentiende-eeuws Venetiaans glas, tinkelend in de opstijgende warmte. Daar waren de dikke tapijten die elk geluid dempten, het gekras van de speeltafels, het geratel van het balletje op het hout, het draaiende wiel. De croupiers waren in avondkostuum en droegen witte handschoenen. *Bonsoir, Mesdames et Messieurs.* Ze zongen de snelle litanie der gokkers van adrenaline en wanhoop. *Faîtes vos jeux. Rien ne va plus.* De atmosfeer van hartstochtelijke concentratie suggereerde een collectief onderzoek. Iedereen speelde tegen de klok, ook al zouden ze allemaal de hele nacht blijven hangen.

De minder luxe afdeling van het casino, bestemd voor de minder welgestelden en minder goed gekleden, was volgezet met fruitmachines. Blinkende apparaten waren het, meer dan manshoog, net internetpagina's: dezelfde chaotische, flitsende, op strips gebaseerde iconografie, krokodillen, eekhoorns, gele klokken, ruimteschepen en planetaire ringen, zwarte hoeden en pistolen, andere iconen van het Wilde Westen, en alles gelijkmatig dreunend. Sommige machines leken veelbelovender dan andere, en trokken rijen wachtenden aan. Een roze lampje, als een speelgoedsirene, bekroonde iedere fruitmachine. Als de gokker de jackpot won begon dat lichtje te flikkeren, klonk er opeens ingeblikte muziek uit het apparaat, alsof het ook nog eens een jukebox wilde na-apen, en werd de verbeelding van het publiek geprikkeld door een klaterende stroom van speelpenningen. En op de aanpalende machines werd met verdubbelde energie weer verder gespeeld. Ik was verbijsterd over de hartstocht van al die mensen en de werking van die machines. Het bespelen ervan kon nooit ingewikkeld zijn, want elke gokker hamerde op zijn of haar machine met een ongedwongen en snelle expertise, alsof ze allemaal een ingewikkelde reeks reparaties uitvoerden. Het leek ze heel natuurlijk af te gaan. Er zat geen geld in de machines. Je moest contant geld inwisselen voor een strandemmertje met fiches, roze speelpenningen die gretig door de machines werden opgeslokt. Je speelde met kinderspeelgoed. Het spel had dus geen consequenties. Dat moet een deel van de verklaring zijn geweest, want de mensen zaten als gehypnotiseerd op de lange rijen krukken, en verspeelden hele fortuinen met het grootste enthousiasme.

Een geldautomaat, waar je met alle bekende creditcards terecht kon, stond suggestief naast de bar opgesteld. We arriveerden in het casino om een uur of tien. Het voelde aan als drie uur in de ochtend. De ruimte riekte naar duisternis en mensen die leefden bij nacht. De gedempte verlichting moest het afleggen tegen de opzichtige lichtjes van de machines. Op een hele rij ervan kon je blackjack spelen tegen jezelf – en de machine. Isobel was gefascineerd door een rij zwevende dinosaurussen op de PREHISTORIC MONSTER MASH. Je moest de codes doorhebben. Drie pterodactylen waren minder waard dan twee velociraptors, maar als je een tyrannosaurus rex in het midden wist te houden en je verdubbelde je inzet, kon je de Jurassic Jackpot winnen.

Ze sprong op de kruk en overhandigde mij twee briefjes van vijfhonderd franc.

'Hier, haal wat fiches voor me. Ik wil even spelen. Snel. Ik kan hier moeilijk blijven zitten als ik niet speel.'

Ik ging in de rij staan terwijl zij de machine bestudeerde.

Iso was een geboren winnaar. Ze stopte de ene fiche na de andere in de gleuf, achteloos, zonder ophouden. Zij werd het ritme van haar machine. Ze speelde tegen het leven zelf. Ze speelde alsof er iemand naast haar stond met een stopwatch. Binnen vijf minuten had ze vierduizend franc gewonnen. Ik voorzag haar van het ene emmertje fiches na het andere.

'Ik zal dit toch zo langzamerhand moeten verspelen,' grinnikte ze, terwijl ze een nieuwe voorraad roze fiches aan het monster begon te voeren.

'Waarom stop je niet als je wint?'

'Lul niet zo uit je nek, Toby. Het gaat er juist om dat je verliest.'

Ik haalde mijn schouders op. Ik kon niet begrijpen wat daar zo fascinerend of zo spannend aan was.

'Waarom speel jij niet?'

'Kan niet. Ik ben te jong.'

'Volgens mij geldt die regel alleen voor de roulettetafels. Daar zijn we toch niet op gekleed. Ze zien je al aankomen in die spijkerbroek. Maar bij de fruitautomaten maakt het niet uit. Hoe dan ook, er zal echt niemand naar je paspoort vragen, hoor. Ga ook maar wat fiches halen.'

Ze overhandigde me een stapeltje bankbiljetten.

'Ik ga eerst even wat drinken,' zei ik. Ik dook in de menigte en liet haar die machine afranselen, die maar bleef dreunen en ratelen in het schemerdonker. Ze ging er helemaal in op, vrolijk en content.

Ik had vanaf mijn plekje aan de bar een goed overzicht over de grote zaal. Elke tafel was een eilandje, een gekapseisde reddingsboot in een groene zee, met schipbreukelingen in avondkleding die zich aan de scheepsromp vastklampten. Het was net de *Titanic* na de ramp. De croupiers staken her en der kaarsrecht boven het groen uit. Ze leken de gokkers te minachten, hun wit gehandschoende handen waren behendig als die van een professionele poppenspeler. Hun gezichten bleven altijd strak in de plooi. Ze werkten op een geconcentreerd ritme en ik bedacht dat ze de snelheid van de draaischijf op de roulettetafels constant moesten houden, zoveel draaien per uur, zodat het huis bleef winnen, snel, meedogenloos. Ik begon te tellen; het gemiddelde was veertig draaien per uur. Het gaat erom dat je verliest. Hoe kon Isobel dat zo goed weten en toch doorspelen? Ik had een veilig leventje geleid. Zij had in ons veilige leven geïnvesteerd. En nu, ontdaan van haar werk en onze dagelijkse bedoening, koos mijn moeder voor wat om onverklaarbare redenen voor de hand scheen te liggen: een risicovol leven.

Ik keek naar de houten schuiven die over het groene laken van de tafels gleden. *Faîtes vos jeux. Rien ne va plus.* De gedempte herhaling van het script bleef op de achtergrond doorgaan, alsof gelovigen in een kerk hun gebeden opdreunden. Ik bestudeerde de gezichten van het personeel, allemaal in zwart en wit gehuld, gesteven, bizar. De vrouwen droegen eenvoudige mouwloze zwarte jurken, zwarte kousen en hoge hakken. Ze keken uitdrukkingsloos, onverschillig, naar de geconcentreerde hartstocht die hen omringde. Mijn hoofd werd wazig van de alcohol en het onbehagen.

Ik voelde dat iemand naar me keek.

Zowel het personeel als de gokkers hadden me al eens van hoofd tot voeten opgenomen. Mijn spijkerbroek, sweatshirt en sportschoenen hadden reeds afkeurende blikken getrokken van het barpersoneel, die ik brutaalweg had genegeerd. Het was duidelijk dat de uitsmijter in de bar me liever regelrecht terug had gestuurd naar de fruitmachines, waar geen mens een tiara droeg. Maar hij had zijn belangstelling verloren en wierp geen blikken meer in mijn richting alsof ik een smerige vlek op het tapijt was. Iemand anders keek naar mij. Er was daar iemand, verder weg. Ik voelde mijn gezicht en schouders koud worden. Ik keek naar de andere kant van de bar.

Hij stond bij de ingang, naast iemand van de beveiliging. Ofwel hij was vermomd als croupier, of hij was er werkelijk een: avondkleding, zwarte vlinderdas, kortgeknipt grijs haar, massieve schouders roerloos en onontkoombaar. Hij bracht langzaam een sigaret naar zijn mond. Ik voelde het bekende gebaar in mijn spieren, overal over mijn huid, ik voelde dat zijn koude adem naar binnen werd gezogen, even werd vastgehouden en weer uitgeblazen – maar ik was te ver weg om zijn ogen te zien. Mijn lichaam werd ijskoud. Ik zat als aan de barkruk genageld en tuurde ingespannen; er was geen vergissing mogelijk. Zijn gigantische postuur, de vanzelfsprekendheid waarmee hij bezit nam van de hele ruimte om hem heen. Dit was de vader die ik had gekust en getracht te vermoorden. We stonden op het keerpunt, een weelderige groene ruimte vol passie en fortuin tussen ons in. Ik dacht na over het wezen dat mij in het leven had geroepen. Hij had mij opgespoord, deze man, de man van wie mijn moeder had gehouden, de man die de wil en de macht had om zijn eigen gruwelijke plan te trekken. Hij leek wel een vampier die ik zelf had geschapen, mijn eigen geest, losgelaten uit het graf, gedwongen de persoon te vernietigen die mij het liefste was. Roehm.

Ik sprong van de kruk en stortte me in de gokkende massa. Al duwend drong ik me door de kolkende stroom van rijkdom en oude, met sieraden omhangen elegantie heen. De geërgerde gokkers snoven en vloekten, en wierpen me boze blikken na. Een van de uitsmijters deed een stap naar voren. Maar ik kwam al recht op hem af – en op de uitgang. Als ik niet naar buiten was gestormd zou ik eruit gesmeten zijn. Ik rende door de marmeren foyer, langs de bewaakte garderobe, langs de piano en de in grote potten opgestelde palmen, door de dubbele deuren naar buiten, de bijtende kou van de witte nacht in. Waar ben je? Kom terug, kom terug. Op de kale, stille boulevard lagen de omgespitte bloemperken er doods bij, de bladerloze bomen waren met ijs bedekt en het meer was griezelig, wit en bewegingloos. De auto's reden voor me langs met een knetterend en zuigend geluid. De bergen hingen loodrecht tegen het zwart. Het trottoir en de trap waren leeg. Hij was weg.

Ik besloot meteen om niets tegen Isobel te zeggen. Toen ik terugkroop tussen het luidruchtige gekletter van de fruitmachines zag ik haar triomfantelijk tussen de dinosaurussen zitten, kijkend naar de fiches die in haar schoot werden gepompt, over haar voeten en op de grond. De muziek schalde victorie en de wervelende roze lichtjes fonkelden en flitsten. Ze had gewonnen, aan een stuk door.

'Iso, laten we teruggaan naar het hotel.'

'Ja, dat is misschien beter. Ik heb minstens drie dagen nodig om dit allemaal te verspelen.'

Een of andere functionaris hielp haar onhandig de buit in emmertjes te laden. Ze kon de machines onmogelijk belazerd hebben. Ze had gewoon geluk gehad.

'Hoeveel heb je gewonnen?'

We wachtten bij het kasloket tot de fiches waren geteld door snelle vingers met rode nagels.

'O, zo'n elfduizend pond. Alles bij elkaar.'

'Wat?'

'Ik speelde voor honderd pond per keer. Als je hoog inzet kun je echt een hoop geld winnen. Ik heb met de contanten van Roehm gegokt. Het geld van de galerie in Duitsland – dat ik gekregen heb voor mijn ijsschilderijen.'

'Het lijkt erop of hij niet kan verliezen.' Ik probeerde mijn boosheid niet te verbergen.

'Wat heb jij?'

'Niks. Ik vind het alleen vreselijk hier. Het is net de hel. Die croupiers zien eruit als begrafenisondernemers.'

'Oké. We gaan,' zei Isobel.

We werden wakker bij een heldere winterdag. De Mont-Blanctunnel was nog gesloten na de brand van jaren geleden, maar via de pas boven Martigny kon je nog naar Frankrijk rijden. Het was te koud voor sneeuw. We smeedden een plan. Van Françoise mochten we in januari haar chalet gebruiken en ze kwam niet voor Pasen vanuit Parijs deze kant op. We belden de buurvrouw die het huis schoonhield en zeiden dat we terugkwamen. Ze stelde geen vragen, ze verzekerde ons eenvoudigweg dat ze de centrale verwarming aan zou zetten en de bedden zou opmaken. We waren verzekerd van een schuilplaats. Iso besloot dat we ons het best een week of zo in Chamonix konden schuilhouden, en dan Luce weer bellen. Ze was weer enigszins gekalmeerd, en had de boel weer onder controle. Van eventuele politie geen spoor. Om de een of andere duistere reden verwachtte ik nog steeds gearresteerd te worden. Isobel wist dat dat onmogelijk was. Ik kon niet bevroeden wat zij wist. Maar de gedachte dat ik Roehm misschien wel had gesignaleerd kwam niet bij haar op.

Ik voelde me veiliger bij daglicht. Op de een of andere manier had het me helemaal niet verbaasd Roehm in dat casino te zien opduiken. Hij leefde bij nacht. Ik was niet bang voor hem, we waren te intiem met elkaar verbonden om hem te kunnen vrezen, maar ik was wel bang voor wat hij misschien zou kunnen doen. Zijn motieven en zijn bewegingen waren onnaspeurbaar, niet te doorgronden. Ik kon er niet eens naar raden. Maar het was net alsof ik een rol speelde in een stuk waarvan het script al geschreven was. Het enige dat ik hoefde te doen, al kon ik het aandeel van Roehm in het script nooit bevatten, was ontdekken op welk punt we waren aangeland in het verhaal. De zoon kon de vader wel vermoorden, maar de vader kon nooit een vinger uitsteken naar zijn zoon. Mijn moeder maakte, om duistere redenen, geen deel meer uit van de geometrische figuur. Zij was uit het stuk geschreven. Ik keek naar haar met tederheid, maar van een verschrikkelijke afstand. Ik had geen enkele behoefte meer om haar aan te raken. Het was net alsof haar lichaam een welig veld was dat ik al was overgestoken, en nu lag ze als een verlaten, braakliggend stuk land kilometers achter mij.

Iso was niet zichtbaar veranderd. Maar ze was magerder,

frêle. Ik zag haar blonde hoofd een zijdelingse ruk maken als ze van rijbaan veranderde of aan de pook sjorde. Ze was op de vlucht voor de man van wie ze eens gehouden had, maar nu niet meer, en had mij op sleeptouw. Ik klampte mij met tegenzin aan haar dunne pols vast en keek achterom.

De motor van onze Renault haperde en hijgde in de tweede versnelling terwijl we langs de rechterrijbaan omhoog kropen, van haarspeldbocht naar haarspeldbocht. We krabbelden almaar voort over het gruis dat op het bevroren asfalt was gestrooid. Waar de weg versmalde naar één rijbaan per richting verzamelden we lange rijen boze automobilisten achter ons. Ik wendde mijn blik af van de slang van auto's die ons volgde en keek omhoog naar de bergen.

De Alpen doemden op als een gigantische granieten burcht, compleet met torentjes, borstweringen, schietgaten en kantelen. Het was rond het middaguur, de lucht was dicht en schrijnend koud. Zelfs de smeltstroompjes op de steile weg waren niet overtuigend. Waar de aarde in de schaduw lag bleef het ijs, glinsterend en roerloos. Ik staarde naar de hoge rotswanden en hun oneffen oppervlakken vol scheuren, ribbels en richels. Terwijl ik mijn blik over de kliffen liet gaan zag ik twee rode vlekjes op de rotswand die daar menselijkerwijs niet konden zijn, hangend boven wat niet anders dan een duizelingwekkende diepte kon zijn. Ze bewogen, centimeter voor centimeter, eerst zijdelings, toen omhoog. Ik deed mijn handen boven mijn ogen en hield ze strak in het vizier, als een sluipschutter. Bijna twintig minuten lang kon ik de bergbeklimmers volgen, terwijl wij bij de lager gelegen sneeuwhellingen opkropen. Ze waren veel hoger dan wij, en voerden in slow motion een reeks angstaanjagende toeren uit, als dansers die door de lucht zweefden. Toen gingen we de laatste bocht om; een reusachtige uitloper van goudkleurig graniet waar de wind alle sneeuw afgeblazen had onttrok ze aan het gezicht.

Ik herinnerde me nog wat Roehm over de bergen had gezegd. De bergen zijn het mooiste, het zuiverste wat ik ooit heb gekend. De ijsvelden, sneeuw, kale rotsen, de lawines en de stormen, alles confronteert je met je eigen grenzen. Je wordt van alle bekrompenheid ontdaan. De bergen dwingen je tot eenvoud. Dat werkt heel bevrijdend. Ik dacht na over de bergbeklimmers. Ze waren geobsedeerd en geconcentreerd als gokkers. In de zomer krioelde het ervan in Chamonix. In de winter waren ze zeldzamer, al waren ze ook dan nog te zien, met touwen aan elkaar vastgemaakt, ploeterend over de gletsjers of rinkelend op de tegels van het postkantoor. In januari had ik ze van dichtbij gezien. Toen hadden we in een café naast een snaterend gezelschap alpinisten gezeten. Ze dronken thee met veel suiker en waren omringd met hopen spullen die op de grond en de stoelen lagen te drogen, uitgetrokken kledingstukken, nylon touwen, ijsbijlen en klimijzers. Het leek wel of ze in tongen spraken. Ze hadden het alleen over het weer, de toppen die ze bedwongen hadden, de rotswanden die ze wilden bestormen. Ze roken muf en vochtig. Hun vingers waren net ijzeren klauwen. Het waren allemaal mannen.

Luce had de cacao van haar cappuccino gelepeld en zich spottend uitgelaten over hun omvangrijke dijen en schouders.

'Niet zo nieuwsgierig, Toby. En staar niet zo. Dat moedigt ze alleen maar aan.'

We stonden op en liepen weg. Buiten draaide ze zich naar me om en gromde: 'Als jij ook ambities in die richting hebt, kun je die maar beter meteen uit je hoofd zetten. Ik ben niet van plan jou met een stelletje gestoorde macho's aan een of andere steile rotswand te laten bungelen.'

Ik was verbijsterd geweest over haar heftige reactie, maar nu ik eraan terugdacht, starend naar de onbereikbare zuiverheid van de bergen, kwam het verlangen ze te omarmen mij niet irrationeel of krankzinnig voor. We daalden af naar Argentière door de sneeuwwanden van de vallei van Vallorcine. De chalets waren overhuifd met sneeuw, aan de dakranden hingen lange ijspegels. Veel van de huizen waren afgesloten voor de winter. Ik keek uit naar rokende schoorstenen en smoezelige opritten waar gestrooid was. Maar de dalen waren grotendeels verlaten. De Franse *vacances de ski* zaten erop. De vakantiemarkt lag stil. We zaten in het laagseizoen. Alle andere auto's hadden sneeuwbanden. De onze waren bijna glad. Iso reed gevaarlijk dicht bij het midden van de weg, waar geen ijs was en het verse zand haar versleten banden nog enige grip gaf. Dat was niet onveilig zolang we een heel eind vooruit konden kijken, maar in de bochten stond ik doodsangsten uit. Er was niet veel verkeer dat de pas naar Frankrijk overstak. Ik veegde de beslagen ruiten schoon en keek uit over grote sneeuwvelden waar hier en daar rotsen en bosjes donkere pijnbomen uitstaken. De wereld was opnieuw getekend met elegante, klare lijnen, en teruggebracht tot enkele elementen: ijs, rots, boom, sneeuw. Hoog boven ons zag ik de buizerds cirkelen. Hun spanwijdte was enorm, onnatuurlijk. Ze bleven rondjes vliegen, zwevend op de thermiek in hogere luchtlagen.

De lichte lucht was aan het verbleken en kreeg iets troebels, slechts de hogere toppen werden nog beschenen door de late middagzon toen wij om de laatste bochten rolden en Chamonix binnenreden. We gingen eerst langs de Spar. Ik stond op wacht bij de auto terwijl Iso langs de schappen zoefde. Het volstrekt normale van wat we deden, inkopen doen voor het eten, net als ieder ander, was genoeg om mij gerust te stellen. De gele bussen reden nog, de groene gondels van de kabelbaan, volgestouwd met skiërs, daalden af van La Flegère, de luiken van het chalet waren open en binnen was het lekker warm. Alles wekte een stabiele, vertrouwde indruk; we waren in veilig gebied. We staken het vuur aan, zetten water op, deden de televisie aan en nestelden ons in onze afgelegen cocon, een glimlach op de lippen.

De eerste dag brachten we languit op de banken door, lui als boeven die een gewaagde beroving tot een goed einde hadden weten te brengen en het zich nu konden veroorloven te relaxen en de buit te tellen. De temperatuur steeg en het begon te sneeuwen. We voelden ons veilig en op ons gemak. Ik legde nog wat hout op het vuur en zette kruidenthee die we dronken met honing. De sneeuw viel als een gordijn voor de ramen en maakte de stilte nog intenser. Ik vond een romannetje van Luce, dat ze zeven weken eerder hier had laten liggen. *Zie, Gij zult mij vinden...* De titel ging binnen verder, na drie suggestieve puntjes ... *Zelfs op het dak van de wereld.* Het was een Amerikaanse uitgave. Christian Vision Books. De omslag sprak duidelijke taal: twee jongemannen, door een kronkelend touw met elkaar verbonden, uitgeput en hijgend op een besneeuwde rotswand. Ze staken beiden hun handen uit naar een helder licht dat vlak voor hen scheen op de bergtop. Het was bedoeld voor twaalf- tot zestienjarigen. De schrijver was Bill Tyler III, Ph.D. Ik las wat erachterop stond.

Simon Peters heeft één allesoverheersende ambitie, van jongs af aan al: hij wil de Mount Everest beklimmen, 's werelds hoogste berg. Al het andere komt op de tweede plaats, zijn vader en moeder, zijn vrienden op school, zelfs Candy, het meisje dat hij mee uit neemt naar de Drive-In Diner. Dan ontmoet hij Jeremy, die de plaatselijke alpinistenclub leidt, en de kans om meer dan wat losse rotsblokken te beklimmen lijkt binnen handbereik...
Zal het hem gelukkig maken als die innige wens in vervulling kan gaan?
Wat is het voor verlangen dat hem drijft?
Zal Simon ooit serieus gaan nadenken over zijn motieven, zijn droombeeld of zichzelf?

Ik ging het zitten lezen. Ik dacht aan de bergbeklimmers die ik de granieten kloof had zien oversteken en verslond het boek om meer over die mij vreemde wereld aan de weet te komen. Het boek werd geacht in de tegenwoordige tijd te spelen, maar de verwijzingen naar uitgaansgelegenheden, Bill Haley, schoolbals met de bijbehorende koningin, en het dilemma wie ervoor uit te nodigen, maakten het hele scenario gedateerd en vreemd. Simon was banaal, blond en gedreven door een krankzinnig verlangen om toppen te beklimmen, een onverklaarbare honger naar veroveringen die vanuit het niets leek te komen. In zijn studietijd deelde hij een kamer met Jeremy, en samen klauterden ze elke geduchte berg op die Utah te bieden had. Ze trokken de aandacht van een wereldberoemde alpinist die toevallig langs hen heen abseilde terwijl zij in hun onbesuisdheid net iets spectaculairs aan het uithalen waren, en slaagden er uiteindelijk in zich bij een expeditie aan te sluiten met als einddoel de top van de Mount Everest. Het boek deed wel een heel erg groot beroep op je goedgelovigheid door te suggereren dat die twee misschien nog wel eens verder konden komen dan het basiskamp.

'Iso, kan iedereen maar zo de Mount Everest op?'

Ze zat oude *Hello!*'s te lezen.

'Jazeker. De mensen staan in de rij om mee op sleeptouw te worden genomen. Ze nemen hele gezelschappen mee van mensen die alleen de heuveltjes van Hampstead Heath kennen, laten ze duizenden ponden dokken, voeren ze zuurstof uit flessen en geven ze pleepapier mee. Er loopt een route over de bergen in Nepal die de *toilet paper trail* heet. Daar moet je tussen de menselijke uitwerpselen en het gebruikte pleepapier door laveren. Wat zit jij in godsnaam te lezen?'

'Een van die religieuze romannetjes van Luce.'

'Luce is gek.'

Maar het boek werd fascinerend zodra de twee beginnelingen hun toverberg aanschouwden. De Mount Everest scheen de ervaren alpinist die gewend was op ijs te klimmen niet voor onoverkomelijke technische problemen te stellen.

Er waren meer moeilijke beklimmingen te verrichten in deze contreien, in de lange keten van Alpentoppen, waarvan sommige legendarisch waren, zoals de Eiger en de Matterhorn. Wat uniek was aan de Mount Everest was de hoogte. De hoogste hoogte waarop mensen kunnen leven en werken is zo tegen de vijfduizend meter. Op die hoogte is het zuurstofgehalte in de lucht de helft van dat op zeeniveau. Daarboven kan het bloed dat gebrek aan zuurstof niet meer compenseren. En boven de achtduizend meter kom je in de gevarenzone. In die witte woestenij zet het proces van fysieke degeneratie onverbiddelijk in. Daar moeten de hersenen een bitter gevecht leveren tegen de aandoening die bekendstaat als hypoxie. Op een dergelijke hoogte kan geen mens lang overleven. De dood is onontkoombaar. Het sterven begint daar. Wat mij fascineerde waren de psychische consequenties van dat zuurstoftekort. Mensen gaan hallucineren. Ze zien dode kameraden die met hen mee naar boven klimmen, ze voeren intense gesprekken met mensen die er niet zijn. Ze zien dingen die ze daar onmogelijk kúnnen zien.

De onvermijdelijke storm begon te woeden op de flanken van de Mount Everest. Afgesneden van hun team, waarvan één lid nog langs hen heen naar beneden stortte, weggevaagd door een lawine, en niet bij machte Kamp III te bereiken, zat er voor mijn helden niets anders op dan de nacht zonder zuurstof op die huiveringwekkende berg door te brengen. Ze groeven een hol in een sneeuwbank. Terwijl ze uit alle macht probeerden de hele nacht wakker te blijven, want als je in slaap valt verlies je je bewustzijn en kom je nooit meer bij, werden ze zich beiden bewust van een derde klimmer die hun sneeuwhut deelde. Hij bood aan hen de berg af te leiden. Ze volgden die vreemde figuur, die weliswaar kennis en gezag had, maar niet voldoende scheen toegerust om zulke extreme temperaturen en zo'n bulderende wind te trotseren. De onbekende klimmer bleef tegen hen aan praten, hen aanmoedigen, en sneeuw van de ladder vegen die aan een van de rotswanden bevestigd was. Hij gespte hun klimgordel vast en hielp hen langs rotsen naar beneden te klauteren die glibberig en steil waren als beslagen badkamertegels. Hij leek tegelijkertijd voor hen uit en naast hen mee te lopen toen ze door de dikke sneeuw op de South Col ploeterden. Hun zou niets overkomen. Zijn adem verwarmde hun handen en gezicht. Hij droeg geen zuurstofflessen op zijn rug. Hij had noch een sneeuwbril noch een masker. Zijn stem zouden ze nooit vergeten.

Toen ze eindelijk de tent in het kamp binnen strompelden waar wanhopige collega's verslagen bij de radio zaten, kregen ze te horen dat zij de enigen van het team van zes man waren die van de top waren teruggekeerd. De mysterieuze derde man die hen had opgezocht in hun sneeuwhut toen ze tegen de slaap vochten was natuurlijk verdwenen. Hun terugkeer was een wonder. Ze waren andere mensen geworden.

Opeens sloegen ze zichzelf niet meer op de borst en repten ze met geen woord meer van hun moed en hun prestatie. Als bij toverslag leerden ze nederigheid, bescheidenheid en de Vreze des Heren. Het goede antwoord op de vraag wie daar op de Mount Everest in die sneeuwstorm was komen aanzetten leverde helaas geen beloning op.

Ik vertelde over dit onwaarschijnlijke einde aan Isobel, die drie bladzijden in het boek las en het toen dichtklapte.

'En die andere vier mannen dan, die van de rotsen werden geplukt of doodvroren op een richeltje?' wilde ze weten. 'Waren die te min om te redden? Liet Jezus die gewoon voor de lol doodvallen?'

'Zover is Bill Tyler nog niet in zijn theologische handboek.'

'Flauwekul allemaal,' prevelde Isobel.

Ik dacht even dat ze haar pit, haar zelfvertrouwen en haar goede humeur weer aan het herwinnen was, maar in de nacht werd ze ergens wakker van, en ze schudde mij meteen ook wakker.

'Toby! Toby! Er is iets buiten.'

Nog half in slaap maakte ik de luiken open en tuurde naar buiten, over sneeuw waar geen voetspoor in te bekennen was, en stijf bevroren struiken. De nacht was helder. Ik kon niets zien, helemaal niets, in die bijtende witte kou. Hoog boven ons keken de toppen van de Midi ons dreigend aan in de witte nacht. Er was niets.

'Het is al goed. Je bent alleen gespannen. Wil je even wat drinken?'

Maar ze dook weer onder haar dekbed, een beetje drenzerig, als een kribbig kind. De spanning was te veel voor haar. Ik lag wakker, en dacht na over het verhaal dat ze mij verteld had. Ik besloot dat we Roehm moesten zien te vinden. Als hij ons niet bij de politie ging aangeven voor poging tot moord, of op zijn minst mishandeling, moesten we onszelf misschien maar aangeven. We moesten met hem in het reine zien te komen, en ontsnappen aan dit net van angst waar we in verstrikt waren. Mijn moeder had gezegd dat de ontmoeting met Roehm aan de Bodensee weliswaar gewelddadig en pijnlijk was verlopen, maar een ironische consequentie had gehad. Het had haar één eenvoudig, kostbaar iets opgeleverd, iets wat haar haar hele leven ontzegd was geweest: vrijheid. Ze had eindelijk aan de claustrofobische kwezelarij van mijn grootouders kunnen ontsnappen en was in een huis terechtgekomen waar geld en geborgenheid hand in hand gingen. Luce was in haar leven gekomen. Ze was niet aan haar lot overgelaten. Een bittere strijd om het bestaan was haar bespaard gebleven. Ze had liefde gekregen, en alle financiële steun die ze nodig had. Mijn moeders leven als kunstenares was mogelijk gemaakt. Ze had haar talent niet hoeven begraven. Ze had haar gave gebruikt. En de grootste verkoop van haar schilderijen, die haar het meeste geld had opgeleverd, was aan één enkele verzamelaar geweest, de man die haar bevrijd had: Roehm. De timing van zijn terugkeer was griezelig. Hij was precies komen aanzetten op het moment dat zij klaar was voor hem, toen ze succesvol, sterk en zelfverzekerd was. Maar hoe had hij haar overgehaald hem te accepteren? Had het voor haar enig verschil gemaakt dat hij de vader van haar zoon was? Ze had het nooit met zoveel woorden gezegd: 'Deze man is je vader.' Toch had ze mij ertoe gebracht het te geloven. Hij was gekomen toen zij de moed had, en de onverschrokkenheid, om weer in zijn sinistere omarming terug te keren. Wat had ze van hem gewild? Of, want dat was de vraag die zich bleef aandienen, wat voor pact was dat geweest tussen die twee?

Ze had Roehm toegestaan haar weer in zijn armen te nemen. Ik veroordeelde mijn moeder niet voor die geweldige dwaasheid.

Ik waakte over haar, mager als ze was, bang en in elkaar gedoken onder een dik dekbed. Haar verhaal had een sprookjesachtig patroon. Ze was een kind dat drie wensen had gedaan. Haar wensen waren in vervulling gegaan. Wat was het onuitgesproken deel van hun contract? Ik heb jou iets te geven. En jij hebt mij iets te geven. Ze had Roehm een zoon gegeven. Hij had achttien jaar gewacht en was teruggekeerd toen ik volwassen was geworden.

Ik schudde zachtjes aan haar schouder. Die stak onder het dekbed uit als een met sneeuw bedekte bergtop, steil en wit. We sliepen met het nachtlichtje aan. Ze sluimerde alleen een beetje.

'Je hebt het haar nooit verteld, of wel?'

'Wie?'

'Luce.'

'Wat verteld?'

'Over het Bodenmeer. Over Roehm.'

Iso schudde het hoofd, haar ogen halfdicht van de slaap. Maar haar stem klonk nog scherp.

'Nee, natuurlijk niet. En dat ga jij ook niet doen. O, Jezus, Toby, we zijn ons al bijna doodgeschrokken. Doe dat licht uit. We kwellen onszelf nodeloos. Ga slapen.'

Op de ochtend van de tweede dag waren haar oude obsessies weer helemaal terug. We moeten bij elkaar blijven. We moeten andere mensen zien te vinden. Veel mensen. We zijn alleen veilig in de massa. De mededeling dat ik hem gezien had lag op het puntje van mijn tong. Maar als ik dat verteld had, had ik erbij moeten zeggen dat ik niet op de vlucht was geslagen maar halsoverkop achter hem aan was gerend. Dan had ik haar moeten vertellen dat ik niets anders wilde dan hem recht in de ogen kijken, en hem aanspreken, en op mijn recht staan om erkend te worden. Ik wilde dat hij mij mijn geboorterecht gaf, of wat het maar was dat in zijn macht lag om mij te geven.

De *anticyclone d'hiver* was over ons gekomen, min veertien om acht uur 's ochtends. De lucht stond stijf van de vorst. De traptreden voor het huis waren uitgerust met geribbeld rubber, net autobanden, maar dan nog waren ze verraderlijk glad. Bij het afdalen van de trap klampten we ons aan de leuning vast. De auto's langs de weg stonden erbij als verstarde dinosaurussen, wit uitgeslagen van de kou. We ademden langzaam, want de hele wereld was tot kou gestold. Licht in het hoofd van de felle vrieskou glibberden we naar de bushalte. De sneeuw op de weg bevroor tot een vuile ijsmassa, maar wat aan het verkeer ontsnapte glinsterde, helder en fris: verse sneeuw die aan de eerdere lagen vastvroor, nog onaangeroerd door de zon. De gekleurde gelederen der snowboarders marcheerden ons in feestelijke stemming voorbij. Er lag verse sneeuw, *hors piste*. We werden aan alle kanten omringd door koortsachtige gesprekken. Iso putte vertrouwen uit de enorme rij mensen die stond te wachten voor de bestijging van de Aiguille du Midi.

'Dat is toeristisch. Dat doet iedereen. Laten we dat doen.'
Er waren hele horden skiërs die plannen maakten om de
Vallée Blanche af te dalen en één stel alpinisten was helemaal
klaar voor een overnachting op de gletsjer. Het weer was perfect; helder, wit stil. De sneeuw van gisteren was stevig, vast-
gepakt, op het oppervlak schitterden kleine kristallen. Een
glinsterend korstje bedekte mijn handschoenen. We werden
omringd door stampende, opgewonden mensen, die allemaal
omhoog tuurden naar de afdalende groene cabine, die bijna
niet te zien was tegen de achtergrond van pijnbomen op de
lager gelegen hellingen. De machinerie kraakte en kreunde.
Hoewel Iso aanvankelijk blij was geweest weer naar buiten te
kunnen maakte haar onzekerheid haar rusteloos. Ze staarde
iedereen om beurten aan alsof ze Roehm uitdaagde zich bekend te maken. De bontrand van haar capuchon wierp een
schaduw over haar ogen, maar toen ze haar zonnebril afdeed
zag ik de schaduwen en de lijnen eronder. Ze was bezorgd,
gespannen. Ook zij wachtte.

De gondel was zo vol dat je je kont niet kon keren. De ramen besloegen meteen. Iso leunde tegen de reling terwijl het
ding met een ruk recht naar boven werd getrokken. Binnen
enkele seconden zakte het bevroren plaveisel een flink eind
onder ons weg. Toen we dichter langs de berg gingen zag ik
sporen van dieren in de sneeuw. Gemzen? Of vossen? Welk
dier liep met zoveel kennelijk gemak over die steile wand? De
hoger gelegen rotswanden, die vanaf het terras beneden één
massieve wand van rots en ijs leken, vertoonden van zo dichtbij scheuren, ribben, uitsteeksels en overhangende gedeeltes,
vouwen en spleten, allemaal met ijs gevuld. Iemand deed een
raam open en de berg blies zijn adem over ons heen. De lucht
was droog en koud.

Halverwege stapten we over in een andere gondel. De tweede helft van de bestijging was angstaanjagend.

'Kijk maar niet naar beneden,' zei ik.

Heel in de diepte werd Chamonix een ordelijk patroon van beschaduwde dozen, net het inwendige van een computer: vierkantjes, keurig gerangschikt rond de zwarte circuits. Opeens overschreden we de zakkende schaduwgrens en zweefden we in de zon tussen de besneeuwde toppen. Voor ons uitgespreid reikten de valleien tot ver in Frankrijk, de ene na de andere, een witte schare van sneeuwplooien, elke piek met een beitel afgetekend tegen het blauw. De zwarte toppen waren gestold tot reusachtige spitsen die oprezen uit besneeuwde hellingen. We keken naar de bergketen in de verte, verbaasd over de dramatische wijziging in ons perspectief. We hingen in de lucht, een paar kilometer hoog. Ik draaide me om om de rots te bekijken.

Toen zag ik hem tussen de hoeden en hoofden van de volgepakte cabine. Roehm stond me onverstoorbaar aan te staren. Hij was gekleed als een bergbeklimmer. Het was dag en de zon scheen. Zijn zware gladde wang, zijn krachtige trekken en bleke ogen waren nog geen vier meter bij me vandaan. Terwijl de cabine rukte en even bleef hangen, alvorens met horten en stoten aan de laatste etappe te beginnen, stonden wij elkaar recht in de ogen te kijken. Hij droeg een donkerrode muts met oorflappen die boven op zijn hoofd aan elkaar waren vastgebonden. Zijn zwarte jas was van dikke tweed gemaakt. Ik zag een rol henneptouw om zijn ene schouder hangen. Niemand liep met zulk touw. Ik probeerde hem in één keer op te nemen. Het lukte niet. Er was te veel van hem. Hij had al te veel van mij in beslag genomen. Ik staarde in de half geloken ogen van die man. Iedereen was nu op het toneel. Het gordijn was opgegaan. Het stuk kon beginnen.

Maar wat was mijn rol? Mijn tekst? Wie stond er te wachten in de coulissen, wie volgde de tekst en stond klaar om mij te souffleren? Ik wist niet wat ik zeggen moest, ik stond oog in oog met de Minotaurus, die mijn blik doodkalm en geamuseerd beantwoordde. Zijn blik was traag, obsceen.

Ik formuleerde een curieuze zin in mijn hoofd, elk woord met grote precisie gegraveerd, alsof hij in een grafsteen gebeiteld stond. *Deze man is mijn vader.* En daar stond die zin, gesneden in de vuile ramen achter hem. Ik genoot van zijn aanwezigheid, zijn compacte zwarte gestalte, die zowel betoverend als monsterlijk was. *Deze man is mijn vader.* Ik probeerde wijs te worden uit de driehoek die wij vormden in die overvolle cabine. Daar staat zij, te staren naar de pieken in de verte, van ons af kijkend, de oneindigheid in. Ze weet niet dat hij hier is, bij ons. Roehm staat voor de zin die ik op de ramen heb geschreven. De zin blijft staan, onveranderlijk, beschuldigend, maar zonder concrete betekenis en zich opeens eindeloos herhalend. *Deze man, deze man.* Ik voelde alle kleur uit mijn gezicht wegtrekken.

De cabine botste op het stootblok en gleed terug. Angstkreten en protesten rezen aan alle kanten op, de mensen vielen tegen elkaar aan en trapten op elkaars tenen of uitrusting. We waren te snel binnengekomen en de pal had ons niet kunnen houden. Ik stootte Iso per ongeluk met mijn elleboog tussen de ribben en ze slaakte een gil. Even zwaaide de cabine schijnbaar besluiteloos heen en weer boven de betonnen leegte. Toen klom hij langzaam weer terug naar het platform. Mijn ogen zochten Roehm. De deuren aan de andere kant waren opengegaan en een bange groep mensen stroomde naar buiten.

Hij moest als een van de eersten zijn uitgestapt. Ik drong ruw tussen de andere passagiers door.

'*Attendez!*' Een van de skiërs duwde terug.

De boodschap kwam over, ik bleef meteen rustig staan.

Even later stampte Isobel opgelucht op het beton.

'Doodeng was dat,' zei ze.

Ik wankelde naar de rand van de uiteenvallende menigte, speurend naar die massieve schouders en die donkerrode muts, maar hij was nergens te bekennen in de meute die al de houten brug over het ravijn overstak.

'Waar ga je heen?' vroeg Isobel.

Ik liep door naar de ijstunnel en de richel boven de Glacier Géant. De alpinisten waren ook allemaal die kant op gegaan. Een snijdende poolwind kwam aangieren vanaf de enorme witte vlakte. Aan een stuk touw dat bij wijze van leuning aan een rotsblok was bevestigd kon je naar de gletsjer afdalen. Een rij skiërs en snowboarders stond te wachten. Ik hoorde een van de gidsen zeggen: 'Als je er per se af moet vallen, doe dat dan naar rechts. Daar val je maar zo'n honderdtwintig meter. Aan de linkerkant is dat meer dan tweeduizend meter.'

'Wat doen we hier eigenlijk?'

Isobel zag opeens de lange rij van glinsterende pieken, en de gigantische piramide van de Matterhorn in de verte. Ze bleef abrupt staan en hapte naar adem.

'O!' riep ze. 'Ongelooflijk.'

Ik pakte haar bij haar schouders en dwong haar om mij aan te kijken.

'Iso. Ik heb hem gezien. Hij is hier, bij ons.'

Toen we eindelijk terug waren in het chalet sloot ze zich op in de wc en braakte het beetje dat ze die dag gegeten had er weer uit. Ze zei niet veel. Ze kromp gewoon in elkaar. Ze was uitgeput.

We hadden de platformen en terrassen van de Aiguille du Midi afgespeurd, met grote teugen ijle, onbestendige lucht inademend terwijl we trapje op, trapje af liepen. We hadden rondgedrenteld in de verschillende restaurants. We hadden op de loer gestaan bij de herentoiletten. We hadden zelfs de gidsen en het personeel van de kabelwagen ondervraagd. Niemand had ooit een man gezien die op Roehm leek. Ik beschreef zijn kleren en de uitrusting die hij bij zich had gehad. Er was maar één gids die echt naar ons luisterde. Zijn antwoord op mijn vragen was categorisch. Geen ervaren alpinist zou in de winter ooit het ijs opgaan zonder een windbestendig Gore-Tex survivalpak. Hij zou nooit langs de *moniteur* hebben gemogen die bij die rots op wacht stond.

'Als hij geen ijsbijl en klimijzers bij zich had, was zijn uitrusting voor de gletsjer onder de maat,' zei de gids, die zo te zien al verwachtte dat er elk moment groot alarm kon worden geslagen.

Het was mij niet meer duidelijk of we Roehm ontvluchtten dan wel jacht op hem maakten. Iso had even vastberaden gereageerd als ik. Hij mocht niet ontkomen. We moesten hem spreken. Maar hij was ons ontglipt. Uiteindelijk moesten we accepteren dat we hem niet weer zouden vinden. Iso was in het felle zonlicht op de met ijs bedekte trap gaan zitten en had bittere tranen geschreid. Mensen keken en liepen op hun tenen voorbij. Ik had haar warme drankjes en zakdoeken aangeboden. Ze was ontroostbaar. Ze bleef op het ijs zitten en het snot liep uit haar neus. We werden beloerd, beslopen. Roehm speelde met ons, hij omcirkelde zijn prooi en wachtte op het moment dat zijn hand vast was en hij niet kon missen.

Ik sloeg mijn armen om mijn moeder heen, maar ze liet zich niet vasthouden en ze liet zich ook niet troosten. Haar lippen waren wit van kou en angst. Haar stem was zwak, hortend, stotend, alsof ze gewurgd werd.

'Hij wacht. Jij moet de eerste stap doen. Hij kan niet bij je komen tenzij jij hem uitnodigt je te benaderen. Je moet alleen zijn. Dan komt hij te voorschijn. Dan staat hij te wachten.'

Ik staarde haar aan, zonder te begrijpen wat ze zei. Haar lip krulde en de volgende woorden kwamen eruit op een toon die het midden hield tussen een snauw en een kreet.

'Snap je het dan niet? Hij is niet teruggekomen voor mij. Hij is voor jou gekomen.'

Morgen – Er oder Du.

Ik stak de haard aan en bereidde een grote kom met kruidenthee voor haar, appel en kaneel, met veel honing, om maar van die braakselsmaak af te komen. Maar ze raakte hem nauwelijks aan. Ze zat maar wat met rode ogen naar de brandende houtblokken te staren, weggezonken in een wezenloze berusting. Ik maakte voor mezelf wat patat en worstjes klaar maar at die in de keuken op. De laatste vier dagen had ik nauwelijks van haar zijde mogen wijken. Nu maakte ze zich niet druk meer. Ik zette het ene bordje in de afwasmachine en ging naast haar zitten.

'Je hebt geprobeerd hem te doden, toch?'

'Natuurlijk.' Ze haalde haar schouders op.

'Hoe?'

'Wil je het echt weten?'

'Ja.'

'Met vergif. Vrouwen doden hun minnaar altijd in de keuken. Ik heb hem een cocktail gegeven van onkruidverdelger en barbituraten. Nadat ik hem eerst wat gazpacho had gegeven. Dat had ik uit een film van Almodóvar.'

'En dat heeft hij opgedronken?' Ik kon het niet geloven.

'Hij wist wat ik deed. Hij dronk het alsof hij op mij dronk.'

'Waarom is hij dan niet dood?'

'God mag het weten. Roehm heeft de constitutie van een reus uit een sprookje. Hij heeft er waarschijnlijk niet eens constipatie aan overgehouden.'

Ik bleef zwijgend naar het vuur zitten staren. Toen zei ik:

'Iso, was het Roehm die ons kwam halen? Die dag toen we ons verstopt hadden in die kast bij Luce in de hal?'

'Roehm? Ons halen?'

'Ja. Ik was een jaar of vier, vijf. Niet ouder. Ik zag zijn schoenen nog door die ronde gaatjes onder in de deur.'

'Weet je dat nog? Nee, natuurlijk was dat Roehm niet. Ik heb hem nooit weer gezien tot de dag van jouw achttiende verjaardag. Het begon in oktober. Ik was je cadeau aan het kopen. Je nieuwe fiets. Toen ik de winkel uit kwam stond hij daar, op mij te wachten. Hij heeft voor die fiets betaald. Daar stond hij op.'

'Wie was die man dan die toen bij Luce aan de deur was?'

'Dat was mijn vader. Hij wilde jou bij mij weghalen.'

Haar stem brak en ze begon te jammeren. Ik probeerde haar te troosten. Maar ik besefte nu dat we in de val zaten. Het kringetje was bijna rond.

'Wat wil hij?'

Ze huiverde. Ik sloeg mijn armen om haar heen.

'Wat moeten we doen?'

'We moeten onze vlucht opgeven. Hij heeft ons verslagen. We kunnen hier blijven zitten of we kunnen naar buiten gaan. Als we ergens in die woestenij van ijs een plek kunnen vinden waar geen mensen zijn – dan zal hij komen.'

Ik kon er geen touw aan vastknopen. Ik had Roehm temidden van hele meutes gezien. Maar ze was te vermoeid en te verward om te worden tegengesproken.

'Iso, we moeten zorgen dat dit ophoudt.'

'Met Roehm houdt het niet op.'

Ik begreep haar niet.

De volgende dag was wit en stil. We namen de eerste trein door het dal naar Montanvert. Iso liet zich gewoon mee leiden. Ze was verslagen, stil, gelaten. Haar huid was flets, kleurloos. Ze was uitgedroogd en verschrompeld, als een klokhuis dat is blijven liggen. Naast haar op het lattenbankje waren kinderen aan het spelen. Het was of ze het niet eens in de gaten had. Andere mensen drukten hun neus tegen het raam en vergaapten zich aan de vergezichten, ze rekten hun hals en hieven hun gezicht naar de zon. Zij bleef roerloos en sprakeloos op haar plaats zitten, helemaal verkleumd. Ik wreef haar handen warm. Ze liet zich door me aanraken, onverschillig, met droge ogen. Ze was de haat en de angst voorbij. Ze wachtte op Roehm.

Toen we bij het station aankwamen volgde een groepje Italianen ons in de rode cabine naar de ijsgrotten. We bevonden ons opeens in hun gezelschap. Ze zwaaiden opgewonden met brochures en wilden niets liever dan die hond zien die het afgelopen jaar uit het ijs van de gletsjer was gehouwen. Ze keken meelevend naar Iso, alsof ze een beminde was verloren. We lieten hen voorgaan en bleven even staan. Ik inspecteerde de zolen van Iso's schoenen. Het waren lichte profielzolen. We besloten het erop te wagen.

Aanvankelijk viel het niet mee om over dat ijs te lopen. We zonken weg in poedersneeuw en ploeterden om vooruit te komen, wankelend en evenwicht zoekend bij elkaar. Ik was als de dood dat we in een onzichtbare spleet zouden verdwijnen, of dat we samen te zwaar zouden zijn voor de broze sneeuwbruggen die we niet eens als zodanig konden herkennen. We gingen even op een rots zitten uitblazen, en keken uit over de zee van ijs. Het oppervlak was heel grillig; we glibberden in holtes en stonden dan opeens voor loodrecht oprijzende ijswanden. Alle routes die we probeerden waren geblokkeerd; telkens teleurgesteld draaiden we ons weer om en probeerden een andere weg te vinden. Eindelijk kruisten we de bevroren sporen van de skiërs die afdaalden naar Chamonix. Toen ging het iets gemakkelijker. Onze schoenen zakten niet meer zo diep weg bij iedere stap. We sjokten over de grote rivier van ijs, en bleven af en toe staan uithijgen, opkijkend naar de glinsterende witte toppen, die boven de wolken uitstaken en schitterden in het zonlicht. Voor ons rees een kale, steile rotswand op. We konden niet verder.

Iso liet zich op een rotsblok zakken en wreef in haar gezicht. Ze had er nog nooit zo moe of zo oud uitgezien. Ik werd verblind door het felle licht. Ik kon geen afstanden meer schatten. Mijn jas bleek niet opgewassen tegen de snijdende wind die door de corridor van ijs kwam aanrazen. We zaten pal in de wind, die de sneeuw in vlagen tot heuphoogte opjoeg. We stonden nu midden op de rug van de draak, bakens in de sneeuw ontbraken hier. Ik zag het bruine vierkantje van het hotel nog in de verte, aan de andere kant van de vallei, en het licht dat glinsterde op de rode cabines, die al slingerend en zwaaiend afdaalden naar de ijsgrotten. Ons enige stabiele punt was een rotsvezel die was opgestuwd vanuit het witte wezen onder onze voeten. Ik keek uit over de witte slangenhuid.

Plotseling viel mijn oog op de gedaante van een man, op enige afstand, die met bovenmenselijke snelheid op ons afkwam. Hij sprong over de spleten in het ijs waar wij omzichtig langs en overheen waren gestapt. Ook zijn postuur leek, toen hij naderbij kwam, meer dan manshoog. En aan zijn zijde, opmerkzaam, vastberaden, griezelig vlug, zag ik een smalle grijze streep. De wolf. Een waas trok voor mijn ogen.

Iso sloeg haar klauw in mijn arm.

Ze gilde, een snerpende toon in de ijle lucht. Een windvlaag blies opeens poedersneeuw in mijn gezicht. Ik kon geen hand voor ogen zien.

'Kijk, kijk, kijk!'

Haar stem kraakte en versplinterde.

Onder ons, duidelijk zichtbaar, ogen naar boven turend zonder iets te zien, lag het lichaam van een man, in ijs gegoten. Door een doffe ijslaag zag ik een groot wit gezicht, een strakke blik in de fletse ogen. Het was Roehm. Ik schrok me wezenloos en klampte me aan mijn moeder vast, maar ik keek niet meer naar beneden. Ik keek uit over de zee van ijs, naar de grote, gapende kraters op de gletsjer. Toen de wind ging liggen en de opgedwarrelde sneeuw weer in de blauwe schaduwen was neergedaald had ik een helder uitzicht over de witte woestenij. En waar ik een man had gezien, een gedaante groter dan een man, was niets. Er was niemand.

We hielden de leider van een stel skiërs aan die over de provisorische piste midden op de gletsjer aan kwamen suizen.

Hun gids had een mobieltje bij zich en alle relevante nummers in zijn hoofd. Hij belde een reddingshelikopter en de Gendarmerie de l'Haut Montagne. Vervolgens gleed hij over de sneeuw naar de gladde ronding in de bevroren rivier waar we het lijk hadden gezien. Hij bleef een hele tijd in het ijs staan turen. We werden omringd door ademloze, nieuwsgierige skiers die zich verdrongen om onze ontdekking te zien, alsof we archeologen waren die een belangrijke vondst hadden gedaan die nu voor het eerst aan het publiek getoond werd. Isobel beefde. Ze hielpen ons terug over de witte vlakte, wakend over elke stap. Ik herinner me nog alle details van de heenweg, maar onze terugkeer naar Montanvert blijft wazig. Dichte blokken wit licht ontnamen ons het zicht. Ondanks haar handschoenen en mijn mouw kneep Iso me zo hard in mijn arm dat ik er blauwe plekken aan overhield. Aan het stationsbuffet kocht ik een dubbele cognac voor haar. Gesmolten ijs droop van onze kleren en schoenen, onze stoelen werden nat en op de grond vormden zich plasjes. Mijn moeder keek verwilderd en sloeg wartaal uit. Ze was net aan haar tweede glas vuurwater begonnen toen de politie ons van de berg kwam halen. In haperend Frans stond ze erop dat ze een *déposition* wilde afleggen. Ik hoorde een van de politiemannen zachtjes aan haar refereren als '*la folle*'. Het klonk inderdaad krankzinnig toen we eindelijk in de crèmekleurige burelen van de gendarmerie zaten en Iso erop begon te hameren dat ze die man in het ijs niet alleen kende, maar hem ook eigenhandig had vermoord. Ze probeerde rustig te blijven en in korte zinnetjes te praten.

'Hij heet Roehm. Hij is de vader van mijn zoon. En ik heb hem vermoord.'

De inspecteur die zich met onze zaak bezighield heette Georges Daubert. Hij kwam niet uit deze contreien. Hij had een mager, aristocratisch gezicht. Hij staarde Isobel aan.

'*Vous êtes britannique?* Hebt u uw paspoort bij u?'

266

'Het spijt me, ik moet een volledige verklaring afleggen...'
begon ze.

Hij onderbrak haar. 'Eerst – uw paspoort. Dank u. Geboortedatum? Volledig adres? Uw adres hier in Chamonix?'

En zo ging het door.

Hoe oud is uw zoon?

Waar is hij geboren?

Vous parlez Français? Vous aussi? Bien.

De reden van uw bezoek aan Chamonix?

Isobel legde uit dat we op de vlucht waren geslagen na onze mislukte moordpogingen.

Toerisme, schreef de inspecteur op.

Vervolgens gaf hij ons een uitbrander omdat we het bestaan hadden midden in de winter de Mer de Glace op te gaan, zonder gids en zonder geschikte kleding of uitrusting.

'Het had wel uw dood kunnen zijn. Makkelijk,' zei hij in het Engels, 'het is zeer onverantwoordelijk. Wat brengt u op het idee dat u dat lichaam in het ijs zou kennen?' vroeg hij vervolgens, oprecht verbaasd.

'We herkenden hem,' zei Iso naar adem happend, gekweld als ze werd door een hysterische benauwdheid om de manier waarop we hier behandeld werden, alsof we een stel exhibitionisten of idioten waren.

'En u herkende hem ook?' De inspecteur draaide zich met stoel en al naar mij om.

'Ja. Tenminste, dat dacht ik. Maar eigenlijk...' Ik aarzelde, maar flapte het er toch uit. 'Vlak voor mijn moeder begon te gillen zag ik hem op ons afkomen. Over het ijs.'

Georges Daubert staarde me aan. Hij zat zich duidelijk af te vragen hoe het mogelijk was dat hoogteziekte al beneden de tweeduizend meter kon toeslaan.

'Ik zal een taxi voor u regelen. Ik denk dat u nu beter naar huis kunt gaan. Als u zo vriendelijk zou willen zijn een telefoonnummer achter te laten waar u te bereiken bent...'

Toen we in de taxi stapten zagen we de rode helikopter afdalen naar het ziekenhuis.

Twee dagen later werden we op het politiebureau ontboden 'om een paar details te verhelderen'. We namen de bus naar de stad. Isobel was ervan overtuigd dat we eindelijk in hechtenis zouden worden genomen. Ze liet een boodschap achter voor Françoise, plus de autosleutels. Maar toen ze verklaarde dat ze alle medewerking zou verlenen aan haar arrestatie en dat ze meteen haar bekentenis zou ondertekenen begon Georges Daubert geïrriteerd tegen haar te schreeuwen.

'U arresteren? Waarvoor? *Vous êtes cinglé ou quoi? Écoutez-moi bien.* Het lijk is inmiddels geïdentificeerd. De man in het ijs is Gustave Roehm, de Zwitserse alpinist. Hij is in 1786 omgekomen bij de eerste succesvolle beklimming van de Mont Blanc. Het is een zeer belangrijke wetenschappelijke ontdekking. Het lichaam is heel goed geconserveerd, het grootste deel van het vetweefsel is omgezet in zware was. Alleen de handen zijn helemaal gemummificeerd. Het is net of ze van leer zijn, geel en hard als een gedroogde kabeljauw. Hij moet enorme handen hebben gehad. Hij is geïdentificeerd aan de hand van de instrumenten die hij bij zich had. Meestal worden lijken in de loop der jaren door het ijs aan stukken gescheurd. Dat ijs is altijd in beweging, en kan zo een lichaamsdeel afbreken en meeslepen. We vinden wel knopen, schoenen, een stuk kaakbeen. Maar het komt heel zelden voor, ja, het is bijna een wonder te noemen, als er een volledig intact lijk wordt gevonden.'

'Ik weet niet wat u meende te zien. Het lichaam dat we uit het ijs hebben gehaald is bijna smetteloos. Maar we weten wie hij was dankzij de papieren en de uitrusting die hij bij zich droeg, en die u onmogelijk gezien kunt hebben.'

'*Madame, je suis desolé*, maar u noch uw zoon kan deze

man vermoord hebben. Hoezeer u ook van het tegendeel overtuigd bent. Hij is al meer dan tweehonderd jaar dood.'

'Aangezien u zo van streek was heb ik uw namen geheim gehouden voor de journalisten. Mag ik u aanraden om naar huis te gaan? Nu! Naar huis!'

Zijn stem klonk ruw.

We werden de roomblanke vertrekken uitgejaagd, langs archiefkasten en kopieerapparaten, en boven aan de trap vóór het bureau achtergelaten.

'Wat moeten we nou? Waar moeten we heen?'

Ik hoorde mijn moeder gillen alsof ze me van verre aanriep.

Het begon tot me door te dringen dat we nooit aan Roehm zouden ontkomen. Om van een normale natuur tot hem te geraken moet men 'de dodelijke ruimte daartussen' overbruggen. Wij waren die fragiele sneeuwbrug overgestoken. Hij zat ons in het bloed, in het merg. Zijn half geloken, bleekgrijze ogen bekeken wat wij zagen vanachter onze eigen ogen. Roehm was naar ons teruggekomen, hij had ons bij elkaar gebracht in dat hotel aan het Bodenmeer en zich weer teruggetrokken. Maar zijn hand lag heimelijk op onze rug. Hij was er altijd. We waren zijn schepsels geworden.

Hij had naar me gekeken toen ik de gaskraan opendraaide. Hij was me gevolgd door de drukte in Waterloo Station. Hij had naast me gezeten, de hele weg naar Konstanz op de blauwe stoelen van de trein. Hij had over me gewaakt terwijl ik sliep, in slaap gesust door het aanhoudende gesis. Hij was erbij geweest op de veerboot over het donkere water. Hij had de rug van de vrouw aangeraakt met mijn handen. Hij was aanwezig in mijn lichaam toen ik bij haar naar binnen ging, zijn lippen en de mijne zogen zich aan haar willige borsten vast als een boze geest. We verteerden haar, meedogenloos, met onze perverse verlangens, braken haar lichaam van binnenuit af. En als haar schoonheid was uitgeput, was ik de volgende.

De steile trap fonkelde van de verse sneeuw. Iemand had een smal pad uit het ijs gebikt, dat in een lange bocht naar beneden afdaalde, als een staatsietrap op de set van een opera. De weg voor ons was leeg. Aan weerskanten van de straat waren auto's in sneeuwbanken begraven.

'Wat moeten we nou? Waar moeten we heen?'

De loze vragen van mijn moeder zeiden mij niets meer. We werden verblind door grote platen blauw en wit licht, en bleven aarzelend boven aan de sierlijk buigende trap staan. Hoog boven ons glinsterden de pieken in de glasheldere lucht. Ik keek naar beneden. Het licht explodeerde aan onze voeten.

Dank

Ik zou graag de volgende mensen en instituten willen danken voor hun hulp en steun, financieel en moreel, bij het schrijven van dit boek. Ik heb in het Ledig House in New York State gewerkt en zou graag David Knowles bedanken, de directeur, en zijn staf: Kathleen Triem, Peter Franck, Genevieve en Paris, Josie en Lauren, en alle gasten die daar gelijk met mij zaten. Hawthornden Castle bij Edinburgh in Schotland was het ideale, stille decor voor geconcentreerd werk en ik ben de directeur, de beheerder, de trustees en het personeel op het kasteel zelf dankbaar voor de productieve tijd die ik er heb doorgebracht.

Dank aan mijn broer Richard Duncker, die mijn gids was in Chamonix, en aan Alison Fell voor haar voortreffelijke roman *Mer de Glace*, die ik bij me droeg op het ijs. Sheila Duncker is, zoals altijd, mijn eerste lezer, maar ze is bij elke fase van mijn werk betrokken en ik ben haar zeer dankbaar. Dank aan iedereen bij A.M. Heath en Picador, vooral aan Peter Straus, Nicholas Blake, Sara Fisher. Dank, bovenal, aan Victoria Hobbs.

Er staan verschillende weloverwogen citaten in dit boek uit de beroemdste passages van Mary Shelleys *Frankenstein*, alsmede uit haar voorwoord van 1831. Ze zijn te vinden in de hoofdstukken vijf en negen. De Heiligen zijn gebaseerd op de protestantse sekte die Patricia Beer heeft beschreven in de autobiografie van haar jeugd, *Mrs Beer's House.* Op één plaats heb ik haar letterlijk geciteerd.